수의사가 되고 싶은 수의사입니다

초판 1쇄 발행 | 2024년 7월 25일

지은이 김야옹
발행인 한명선
편집인 김수경

제작총괄 박미실
디자인 모리스

주소 서울시 종로구 평창길 329(우편번호 03003)
문의전화 02-394-1037(편집) 02-394-1047(마케팅)
팩스 02-394-1029
전자우편 saeum2go@hanmail.net
블로그 blog.naver.com/saeumpub
페이스북 facebook.com/saeumbooks
인스타그램 instagram.com/saeumbooks

발행처 (주)새움출판사
출판등록 1998년 8월 28일(제10-1633호)

ⓒ 김야옹, 2024
ISBN 979-11-7080-056-9 03810

• 잘못된 책은 바꾸어 드립니다.
• 책값은 뒤표지에 있습니다.

수의사가 되고 싶은 수의사입니다

김야옹 에세이

프롤로그

『사연 많은 귀여운 환자들을 돌보고 있습니다』라는 제목으로 책을 출간한 지 4년이 지났다.

첫 책이 출간된 것만으로도 평생 쓸 운을 다 쓴 행운이 따랐다고 생각했는데, 지난 4년간 많은 분들이 책을 읽고 분에 넘치는 칭찬을 해주셨고, 생각지 못했던 많은 사랑을 받았다. 그런데 1권을 쓰고 나서 돌아보니 미처 소개하지 못한 이야기와 동물들이 떠올랐다. 특히 1권에서 쓰려고 노력했지만 필력이 부족해서 완성하지 못한 글을 완성하고 싶다는 바람도 있었다. 그래서 원래 1권의 메인 제목으로 쓰려고 했던 '수의사가 되고 싶은 수의사'라는 제목으로, 또 한 권의 책을 쓰게 되었다.

2권 역시 내가 경험한 스토리를 통해서 독자 여러분들이 위로를 받고 행복한 기분이 들도록 하겠다는 목적을 갖고 있지만, 부족한 필력 때문에 소중한 사연들이 제대로 전달되지 못할 것 같아서 걱정이 앞선다. 그럼에도 수많은 수의사 중에 한 명인 김야옹 수의사의 이야기들 속에서 독자 분들이 희망의 메시지를 발견하고 행복한 기분을 느끼기를 바란다.

재미와 감동을 더하고 개인정보를 보호하기 위해
1퍼센트 정도 허구적 요소를 가미하였고,
2퍼센트 정도 기억의 왜곡이 있을 수 있지만,
97퍼센트 정도는 실제 있었던 사실에 기반한 글임을 밝힌다.

이 책에는 내가 수의사 생활을 하면서 만났던 동물들과 동물병원을 운영하면서 느낀 점, 늦은 나이에 입학한 수의대 재학 중에 있었던 일들, 첫 책이 나오기까지의 과정을 담았다.

보잘것없는 작은 동물병원이나마 운영하는 수의사가 될 수 있도록 도와주신 김수, 노원복, 장기분, 김진경 님, 병원이 운영될 수 있도록 도와주시고 동물들을 함께 치료해주시는 박진이 님, 오하림 님, 강민영 님, 조혜민 님께 감사드린다.

수의대 입시를 준비하는 학생 여러분, 길고양이를 돌봐주시는 분들, 반려동물과 함께인 분들, 수의사 님들, 생명을 살리기 위해 노력하시는 모든 분들, 사랑하는 MJ에게 이 책을 바친다.

김야옹

차례

제2부 포기하지 않는 예의를 보여주세요

제3부 그래서 삶은 인생 만세!

제1부

수의대에서
잊을 수 없는 동물들을
만났습니다

제발 욕 좀 해주시겠어요?

가끔씩 "동물병원은 언제가 제일 잘돼?"라는 질문을 듣는 경우가 있는데, 그럴 때면 기계적으로 이렇게 대답한다. "응, 동물병원은 특별히 잘되는 성수기는 없고 비수기는 많아. 특히 겨울에 안되고, 장마철에 안돼. 사람은 혼자 옷 껴입고 우산 쓰고 병원에 갈 수 있지만, 동물들을 동물병원에 데려오려면 손님들이 손이 자유롭고, 동물들이 춥지 않아야 하거든. 정말 어지간하게 아프지 않으면 병원에 안 오려고 해. 그래서 1년 중에 동물병원이 제일 힘든 시기는 2월이라고 할 수 있지. 겨울철 매출 감소가 최고 절정에 이른 달이고, 영업 일수도 적은데다 설날이라도 겹치면 병원 운영이 정말 힘들어. 최악이지."

그리고 나에게는, 2월은 또 다른 의미로 모질고 잔인한 달이라고 할 수 있다. 2월에는 1월에 치러진 수의대 편입시험의 합격자 발표가 있기 때문이다. 힘들고 떨리기로는 시험을 치른 수험생들이 더하겠지만, 매해 수험생들과 함께하면서 그들이 얼마나 힘겹게 수의대에 들어가기 위해서 노력하는지를 아는 나 역시, 2월이 오면 조바심 속에서 합격자 발표를 기다린다. 극소수의 학생들은 합격을 해서 기쁨과 환희의 시기를 맞겠지만, 내가 아는 대다수의 수의대 지망생들은 시험에 불합격하고 끝없는 절망의 나락으로 떨어지게 된다.

그래서 해마다 2월이면, 도전골든벨에서 최후의 1인이 떨어지고 나면 울려퍼지던 엔딩 주제곡으로 쓰였던 〈마이 걸My Girl〉이라는 노래의 전주 부분과, 아바ABBA의 〈더 위너 테익스 잇 올The Winner Takes It All〉을 무한 반복으로 듣는다. 내가 진행하는 수의학개론 수업을 들었던 분들에게 연락을 해서 위로라도 드리고 싶지만, 불합격한 그분들은 모든 것을 쏟아부었고, 더 이상 아무것도 할 수 있는 기운이 남아 있지 않다는 것을 잘 알기 때문에, 누구에게도 연락을 못하고 그렇게 조용히 슬퍼할 수밖에 없다.

'왜 도전골든벨에서는 이 노래를 엔딩곡으로 썼을까……'
'카를라 부르니Carla Bruni 버전의 이 노래는 왜 이리 더 슬플까……'
이런 생각을 하면서 불합격한 학생분들이 다시 일어나서 도전을 계속할 수 있기를 기원하는 시기, 그런 2월이다.

예전에는 이 시기에 합격증을 가지고 찾아오는 학생도 있었고, 합격소식을 알려주는 학생들도 많았다. 그러나 코로나 시기를 겪으면서, 그리고 온라인 강의가 늘면서 내 수업에 참여하는 학생 수가 줄다 보니 합격 소식을 알리는 학생들도 거의 없어져서, 2월은 그냥 슬프고 많이 울적한 시기일 수밖에 없다.

그런데 그 2월에 연락을 주는 학생이 있을 때, 그 연락이 어떤 내용일지에 대해서 오랜 시간이 흐르면서 알게 된 패턴이 있다.

- 합격자 발표 시기에 전화가 온다면, 그는 수의대에 합격한 것이다. 그래서 수험생에게서 2월에 전화가 오면, "축하합니다!"라고 전화를 받는다.
- 하지만 2월에 어떤 수험생이 카톡이나 문자로 메시지를 보내온다면 백 퍼센트, 그 내용을 열어보지 않아도 그 수험생은 불합격을 한 경우이다. 그들은 자신들이 너무 힘든 시기임에도 궁금해할 내게 불합격했음을 알리고, 너무도 송구스럽게도 내게 죄송하다고, 자신의 노력이 부족했다고 자책을 하기도 한다.
- 그리고 그 시기에 연락도 없이 그냥 불쑥 찾아오는 분들이 있는데, 그런 분들은 수의대에 합격한 것이다. 그분들의 손에는 방금 출력한 합격증이 들려 있고, 병원에 들어서면 10초 안에 흐느껴 울 것이라는 것을 (물론 나도 함께) 보지 않아도 나는 알 수 있다.

하지만 이제는 그런 연락을 주고 받는 경우도 드물고 더 이상 나를 찾아오는 학생도 없게 되어, 나 역시 수의학개론 시간에 더 이상 눈물 지으면서 그 스토리들을 이야기하지 않는, 그런 시절이 되었다.

"원장님, 지금 학생 한 분이 오셨어요. 원장님 수업 듣는 학생이시래요."

부장님의 인터폰을 받고 잠깐 고개를 갸웃거렸다. 가끔 수의학개론 수업을 듣는 학생들이 병원으로 찾아오는 경우가 있는데, 지금은 수업을 이제 막 시작한 연초라서 수의대 준비생들이 찾아올 시기가 아니었기 때문이다.

"작년에 수업을 들었던 분인가보네요. 지금 오신 분들 진료 끝나고 뵐게요."

그래도 누구인지 궁금해서 잠시 열린 문 틈으로 내다봤는데, 처음 보는 잘 모르는 얼굴이었다.

진료가 끝나고 잠시, 아침에 엉뚱한 곳에 주차해둔 내 차를 제자리에 이동 주차시키고 편한 마음으로 뵙자고 생각하며 나가면서 얼굴을 다시 봤을 때도, 누구인지 도통 알 수가 없었다.

그런데 차에 시동이 걸리는 순간, 갑자기 그 학생을 어디선가 본, 아니 바로 작년에 앞자리에서 내 수업을 들었던 학생과 비슷한, 아니 그라는 생각이 들었다.

병원에 다시 들어서면서, 내가 자신을 알아보지 못하는 것에 약간 곤혹스러운 표정을 짓고 있던, 학생이라기엔 너무나 전문직 커리어 우먼스러운 분께 더듬거리면서 말을 걸었다.

"저, 혹시… 승아 씨?"

"네… 저예요. 선생님."

"아니, 이렇게 생긴 분이셨어요? 수업 때 모습하고 너무 달라서 못 알아봤어요. 아, 화장을 하고 옷을 이렇게 입고 오니까… 알아보지 못해서 죄송해요. 항상 바짝 말라서 바스러질 것 같은 모습만 봤었는데. 저는 올해 수업을 들으려는 분이 온 줄 알았어요. 그런데 오늘은 어쩐 일로……."

그때 나는 그 학생의 눈, 얼굴, 어깨, 온몸에서 수많은 감정이 휘몰아치는 것을 보았다. 그 순간 퍼뜩 드는 생각이 있었다. 어제가 올해 수의대 편입시험 첫 합격자 발표가 있던 날이라는 것을 떠올린 것이다.

"아, 맞다! …혹시 서울대? 맞죠! 서울대 합격한 거죠!"

"네, 선생님… 흑."

학생의 눈에도 눈물이 고이고 나도 순간 감정이 울컥했지만, 말끔하게 차려 입은 정장과 반짝이는 구두, 그 전에는 본 적이 없는 메이크업을 한 여성 분을 부둥켜 안지는 못했고, 어정쩡하게, 싱겁지만 격하게 합격을 축하해주었다.

"와, 서울대 수의대! 정원이 딱 한 명이라, 누가 합격해서 찾아올 것이라고는 상상도 못했어요. 세상에나 정말 축하해요!"

"선생님, 이거 받으세요. 끝까지 듣지는 못했지만, 선생님 수업을 들었던 경험이 큰 도움이 되었습니다."

승아 학생은 A4지에 출력한 합격증을 내게 건네주었고, 또 한 장의 합격증을 내밀었다.

"선생님, 그리고 여기에는 선생님 사인을 받고 싶습니다. 부탁드립니다."

"아니, 내가 뭐 해드린 것도 없고, 수업은 그냥 공부라기보다 이런저런 경험담만 늘어놓은 거라 가르쳐드린 것도 없는데요. 무슨 도움이 되었다고 제게 이런 영광을… 서울대 합격증을 구경시켜준 것만 해도 고마운데, 너무너무 과분한 부탁입니다."

말은 그렇게 하면서도 내 손은 이미 다른 합격증에 큰 글씨로 사인을 하고 있었다.

"원장님, 아까 그 학생 원래 아는 학생이에요? 전혀 모르는 눈치시더니, 갑자기 막 친한 분위기로 바뀌어서 돌아가셨네요?"

"아, 그분 완전 잘 아는 분인데 내가 못 알아봤어. 공부할 때는 화장도 안 하고… 아 맞다. 모자를 즐겨 썼어. 그런데 이번에 서울대 수의대에 딱 합격을 하고, 합격증을 가지고 온 거였어. 이거 봐, 짜잔~ 요즘은 이런 합격증 들고 오는 학생이 없어서 더 깜짝 놀랐어."

김 부장님께도 신이 나서 합격증을 보여드렸다. 그 서울대학교 합격증은 즉시 가장 가깝고 손이 바로 닿는 책꽂이에 꽂혀 보관되었고, 찾아오는 모든 사람들에게 보여졌고, A4지가 필요한 상황에서는 이상하게 그 합격증을 뽑아 드는 실수를 반복하게 되었다. 이런 망동과 우쭐거림은 한동안 계속되었다.

그러던 어느 날, 전화 한 통이 왔다.

"원장님, 우도휘라는 학생이 오고 있다고 전화 왔었어요."

"누가 온다구요? 학생? 와도 되냐는 게 아니고, 오고 있다고요?"

서울대 합격생이 다녀간 후 혹시 또 합격증을 들고 찾아오는 학생이 없나 기다렸지만, 더 이상 찾아오는 학생이 없어서 약간 실망스럽던 시기였다. 혹시 합격생이 찾아온다는 것인가 하는 생각도 들었지만, 내가 알고 있는 합격생의 방문 패턴은 연락 없이 합격증을 들고 불쑥 찾아와야 하는데, 종래의 관행과 달랐다.

"부장님, 찾아오신다는 분 이름이 어떻게 되신다구요? 우도… 휘, 우도휘?"

머릿속으로 후르륵 넘겨본 학생들의 리스트에서 우도휘라는 이름은 찾을 수 없었다.

"확실히 우도휘라고 들으셨어요?"

"네, 우도휘 학생이래요. 왜요?"

"아니, 혹시나 하는 분이 있기는 한데 그럴 리가. 잠깐만 메일 검색을 해보고……."

잠시 뒤 내 입에서 외마디 비명이 튀어나왔다. 그 비명은 곧 환호성으로 바뀌었다. 8년 전에, 1년 조금 넘게 내 수업을 들었던 학생이었기 때문이다.

"아, 아니! 이럴 수가! 세상에 이럴 수가!"

진료실에서 뛰쳐나가면서 소리쳤다.

"아, 그분이 그동안 공부를 하신 거야. 공부를 계속하신 거야. 그리고 합격을! 내가 이분을 잊고 있었던 거야. 빌어먹을… 똥멍청이!"

❦

어느 해였다. 수의학개론 수업이 끝나고 짐을 정리하고 있었다. 수의대 편입 지망생들을 대상으로 한 달에 한두 번 정도 진행하는 수의학개론 수업이었다. 나가야 하는 범위와 진도에 비해서 수업일수가 적어서 오후 1시부터 5시간 동안 연속으로 수업을 진행했고, 수업이 끝나면 늘 분주하게 챙길 것이 많았다.

그때 한 학생이 다가왔다. 작년에 이미 1년 동안 내 수업을 들었던 학생으로, 올해 2년째 수업을 듣는 학생이었다.

"선생님, 오늘도 수고하셨습니다. 제가 드릴 말씀이 있습니다."

"예, 무슨 말씀이신가요?"

"저, 그게요. 선생님, 그게……."

학생은 할 얘기가 있는데 차마 못하는 분위기였다. 한동안 머뭇거리던 학생은 주변에 학생들이 사라지자 이윽고 말을 꺼냈다.

"선생님, 실례되는 말씀이지만, 혹시 괜찮으시다면 제게 욕을 좀 해서… 주시겠어요?"

"네? 욕이요? 욕이라구요?"

난데없이 욕을 해달라는 학생의 말에 너무 당혹스러웠다.

"왜죠? 제게 욕을 먹어야 하는 이유가 있나요? 혹시 제게 잘못한 일이라도 있나요?"

나는 이 학생이 장난으로 농담을 하는 것이라고 생각했다.

"아니요. 그런 것은 아니고, 그냥 선생님 목소리로 하신 욕이 좀 필요합니다. 그냥 욕을 조금 하셔서 녹음을 해서 주시면 좋겠는데요."

"아, 그게 너무 갑작스러워서 무슨 말씀인지 모르겠네요."

"사실은, 제가 아침 잠이 많아서 일찍 일어나지 못하는 날이 많아서요. 새벽에 일어나서 도서관에 가야 하는데, 아침에 일어나는 것이 너무 힘이 듭니다."

"잠을 줄이는 것이 제일 미련한 공부방법이에요. 수면 시간을 늘리면 조금 나아질 거예요."

"그래봤는데도 아침에 못 일어나는 날이 많아요. 그런 날이면 제가 너무 한심하고 비참한 생각이 들어서 하루 종일 공부도 안 되거든요. 그래서 선생님께 부탁을 드리려구요. 제게 욕을 해주시면 안 될까요?"

"제가 욕을 한 번 해드리면 아침에 잠이 잘 깰 것 같으세요?"

"아니요. 그게 아니고 선생님께서 욕하신 것을 녹음해서, 그 파일을 제게 보내주시면 됩니다. 제가 모닝콜로 설정해서 매일 아침 일어나려고요. 선생님 욕을 들으면 잠이 확 깰 것 같거든요."

분명 말도 안 되는 얘기를 하고 있었지만, 그 학생의 표정은 자못 진지하고 엄숙했다. 그리고 간절하고 애절한 눈빛으로 나를 바라보며 자신의 추가 요구사항을 덧붙였다.

"어려우시겠지만, 가장 심한 욕으로 부탁드립니다!"

느닷없이 욕을 해달라는 학생의 부탁을 받고 깜짝 놀랐지만, 말을 듣고 보니 그 학생의 상황이 이해가 되었다. 그 학생은 지난 1년간 열심히 공부했지만 수의대에 들어가지 못했고, 이제 다시 1년을 시작하면서 새로운 각오를 다졌겠지만, 아침에 일찍 일어나지 못하는 것이다. 그래서 궁여지책으로 나에게 이런 말도 안 되는 부탁을 하기에까지 이른 것이다.

나 역시 매일매일 새벽 수영을 가기 위해서 고통 속에서 몸부림치면서(?) 일어나기 때문에, 새벽에 일어나는 것이 얼마나 어렵고 힘든 일인지 잘 알고 있다. 하지만 그렇다고 욕을 해서, 그것도 심한 욕을 녹음해서 파일로 보내는 것은 절대 할 수 없는 일이었다. 내가 평소에 품행이 방정하고 고상한 언어 생활을 하는 것은 아니지만, 나름 착한 척을 하면서 욕이나 저속한 말은 하지 않았는데 갑자기 욕을 하라니.

어찌어찌 대의(?)를 위해서 욕을 해서 준다 하더라도, 만에 하나 자칫 외부로 유출이라도 되어 인터넷 상에 돌아다닌다면 그것도 큰일일 것이라는 생각도 들었다. 그 파일이 후일 나의 흑역사가 되어 나를 괴롭게 할 수도 있을 것이다.

"아, 그건, 죄송하지만 욕을 해서 드리는 것은 어려울 것 같은데요. 그리고, 믿기 어려우시겠지만 제가 원래도 욕을 안 하거든요. 욕을 잘 하게 생기긴 했지만, 제가 정말 욕은 안 합니다. 그래서 취지가 아무리 좋아도 그건 어렵겠네요. 죄송합니다."

그 학생의 얼굴에는 당황과 실망의 기색이 역력했다.

"선생님, 정말 짧은 욕이라도 어떻게 안 될까요? 제가 정말 필요해서 그렇거든요."

순간, 이 학생이 이렇게 절박한데, 그렇다면 파일 앞뒤에 "이 파일은 온전히 공익적인 목적으로 녹음된 것이고, 절대 사적인 감정표현을 위한 것이 아님을 밝힙니다"라는 설명 문구를 넣어서 욕을 해드릴까 하는 생각도 해보았다. 하지만 그것 역시 내가 못할 것 같았고, 해선 안 된다는 판단이 들었다.

어색하고 거북한 시간이 흘렀다.

"제가 욕을 해서 드릴 수는 없습니다. 대신에 제가, 새벽에 듣고 일어나실 수 있도록 뭐라도 녹음을 해서 드릴 테니까 그걸 한 번 써보시는 것은 어떨까요? 욕을 듣는 만큼의 효과는 없겠지만, 제가 나름 노력해서 녹음해보겠습니다."

학생은 꼭 나의 '찰진 욕설' 파일을 얻고 싶다고 거듭 부탁했지만, 계속 그곳에 있을 수가 없어서 대화는 억지로 마무리되었다.

그날 저녁, 집에 돌아와서 끙끙거리면서 오랜 시간 고민하다가 어렵사리 녹음을 마쳤고, 그 파일을 그 학생 분에게 보내줬다.

다음날 새벽 5시 49분에 그 학생에게서 카톡이 왔다.

"기상 완료했습니다. ㅎㅎ"

"어제 녹음해주신 거로 알람 해두니까 눈이 번쩍 뜨이더라구요. 도서관 가서 다시 문자 드리겠습니다."

그리고 7시 26분에 다시 카톡이 왔다.

도서관 앞에서 그 학생은 조금 눌린 머리로 셀카를 찍어 보냈다. 인증샷이었다.

"오늘부터 아침마다 이상한 얼굴을 보시게 될 거… 미리 죄송합니다."

그날부터 그 학생은 매일 새벽 5시 40분, 7시 20분경에 기상 메시지와 도서관 앞 인증샷을 보내기 시작했다. 인증샷 속 학생의 얼굴은 상기되었고, 희망에 찬 표정이었다.

"기상했습니다. 선생님."

"아직 공기가 차갑네요. 오늘도 열공하겠습니다."

"오늘은 동네에 있는 도서관에 와서 조금 일찍 도착했습니다."

이렇게 열심히 노력하는 학생에게 내가 해준 것은 고작 가뭄에 콩 나듯, "수고하세요!" "일찍 일어났네요" 하는 상투적인 대구가 전부였다. 하지만 그 학생은 그런 짧은 답변에도 감사해하면서 그만의 루틴을 매일 꾸준히 이어나가고 있었다.

그러던 어느 날이었다.

"선생님⋯ 어제 갑자기 집안일이 아주 크게 터져서요 ㅠㅠ. 올해 시험 준비는 힘들 것 같아요."

"이번 달 수의학개론 수업은 나갈 수 있을 것 같은데, 그때 상담 좀 부탁드립니다."

그 학생이 자신의 집안 사정에 대해 자세히 말하지는 않았지만, 살림이 넉넉하지 않기도 하고 나이도 적잖아서, 공부만 할 수 있는 상황이 아니라는 것은 알고 있었다.

그 다음 수업에 와서 털어놓은 학생의 사정은 생각보다 심각했다.

"선생님, 저⋯ 아버님 하시는 일이 크게 잘못되어서 집이 거의 망하게, 거의가 아니고 망한 상황입니다. 공부는 지금은 생각할 수도 없고, 당장 돈을 벌어서 생활을 하며 집을 좀 도와야 할 것 같습니다."

그동안 많은 학생을 만나고 어줍잖은 상담성 대화를 많이 해보았지만, 이런 얘기 이런 상황은 처음이었다.

"아, 이런, 정말 큰일이 생겼군요. 그럼 할 수 없네요. 일단 돈을 버시고 나중에 상황이 안정되면 그때 다시 공부를 하셔야겠네요."

"그래서 이번에 어떻게 아는 분을 통해서 호주에 가서 일을 하게 되었습니다. 가서, 간 김에 영어도 좀 배우고 그러면, 나중에 수의대 시험보는 데도 도움이 될 것 같아서요."

"그렇군요. 어차피 상황이 그렇게 되었다면 그 환경에서라도 최선을 다하셨으면 좋겠네요. 가실 때 『캠벨 생명과학』 책을 원서로 한 권 들고 가서서, 하루에 한 페이지도 좋고 한 줄이라도 좋으니까 공부를 완전히 놓지는 마세요. 끈을 완전히 놓지 않는 것이 중요합니다."

"네, 알겠습니다. 그곳에 가서도 꼭, 조금씩이라도 공부하면서 끈을 놓지 않도록 노력하겠습니다."

며칠 후, 그 학생에게서 호주로 떠나는 길이라는 연락을 받았다. 좌절과 절망의 현실을 떠나서 불안과 미지의 세계로 떠나는 것이다. 나는 마음속으로 그 학생이 포기하지 않고 끝까지 노력해주었으면 하고 기도했다. 하지만 그가 돈을 벌어서 집안을 일으키고, 한국에 돌아와서 다시 공부를 해서 수의대에 들어갈 가능성은 그리 높지 않아보였고, 그게 가능하더라도 긴 시간이 걸릴 거라 생각하고 있었다.

호주로 간 그 학생과는 1년 정도 연락하다가 연락이 끊겼다. 그 학생은 그곳 생활을 무척 힘들어했고, 나 또한 안 좋은 상황을 시시콜콜 캐물을 수도 없어서 자연스럽게 연락이 끊겨졌다.

그렇다. 내 주위에는 이렇게 잊혀지는 분들이 참 많고, 가끔 그들의 기억을 떠올릴 때면 표현할 수 없는 슬픔 같은 감정에 휩싸인다. 그렇지만 그들이 어디서 무엇을 하며 살더라도 즐겁고 행복하기를 바랄 뿐이다. 내 기억 속의 그분들은 치열하게 노력하던 모습으로 남아 있다.

드디어 병원 문이 열리고 우도휘 학생이 들어왔다. 오랜 시간이 흘렀지만 한눈에 알아볼 수 있었다. 병원에 들어서면서 흐려지는 그의 눈을 보면서, 나는 그가 이번에 수의대에 합격했음을 직감했다.

"선생님……."

우도휘 학생은 나의 손을 잡고 입술을 깨물며 눈물을 참다가 흐느끼기 시작했다.

나도 그분을 끌어안고 울기 시작했다.

눈물이 계속 흘러서 말을 이을 수가 없었고, 그 와중에도 마침 병원에 손님이 없어서 다행이라는 생각을 했다.

"흑, 선생님, 이제야… 흑흑, 이제야 와서 정말 죄송합니다."

"계속 공부를 하셨군요. 흑, 정말 고생 많았습니다. 저는 알지도 못하고, 정말 죄송해요."

"아닙니다, 선생님. 제가 연락도 못 드렸는데요."

"축하드려요. 그리고 이렇게 와주셔서 정말 감사합니다."

긴 시간의 회한을 쏟아내듯 그 학생은 한참을 서럽게 울었다.

눈물을 닦고 이제는 환한 미소를 띠고 있는 우도휘 학생과 진료실에 마주 앉았다.

"아니 한국에는 언제 오신 거예요? 공부는 또 어떻게 하신 겁니까? 호주 갈 때는 저하고 상담하고 가셨는데, 한국 들어올 때는 아무 연락도 없었다니 조금 서운하네요."

나는 그 사이에 있었던 일을 한 번에 알아내기라도 하려는 듯, 총알처럼 많은 질문을 퍼붓기 시작했다. 사실은 지난 세월 동안의 무관심이 미안해서 이제라도 관심을 가지는 척하는 본능적 제스처였다.

순간 그의 표정이 어두워졌다. 내 얄팍한 의중을 들켜버렸다는 생각이 들었다. 일그러진 표정을 짓던 그가 가방을 뒤적이기 시작했다. 잠시 후 하얀 진료대 위에 빨간색의 작은 스마트폰 모양의, 스마트폰은 아닌, 어디선가 본 듯한 낯선 직사각형 전자기기를 올려놓았다.

"이게 뭔가요?"

"저, 사실은, 이게 호주에서 고장이 났습니다. 정말 갑자기 고장이 났었거든요. 그래서 어쩔 수가 없었습니다."

가만히 살펴보니 그 전자기기는 애플 아이팟이었다. 몇 세대 제품인지는 모르겠지만 추억의 유물이 되어버린 디바이스를 참으로 오래간만에, 수의대에 합격했다고 같이 안고 울던 학생이 불쑥 꺼내서 영접하고 보니 약간 당혹스러웠다.

"에, 이거 아이팟 맞죠? 아직도 이걸 들고 다니는 사람이 있다니 정말 신기하네요. 이게 고장났었다구요? 그런데요?"

"제가 이걸로 선생님께 연락을 드렸었거든요. 그런데 이게 어느 날 고장이 나서 선생님께 연락을 드릴 수가 없었습니다. 그래도 연락을 드렸어야 했는데… 그러질 못했습니다."

방금 전 나의 마음속 미안함을 날카롭게 간파한 것 같던 그는, 어느새 자신이 왜 나에게 연락을 하지 못했는지를 장황하게 설명하기 시작했다. 말로 해도 되는데 아이팟 실물을 가방 깊은 곳에 고이 간직해서 가져온 것만 봐서도, 그 역시 내게 미안한 마음이 있었구나 싶었다.

우도휘 학생은 나에게 여러 이야기를 들려주었다. 지난 시절과 이번

시험에 합격하기까지의 이야기를 두 눈을 반짝이며, 때로는 주먹을 움켜쥐며 들려주었다.

"저, 선생님! 선생님께서 예전에 녹음해주신 거, 아직도 가지고 있습니다. 그동안 힘들고 지칠 때 선생님 음성으로 된 파일을 들으면서 견딜 수 있었습니다. 정말 감사드립니다."

"에? 뭐요? 그게 아직 있어요? 세상에나… 저도 지금은 뭐라고 했는지 기억도 안 나는데요. 뭐라고 했는지 궁금하네요. 저한테도 보내주세요. 제가 녹음해서 드린 걸 다시 받으려니 쑥스럽네요. 하하하!"

방금 전까지 흐느끼던 분위기는 간데없고, 우리는 한참을 깔깔대며 박수를 치면서 이야기를 나누며 함께 즐거워했다. 행복이 충만하고 포근한 분위기였다.

"선생님, 오늘은 그만 가보겠습니다. 방학 때 다시 찾아뵙겠습니다."

우도휘 학생은 만면에 미소를 띠고 병원을 떠났다. 병원 문을 나서는 그를 위해 문을 열어 잡고 있어주는 것으로, 오랜 전투를 끝내고 온 학생에게 내가 할 수 있는 최고의 예우를 해주었다.

"어, 그런데 이상하네. 김 부장님, 지금 보셨어? 저분, 돌아서면서……"

"아뇨, 뭘요?"

"아, 그게. 저분이 지금 가시면서… 울면서 가셨어요. 왜 우셨을까요?"

"에이, 그분이 왜 울고 가시겠어요. 원장님이 잘못 보신 걸 거예요."

"내가 잘못 본 건가?"

그러나 아무래도 그 학생은 울면서 돌아간 것 같았고, 이상하게도 마음이 찜찜했다. 진료실에 들어와 문을 닫고 앉아서, 카카오톡에서 그의 이름을 검색해보았다. 그리고 아주 여러 해 전 나눴던 내용들을 읽기 시작했다. 어차피 손님도 없었기 때문에 천천히 다 읽어나갔다. 피식, 웃기도 하고, 잠시 추억에도 잠겼다.

'이런 일들이 있었구나.'

욕을 녹음해달라고 부탁한 후, 새벽에 도서관에서 인증샷을 보내던 시절에는 뭔가 해보겠다는 의지와 결의, 희망에 차 있었지만, 가족이 해체되고 호주로 가게 될 무렵에는 불안과 절망이 가득한 얘기들로 채워져 있었다. 그리고 호주에 가게 되었고, 카카오톡 속의 그 학생은 호주에서 나에게 인증샷을 보내고 있었다.

낯선 땅 호주에 『캠벨 생명과학』 원서 한 권을 품고 가서 일을 하면서, 내게 공부한 페이지의 인증샷을 보내고 있었다. 어떤 날은 한 페이지, 어떤 날은 몇 줄을 읽었지만, 꾸준하게 내게 보냈던 인증샷과 인삿말들은 "포기하지 않겠다", "현재의 절망에서 언젠가는 벗어나겠다", "절대 끈을 놓지 않겠다"는 몸부림처럼 느껴졌다.

그런 도휘 학생의 메시지에 '카톡 속의 나'는 간간히 격려의 메시지로 답을 해주긴 했지만 내 답글들은 그리 친절하지 못했고, 불규칙하게 날아오는 메시지에 답을 하는 것을 어려워하는 것처럼 보였다.

답이 달리지 않는 메시지가 점점 늘어가는 것을 보면서 나는 점점 마음이 무겁고 심각해지다가, 급기야 카카오톡 속의 나에게 분노하게 되었다.

"이게 뭐야. 답장을 좀 했어야지. 잘 지내냐고. 아, 안부라도 좀 물어봤어야지. 이런……."

하지만 카톡 속의 나는 점점 더 답을 뜸하게 했고, 도휘 학생은 점점 더 힘들어하고 있었다.

> "어제 16시간을 냉동고 안에서 일하다보니… ㅠㅠ. 와서 바로 쓰러졌습니다 ㅠㅠ. 오늘 어제 몫까지 꼭 마치겠습니다. 열심히 하겠습니다(흑흑)."
>
> "선생님, 이틀 동안 일이 넘 많았습니다. 오늘 꼭 하겠습니다~. 이번주는 너무 힘든 한 주였습니다ㅠㅠ. 건강 조심하시고 시원한 주말 보내세요~."
>
> "너무너무 긴 한 주였습니다. 열공하겠습니다ㅠㅠ."
>
> "에어컨이 없는 집이라 거실이 37도입니다… (힘듦). 더 열심히 하겠습니다, 쌤."

가끔 미안한 마음이 들어서인지 내가 공부한 내용을 답장처럼 보내주기도 했지만, 그런 댓글도 그리 오래 가지 않았다.

너무 슬프고, 너무 화가 났다.

내 대답은 거의 없어졌고 우도휘 학생도 말 없는 인증샷만 보내기 시작했다. 그리고 대답 없는 내게 보내던 그 끈질기던 인증샷도 보내는 간격이 점점 길어지기 시작했다.

'아 이런. 내가 왜 그랬을까. 도대체 왜…….'

그리고 그러던 어느 날, 그날 공부한 페이지의 인증샷을 보내는 것을 끝으로, 그분은 더 이상 인증샷이나 어떤 메시지도 보내지 않았다. 연락이 끊어진 것이었는데, 카톡 속의 나는 그분의 연락 단절이 아주 당연한 듯 아무 말도 인사도 하지 않았다. 그리고 그가 내게 마지막 메시지를 보낸 지 무려 10개월이 지난 후 갑자기 나는 뜬금없이, 짐짓 친절한 척, 관심 있는 척 메시지를 보냈다.

"안녕하세요. 요즘 어떻게 지내시나요?"라고 써 있었고, 상대가 메시지를 읽지 않았음을 알리는 '1'이 아직도 없어지지 않은 상태였다.

'아, 1이 남아 있었구나.'

그리고 이어지는 무려 8년 여의 공백을 보고… 눈물이 쏟아지기 시작했다. 이제 그분이 왜 울면서 돌아갔는지 알 것 같았다.

도휘 학생에게 다시 받은 파일을 실행하려고 클릭하면서 다시 눈물이 핑 돌았다.

파일의 제목은 '희망.mp3'로 저장되어 있었다.

'아, 희망.mp3라니… 그 긴 시간 동안 이것을 클릭하면서 얼마나 많은 불행과 얼마나 많은 좌절을 겪었을까.'

'희망.mp3'를 클릭하자 과거의 내가, 나만 알 수 있을 정도로 약간 떨리는 목소리로 친절하게, 하지만 엄하고 단호하게 얘기하고 있었다.

"일어나세요~

지금 안 일어나면, 내년에 또 해야 됩니다.

빨리 일어나서

곧바로 한다! 반드시 한다! 될 때까지 한다!

빨리 저한테 연락주세요.

지금 당장!

롸잇 나우!!!"

8년이나 지난 후에 끙끙거리면서 녹음했던 어설픈 내 목소리를 다시 듣자니, 눈물짓던 눈가에도 오글거림이 느껴지면서 다시 미소가 지어졌다.

그 뒤 시간이 많이 지났고, 그 사이에 우도휘 학생을 다시 만난 적도 있었지만, 그날 웃으며 나갔지만 왜 울면서 돌아갔는지는 아직 묻지 못했다. 우도휘 학생은 지금 수의대생으로 하루하루 해내야 하는 것들을 하면서 다시 힘겨운 날들을 보내고 있다.

그의 이야기는 이제 많은 수의대 준비생들에게, 특히 남다른 좌절을 겪고 있는 분들에게 희망과 행복의 스토리로 전달되고 있다.

"혹시 전에 제게 희망.mp3 달라고 하신 분 계시지 않았나요? 전에 이 단톡방에서 어떤 분이 아침에 일어나기 힘들다고, 희망.mp3 달라고 하셨던 것 같은데요. 제가 잊고 있었어요."

"그냥 여기 단톡에 올려주세요. 선생님, 갖고 싶어요!!"

"이거 듣고 비웃으시면 안 됩니다. 절대 비웃기 금지!"

"흠, 그리고 이걸로 좀 부족한 분들, 의지가 박약해서 '희망.mp3'를 듣고도 못 일어나신다면 제게 얘기하세요. 제가 지금은 흑화된 상태라서 욕도 가능하거든요. 그 전과는 비교도 되지 않을 정도로, 아~주 심한 욕이라도 해드릴게요."

"헉!! 그럼 선생님! 당장 일어나라고 욕 좀 부탁드립니다. 아침에 일어나기가 너무 힘들어요. 아주 심한 욕 버전으로 녹음해주시면, 그건 음… '거친 희망.mp3'라고 저장할 거예요."

"좋군요! '거친 희망!' 자, 그럼 윤선오 님! 거친 희망, 한번 가볼까요? 크크크!"

"네! 준비되었습니닷!!"

우주에서 가장 만나기 싫은 수의사 님?

아주 오래전의 이야기이다.

서울 변두리인 우리 동네에도 '마트'라는 것이 생긴 지 20년이 넘었다. 가끔 마트에 가게 되면 초등학교 1학년의 등굣길처럼 이것저것이 신기하고 흥미로워, 두리번거리고 기웃거리느라 정작 왜 마트에 왔는지는 잊고 돌아다니다가 김 부장님의 불호령을 듣기도 한다.

그런데 마트 식품코너만큼 나의 주의를 흩어놓고 강력하게 미혹시키는 곳이 있으니, 그 이름도 거창한 '수의 임상 컨퍼런스'이다.

교류하는 수의사도 없이 뚝 떨어져서 혼자 동물병원을 운영하면서 내가 만든 울타리 안에서만 지내다보니, 내가 속한 세상이 어떻게 돌아가는지 잘 모르고 살게 된다. 그래서 1년에 한두 차례 의무적으로 컨퍼런스에 갈 때만이라도 유명 수의사 연사들의 강의를 잘 듣고, 다른 수의사 분들과 교류하는 기회로 삼으려고 한다. 그런데 매년 임상 컨퍼런스에 갈 때면, 업체들의 부스를 돌면서 전시해놓은 장비나 진료 관련 도구들, 약품들 구경에 정신이 팔려서 하루 종일 놀다가 오는 경우가 대부분이다.

업체 부스에서 나눠주는 판촉물이나 샘플들도 처음에는 짐이 많아 진다면서 업체 사원 분들께 손사래를 치기도 했지만, 이내 수업 듣는 학생들에게 준다는 명목으로 더 줄 수 없는지 지분거리기 일쑤였다. 그러니 컨퍼런스가 끝나고 집에 가는 길에 강연은 하나도 못 들어서 머릿속은 비었지만, 각종 판촉물과 샘플로 가방은 가득 차게 된다.

그날도 하루 내내 수집한 각종 판촉물들을 짊어지고 컨퍼런스 장을 나서서 지하철 역으로 어렵게 걸음을 옮기고 있었다. 그날은 한 대형 백신회사에서 에코백을 나눠주는 것을 보고 수업하는 학생들 준다고 떼를 쓰니, 내 뜻이 가상했는지 아니면 귀찮게 징징거리는 진상 수의사를 골탕먹이려는 심산이었는지, 엄청난 양의 에코백을 원하는 만큼 가져가라고 했다. 집에 돌아가려고 길을 나선 지 10초 정도 지났을 때, 이 많은 짐을 들고 집에 돌아갈 수 없다는 것을 깨달았다.

'미련하게, 원하는 만큼 가져가란다고 이걸 다 가지고 오다니.'

'아, 이럴 때를 대비해서 친한 수의사라도 좀 만들어둘걸. 누가 좀 태워주면 좋겠는데… 휴.'

욕심 많은 나를 원망하면서 누군가 태워주길 간절히 바라고 있는데, 거짓말처럼 내 옆에 차 한 대가 멈춰 섰다.

"어, 김 원장! 내 차 타요! 짐이 많네!"

"앗, 네… 안녕하세요."

그토록 바라던 차가 왔다. 더군다나 같은 구에서 동물병원을 운영하는 원장님의 차! 방향도 같다는 얘기다. 하지만… 하지마안… 하지만! 만! 만! 나는 그 차를 선뜻 탈 수가 없었다.

차를 세운 원장님은 세계에서, 온 우주에서 가장 만나기 싫은 수의사이고, 컨퍼런스에 오면 마주치는 것이 두려워서 줄곧 피해 다녔던 분이기 때문이다.

'아, 수의사가 되고 나서 줄곧 피해 다니던 분을, 지금 여기서 뵙다니. 하필이면 피할 수도 없는 순간에.'

짐이고 뭐고 다 던져버리고 어디로든 숨고 싶은 심정이었다. 하지만 잠시 숨을 고르는 체 속으로 끙끙거리다가 얄궂은 운명을 탓하며 많은 짐과 함께 차에 올랐다.

'그래, 이런 날이 오고야 말았어. 흑, 부끄럽구나.'

"김 원장, 오늘 올 거였으면 연락을 하지. 그럼 내 '차'로 같이 왔잖아. 그랬으면 올 때 '돈'도 들지 않고 좋잖아? 다음부터는 올 때도 내 차로 와요. 그럼 금방이야."

차를 태워주신 분은 오는 내내 친절하고 유쾌하게 이런저런 말을 걸어주셨는데, 나는 오는 내내 고개를 푹 숙이고 대답도 잘하지 못했다. 원장님의 얘기 중에서 유독 '차'와 '돈'이라는 단어가 귀에 쏙쏙 들어왔다. 친절하게도 그 원장님은 우리 집 바로 앞까지 차를 태워주셨다.

시간이 흘러 다음 컨퍼런스가 돌아왔다. 컨퍼런스 당일, 꼭 연락하라는 그 원장님의 신신당부를 너무 잘 기억하고 있었지만 연락을 드릴 수가 없었다. 하루 전에 이미 그 원장님이 연락을 하셨기 때문이다.

"김 원장, 내일 가지? 내일 아침에 내 차 타고 가요. 비용도 아끼고 좋잖아? 내가 아파트로 데리러 갈게!"

"아, 원장님 아닙니다. 내일은 어딜 들렀다 가야 해서 혼자 가야 합니다. 이렇게 연락주셔서 정말 감사합니다."

"아, 그래요? 그럼 할 수 없죠. 대신 올 때 같이 옵시다. 돈도 아끼고. 김 원장, 짐 많잖아! 그럼, 컨퍼런스 장에서 봅시다. 내일 봐요."

미처 내가 거절할 틈도 없이 통화는 끝나버렸다.

그래서 그날은 컨퍼런스 장에 왔지만 컨퍼런스 장에 왔다고 할 수 없는 하루를 보내고 있었다. 전처럼 활개치고 전시부스를 돌아다니지도 못하고 구석에 숨어서 은밀히 움직이고 있었다.

'아, 컨퍼런스에 다시 왔지만 컨퍼런스 장 같지 않구나. 컨래불사컨이로고. 흑.'

"오늘은 절대, 절대, 어떻게든 잘 피해서 다녀야지."

바로 그때였다.

"어, 김 원장! 여기 있었네. 점심 먹어야지. 같이 가지."

"아, 원장님 안녕하세요! 네, 저 점심은 조금 있다가 먹으려고요. 같이 먹기로 한 사람이(사실은 주로 혼자 먹지만)……"

"그래요? 그럼 오후에 다 끝나면 바로 여기, 엘리베이터 앞으로 와요. 여기서 만나서 같이 갑시다. 식사 맛있게 해요!"

피한다고 피했는데, 결국 그 원장님 눈에 딱 띄고 말았다. 일이 그렇게 되었으니 오늘도 어쩔 수 없이 그 원장님 차를 타야 할 것 같았다. 결국 나는 엘리베이터 앞으로 갔고, 돈도 들이지 않고 편하게 집으로 돌아왔다. 밤에 또 이불킥을 했다.

"네. 길에 쓰러져 있었어요. 아직 죽은 것 같지는 않습니다. 네, 그냥 둘 수가 없어서요. 이름표는 없습니다."

"이 아이가 치료를 받을 수 있는 그런 시스템은 없나요? 아, 네. 그 병원으로 가보겠습니다."

먼 옛날 수의대에 다니고 있던 시절에, 길을 가다 쓰러져 있는 개를 발견한 친구가 나에게 연락을 해서 나가보니, 의식이 없는 강아지 한 마리를 안고 있었다. 수의대에 다니고 있기는 했지만 아는 것이 전혀 없던 때여서, 구청에 전화를 해서 이런 경우 데리고 갈 수 있는 병원이 있는지 문의했다. 사실 별 기대는 없었는데, 구내 한 병원에 데려가라고 신속하게 알려주었다.

친구가 운전하는 차를 타고 그 병원으로 향했다. 차 안에서 그 아이의 상태를 어떻게 설명해야 할지를 잠시 생각해보았다.

'그래도 내가 수의대생인데 발견한 경과? 이런 걸 일목요연하게 설명을 잘해드려야 할 텐데. TPR(체온, 심박수, 호흡수), 이런 걸 말씀드리면 좋을 텐데.'

'흠칫 놀라시면서 혹시 수의사냐? 어느 병원에 있느냐고 물으시면, (수의사가 아니니까) 그렇다 아니다 하지는 말고… 그냥 (주로 청소를 하긴 하지만), 대학 동물병원에 있다고 말씀드리면 좋겠지만… 그건 실례겠고.'

잠시 망상에 빠진 사이 그 병원에 도착했다. 구청에서 연락을 받고 의료진이 문 앞에 대기하고 있을 것이라 기대했지만, 병원 앞에는 아무도 없었다. 한가롭고 평온한 병원에 들어서서 "저, 길에 쓰러져 있던 강아지입니다. 구청에서 이리로 가라고 해서 왔습니다"라고 하니, 잠시 후 원장님이 나오셨다.

원장님께 인사를 드리며, 오면서 머릿속으로 정리해둔 '일목요연한 상황 설명'을 막 시작하려는 찰나, 병원 문이 다급하게 열렸다. 마치 대형 병원 응급실에 119 구조대원 분들이 응급환자를 데리고 도착한 것 같은 분위기 속에서, 유니폼을 입은 구청 직원 분들이 들어오셨다.

하지만 그분들의 손에는 구조대의 들것이 아닌, 쓰레기봉투가 들려 있었다.

"청소과에서 나왔습니다. 이거예요?"

그분들은 내 품속에 있는 강아지를, 아직 숨을 쉬는 살아 있는 강아지를 가리키고 있었다.

"설마, 이 강아지를 말씀하시는 건가요? 혹시 이 아이를… 설마!"

나는 큰 충격을 받았고, 내 말에 병원 안의 분위기가 순간 얼어붙었다. 아무도 말을 하는 사람이 없었다. 나조차도 너무 충격적이고 혼란스러운 상황이라서 아무 말도 할 수 없다가, 간신히 정신줄을 부여잡고 신음 같은 소리를 내기 시작했다.

"이, 이 아이는 아직 살아 있어요. 아직 살아 있다고요. 그런데… 쓰레기봉투를 들고 오셨네요. 치료를 해주실 줄 알았는데… 이게 뭐죠? 이건 너무 심하잖아요!"

구청 청소과 직원들이 뭐라 얼버무렸지만 내 귀에는 아무 말도 들리지 않았다. 너무 화가 났고, 분노가 하늘을 찔렀다.

"여기는 병원인데, 일단 아이가 어떤지 봐주셔야죠. 정말 어쩔 수 없는 상황이 있을 수도 있지만, 그래도 일단 아이는 들여다보고 살리려고 노력을 하셔야 하는 것 아닌가요?"

"쓰레기봉투를 들고 와서, 살아 있는 생명을 쓰레기로 간주하고 수거해 가다니. 이건 말이 안 되는 거예요. 병원이… 생명을 쓰레기 취급하고, 쓰레기로 전달하는 보관소 같은 역할을 하는 곳인가요?"

이 상황을 마주한 원장님은 당황한 기색이 역력했다.

"아니, 아이를 안 보겠다는 것이 아니고, 이리 줘보세요. 그냥 구청에서 전달이 잘못된 것 같고. 그런 건 아니에요. 어떻게… 흥분을 좀 가라앉히시고."

꼭 깨문 입술로, 쏘아보는 눈빛과 함께 강아지를 원장님에게 건네드렸다. 병원 로비에는 묘한 긴장이 흐르고 있었다.

잠시 후 원장님이 다시 나오셨다.

"저 강아지는 어렵겠네요. 이미 거의 죽어가고 있어요. 어떻게 손쓸 방법이 없을 것 같습니다. 그냥 죽도록 두는 것보다, 고통 없이 보내주는 것이 좋을 것 같네요."

순간, '이건 답정너야!'라는 생각이 들었다. 이미 다 정해져 있는 수순에 따라서 진료는 하지 않고, 그냥 안락사를 시켜서 저 쓰레기봉투에 담아서 보내려는 것이라는.

"저, 죄송하지만 그 강아지를 치료할 수는 없는 건가요?"

"네, 상태가 너무 안 좋아서, 안타깝지만 치료하기는 어렵습니다."

"그럼 저, 저 아이… 무슨 검사 같은 거라도 해보신 건가요?"

"네? 아뇨… 특별히 무슨 검사를 한 것은 아니고, 신체검사상 소견입니다."

"원장님, 아이가 죽고 사는 문제인데요. 그냥 한 번 보고 죽을 아이로 판단하시면 어떡합니까. 하다못해 엑스레이라도 찍어보시고, 혈액검사라도 해보시고. 그 다음에 안 된다고 하셔야죠. 저 아이가 주인이 없어서 그러신 건가요? 돈이 없어서? 제가 돈, 다 드리겠습니다. 얼마가 들더라도 다 드릴 테니, 지금 다시 한번 봐주세요. 그냥 아이를 포기하시는 거잖아요. 저도 수의대생인데. 너무하시네요."

아이를 안락사시킨다는 얘기에 흥분해서 점점 언성이 높아지다가, 급기야 하지 말아야 할 말까지 하고야 말았다. 감정은 점점 격해졌다.

"아니, 수의대생이라면 더 잘 아실 텐데. 신체검사라는 것이 그냥 대충 보는 게 아니에요. 이 아이는 두개골도 많이 손상된 것 같고."

"아니, 두개골이 손상된 것을 어떻게 그냥 보고 아십니까. 최소한 엑스레이라도 찍어보셔야죠. 제가 비용 드린다고요. 그러니까 빨리 엑스레이라도 찍어주세요!"

원장님의 표정은 굳어졌고, 내 눈을 한 번 쳐다보고는 진료실 안으로 사라졌다. 나는 숨을 씨근덕거리면서 그 앞에 서 있었다.

잠시 후 원장님은 진료실 안으로 나를 불렀다. 진료실 한쪽 벽에 걸려 있는 뷰박스(엑스레이 필름을 볼 수 있는 장치)에 환하게 불이 켜져 있었고, 그 앞에 엑스레이 필름이 한 장 걸려 있었다.

"자, 여기 보세요. 수의대생이라고 하시니 잘 아시겠네요. 여기 보이죠. 두개골 골절되고 함몰된 거. 지금 상태로 봐서 회생의 가망이 없다고 판단되는데, 다른 검사들도 다 해드려요? 원하신다면 다 해드리죠."

잠시 아무 말도 할 수 없었다. 너무 슬펐다. 강아지가 이렇게 죽어야 한다는 것도 슬펐고, 이런 사실을 모르고 이 강아지를 찾아다닐 가족들을 생각하니 또 슬펐다. 그리고 모든 검사를 다 해달라고 큰소리치던, 호기인지 패기인지에 대한 부끄러움 비슷한 감정이 밀려왔다.

차가운 표정으로 진료실을 나와서 계산대 앞으로 갔다. 그곳에서 진료실 안에 있던 원장님을 불렀다.

"저, 여기 계산 좀 해주세요."

원장님 역시 화가 나서 굳은 표정으로 계산대 안에 들어서서, 계산기를 두들겨서 진료비를 계산했다.

"엑스레이만 찍고, 혈액 검사는 안 하는 거죠? 자, 여기 있습니다. 진료 내역과 청구서."

이런 상황에서 원장님이 나를 비웃고 빈정거린다고 생각한 나는 고개를 들어서 원장님을 한 번 쏘아보고 지갑을 꺼냈다. 정확하게는 지갑을 꺼내려고 오른손을 뒷주머니로 가져갔다. 그런데… 뒷주머니에 지갑이 없었다. 아까 급하게 오느라 지갑을 안 가지고 나온 것 같았다. 올 때는 친구가 차를 태워줘서 지갑이 없는 것을 모르고 왔던 것이다. 또 한 차례의 큰 충격에 정신이 아득해졌다.

"저… 죄송하지만, 제가 지갑을 안 가지고 나왔습니다. 정말 죄송하지만 돈을… 나중에 가져다 드리면 안 될까요? 정말 몰랐습니다…….
꼭 가져다 드리겠습니다."

나는 갑자기 무척이나 공손해졌다. 방금까지의 노기와 분노, 호기
와 패기는 다 사라지고 다소곳한 모습으로 원장님의 선처를 부탁드리
고 있었다.

"네? 아! 지갑을 안 가지고 오셨다고요. 흠, 그러시군요."

원장님은 잠시 심각한 표정을 짓다가 이어서 불쾌한 기색, 다음에
는 어이가 없다는 듯 너털웃음을 터뜨리셨다. 그리고 이내 정색을 하
고 말씀하셨다.

"그냥, 돈은 됐습니다. 좋은 취지로 그러신 건데, 그냥 두세요. 다시
돈 주러 오시기도 그렇고. 그냥 가셔도 됩니다."

너무 화를 많이 내며 돈은 다 낼 거라고 큰소리를 쳤던 터라 돈은
꼭 가져다 드린다고 말하고 싶었지만, 얼굴이 너무 화끈거려서 더 말
을 잇지 못했다. 모기소리만하게, "네, 감사합니다"라며 병원 문을 뛰
쳐나왔다.

심호흡을 하고 병원에서 빨리 멀어지려고 달아나듯 뛰려는 순간,
병원 문이 벌컥 열리더니 원장님이 뛰어나왔다. 그리고 내 쪽으로 다
가와서 빙긋 웃고, 한쪽 눈을 찡긋하며 내 귀에 속삭였다.

"차비도 없잖아요. 자, 이거 받으세요. 으흐흐흐흐!"

수치스러움에 몸서리치며 돌아서는 내 손에는 5천 원짜리 지폐 한
장이 쥐어져 있었다.

외과 실습견이 없어졌어요

수의과대학 병돌이 시절의 이야기이다.

"형, 저 본과 4학년 형욱인데요. 잘 지내셨나요? 다름이 아니라… 저희 조 외과 실습견이 없어졌어요. 혹시 정말 죄송한데, 저희 실습 견… 못 보셨나요?"

"실습견? 외과 실습견? 모르겠는데… 강아지가 도망갔어?"

"아뇨, 도망간 건 아닌 것 같고 누가 데려간 것 같은데 찾을 수가 없 네요. 그 실습견 없으면 외과 실습을 할 수가 없어서, 저희 조 애들은 지금 난리났어요. 자칫 외과 실습 점수가 안 나올 수 있거든요."

"글쎄, 난 모르겠는데. 그런데 왜 나한테 연락을 했지?"

"그게… 형이 강아지 산책시키는 걸 봤다는 사람이 있어서요. 그 사 람이 강아지 인상착의가 저희 실습견 같았다고 했거든요. 형, 저희 그 강아지 없으면 정말 큰일납니다. 정말 못 보셨어요?"

"난 아냐. 내가 공혈견들하고 다른 아이들 산책을 시키기는 하지만, 너희 개는 아니야. 난 물어보고 괜찮은 애들만 산책시켜. 큰일날라고."

전화를 끊고, 누가 그 강아지를 데리고 간 것인지는 알 수 없지만 그 강아지에게는 무척 잘된 일이라고 생각했다. 누가 데리고 갔든, 그 강아지는 수의대 학생들에게 여러 가지 수술 실습을 당하고 안락사 되는 운명에서 벗어났다는 것이니 잘된 일이었다.

30대 초반에 수의가가 되어야겠다고 말도 안 되는 무모한 마음을 먹은 후에, 그야말로 죽을 똥을 싸면서 매달리다보니, 30대 중반에 어느 수의과 대학에 편입학할 수 있게 되었다. 애초에 공부와는 거리가 멀었기 때문에 늦은 나이에 수의대에 들어가서 공부를 하면서도 많은 어려움을 겪었다.

수의대에서 공부 외에도 많은 어려움을 겪었는데, 가장 큰 어려움은 실험이나 실습에 사용되는 많은 실험동물들을 매일 봐야 한다는 점이었다. 동물을 살리는 수의학을 배우기 위해서 수의대에 왔는데, 그 수의학을 배우기 위해서 다른 동물들을 희생시켜가면서 공부를 해야 하는 현실이 너무 슬펐다.

본과 1학년 때 제대로 돌봄을 받지 못하는 공혈견을 발견한 후에, 본과 2학년이 되면 수의대 부속 동물병원 근로 학생이 되어서 공혈견을 돌보는 일을 하겠다고 마음먹었다. 병원 근로학생이 되면 공혈견을 돌볼 수도 있고 진료나 수술에 참관할 수도 있어서, 나같이 아는 수의사 선배 한 명 없는 늦깎이 수의대생이 실제 진료 관련 지식을 얻을 수 있는 좋은 기회라고 생각했다.

본과 2학년이 되어서 병원 근로학생, 일명 병돌이가 되어서 동물병원 생활을 해보니, 밖에서 봤던 것보다 훨씬 많은 실험동물들을 병원 이곳저곳에서 만날 수 있었다. 사람을 위해서, 의학이나 생명과학의

43

발전과 교육을 위해서, 동물을 대상으로 실험이나 실습을 하는 것이 정당하느냐에 대한 논의를 떠나서, 동물을 살리는 수의대 동물병원에서 실험과 교육 실습을 목적으로 데리고 있는 동물들의 평상시 처우가 너무 열악해서 깜짝 놀랐다.

그곳에서 땡볕에 헉헉거리면서 묶여 있는 강아지들, 빛이 없는 어둠 속에서 울부짖고 있는 비글들, 굶어 죽거나 얼어 죽은 실험견들, 외부 기생충에 뒤덮여서 피를 빨리며 죽어가던 시추, 죽은 줄도 모르고 방치되어 있던 이름 모를 강아지 등 안타깝고 비참한 죽음과, 죽음과 다름없는 삶을 사는 동물들을 만났다.

어쩔 수 없이 실험이나 실습을 당하는 동물들이라면 평상시에라도 편안하게 있을 수 있도록 배려해주는 것이 당연할 텐데, 그곳의 동물들은 계속 고통을 겪는 모습이었다. 다음에 쓰임(?)이 있을 것을 대비한 것일 수도 있지만, 실험이나 실습을 하지 않는데도 그냥 데리고 있으면서 고통만 받게 하고 있는 동물들이 꽤 많다는 것도 발견했다.

동물병원 뒤편에는 깡통 같은 금속 재질로 이른바 뜬장이 길게 자리 잡고 있었고, 그 뜬장 안에 이름 모를 실험견들이 구겨지듯 들어 있었다. 햇볕을 가려주는 구조물도 없이 노천에 있었기 때문에 실험견들은 여름이면 땡볕에 달궈진 금속판의 열기에 갇혀서 헉헉거리고 있었고, 겨울이면 칼바람과 철판의 냉기를 온몸으로 견뎌내며 추위에 떨어야 했다. 그러다 자기 순번이 되면 각종 실험과 실습에 사용되었고, 이런 생활이 반복되다 쓰임이 없게 되면 안락사되었다.

그나마 이런 죽음이 끝없는 고통에서 벗어나는 순간이라고 생각했었는데, 당시 수의대에서 이뤄지는 '안락사'가 마취제를 제대로 사용하지 않고, '고통사'를 시키는 경우도 있는 것을 보고 또 큰 충격을 받았다. 그리고 그나마 이런 깡통 집도 없는 일부 대형견들은 눈 비를 온몸으로 맞으며 나무에 묶여 있기도 했다. 밤이면 쥐 떼들이 몰려들어서 여기저기 널브러져 있는 사료 포대에서 사료를 먹다가, 사람이 다가가면 물결이 갈라지듯 '바닥 전체가 쥐 떼로 변해서 좌우로 밀려서 도망치는 광경'은 수의대 시절의 '괴기적 장관'으로 기억된다.

수의과대학 부속 동물병원에는 많은 사람들이 있었다. 교수님들, 대학원생들, 수의사 선생님들, 직원 선생님들, 각 과의 소속 학생들이 있고, 그 모든 구성원들의 가장 아래에 특별한 소속이 없는 병원 근로 학생, 일명 병돌이가 있었다. 병돌이의 일상은 아침 일찍 출근해서 세탁기를 돌리고, 진료실과 집중치료실 등을 청소하고, 비품을 챙겨놓고, 공혈견 관리를 하고, 수업 시작 전에 강의실로 가서 수업을 듣고, 강의가 끝나면 다시 병원으로 와서 청소를 하고, 세탁기를 돌리고, 공혈견 관리를 하는 것이었다. 이미 나이가 들어 학습에 적합하지 않은 굳은 뇌를 가지고 수의대 생활을 시작했는데, 병돌이 생활까지 시작하게 되어서 그렇지 않아도 저공비행을 하던 학점이 졸업하는 데 지장이 있을 정도로 낮아져버렸다.

그날도 수업이 끝나고 동물병원 진료실을 청소하고 있었다. 진료실에는 수의사 두 분이 대화를 나누고 있었고, 나는 언제나처럼 뭐라도 언어 배울 것이 없는지 귀를 쫑긋 세우고 청소하는 시늉을 내고 있었다.

"선생님, 저… 제가 실수를 해서 주사를 과량으로, 너무 많이 줬습니다"라고 조금 어려 보이는 수의사가 잔뜩 주눅 든 목소리고 얘기하자, 조금 나이 든 선생님이 보던 서류에서 눈도 떼지 않고 대답했다.

"그래? 별일 없을 거야. 약들이 어지간하면 안전역이 넓기 때문에 조금 과량을 줘도 상관없어."

"저, 그런데 그게… 조금 많아요."

"얼마나 줬길래? 누구한테 얼마나 줬는데? 한 열 배라도 줬어?"

"알비노 실험견에게 제가 열 배가 아니고……."

어린 수의사는 여기까지 얘기하고 더 말을 잇지 못했다. 나이 든 선생님은 읽던 서류에서 눈길을 거두고, 젊은 수의사를 짜증 어린 눈빛으로 쳐다보았다.

"제가 실수로… 용량의 100배를 주사했습니다."

이 말을 듣고 나는 쥐고 있던 대걸레를 놓칠 뻔했다.

'100배라니… 헉!'

그런데 당장 불호령을 내릴 것 같던 나이 든 선생님이 별 반응을 보이지 않았다. 오히려 차분하게 보던 서류로 눈길을 옮기면서 말했다.

"그래. 그러면 기왕 이렇게 된 거, 100배 주면 어떻게 되는지 그냥 한 번 지켜봐."

지극히 과학적이고 의학적인 방향으로 결론이 났고, 두 선생님은 진료실을 떠났다.

알비노 실험견은 나도 알고 있는 실험견이었다. 그 아이는 소형 몰티즈 종 강아지로, 병원 뒤 뜬장에 나타난 지 얼마 되지 않은 실험견이었다. 어떤 경로로 병원 실험견으로 들어오게 되었는지 알 수 없었지만, 귀털에 염색한 흔적이 남아 있는 것으로 봐서는, 얼마 전까지는 여염집 반려견으로 귀여움을 받으면서 살고 있었을 것이라고 생각되는 아이였다.

병원 뒤 뜬장에 가서 그 알비노를 살펴보았다. 보통 몰티즈의 절반 크기도 안 되는 자그맣고 비쩍 마른 체구에 털이 유난히 빈약했다. 색소 결핍증이 있어서 돼지코같이 핑크색 코를 가진 강아지가 바람이 숭숭 들어오는 뜬장 안에서 추위를 견디지 못해서, 아니면 주사제의 부작용 때문인지 부들부들 떨고 있었다. 마음 같아서는 당장 뜬장에서 꺼내주고 싶었지만 실험견을 함부로 꺼낼 수는 없었다.

다음날, 그 알비노 실험견이 소속된 실험실을 찾아갔다. 평소에 파악해뒀던(?) 선생님에게,

"저, 죄송하지만… 저 뒤에 있는 알비노 실험견요. 혹시 지금 특별히 실험에 쓰이지 않으면 제가 산책을 시켜주거나 좀 돌봐줘도 될까요?"라고 물어보았다.

관찰한 바에 의하면 수의대의 구성원들은 세 그룹으로 나뉘었다. 그룹 1은 동물의 복지나 권리에 대한 인식이 아예 없어서, 실험 동물들의 희생이나 열악한 처우를 당연하게 여기거나 무감각한 소수의 사람들이다. 그룹 2는 동물을 좋아하고 실험 동물들을 가엽게 여기지만 시간이 너무 없어서, 마음은 있지만 어떻게는 못해주는 대다수의 구

성원들이다. 그룹 3은 동물이나 실험 동물들의 힘든 상황을 개선하기 위해서 시간과 노력을 들여서 뭐라도 해주려고 하는 사람들이다.

일반인들은 수의대라면 당연히 그룹 3의 비율이 높을 것이라고 생각하겠지만, 내가 파악한 바에 의하면 수의대에는 그룹 2의 비율이 압도적으로 높고, 그다음이 그룹 3이고, 그룹 1이 가장 적은 편이다.

그룹 3이 동물들의 처우를 위해서 뭔가를 바꾸고자 할 때, 그룹 1은 적극적으로 혹은 물밑에서 반대를 하고, 그룹 2는 시간이나 노력이 얼마나 드는지에 따라 협조를 하기도 하고, 적당히 모른 체하기도 한다. 다행스러운 것은 분포의 차이는 있지만 어느 실험실이나 1, 2, 3 그룹에 속하는 구성원이 다 있다는 점이다.

추억해보면, 그룹 1에 속하는 학생이 자신이 돌봐야 하는 실험견이 있어도 평소에는 사료나 물도 제대로 주지 않다가, 어느 날 천사 같은 모습으로 실험 동물을 돌보고 있어서 이상하다고 생각했는데, 알고보니 그날 여자친구가 학교에 구경 오는 날인 경우도 있었다. 또 당번이 실험견을 혼동해서 엉뚱한 강아지에게 사료를 주다가 정작 자기가 돌봐야 하는 실험견이 굶어 죽거나 죽을 위기에 처한 상황을 겪고도, 그런 시스템을 바꾸자는 제안에 귀찮아하는 모습을 보이기도 했다.

지금도 가끔 예전에 그룹 1에 속했던 것으로 기억하는 수의사가 만면에 미소를 띠고 방송이나 신문, 유튜브 등에 나와서 동물들의 복지나 권리에 대해서 말하는 모습을 발견하기도 한다. 그분들의 성정이 진정으로 바뀌었을 수도 있고, 그게 아닐지라도 바람직하고 맞는 이야기를 사람들에게 잘 전달해주어서 나름 고맙다고 생각하고 있다.

해당 실험실의 허락을 받고, 병원 뒤 뜬장으로 가서 알비노 강아지를 꺼낼 수 있었다. 강아지를 뜬장 위에 올려놓고 인사를 나눴다. 강아지는 서먹한 표정으로 추위와 두려움에 떨고 있었다.

"내가 자주 올게."

"야, 너 괜찮아? 주사 많이 맞았다며… 괜찮은 거야? 너무 많이 떠네. 이거 먹어."

실제 강아지를 꺼내놓고 보니 너무 마음이 아팠다. 이렇게 작고 앙상한 강아지가 수의대에 실험견으로 왔다는 사실이 믿기지 않았다. 옷을 하나 더 입히고 먹을 것을 조금 주면서 보니, 강아지가 서 있는 모습이 어딘가 이상했다.

"어, 무릎이, 이상하네."

그 강아지는 색소결핍증상만 있는 줄 알았는데, 무릎이 딱딱하게 일자로 펴진 상태로 굳어 있었다. 뻣정다리 모양으로 억지로 걷는 모습을 보이기도 했지만 산책을 할 수는 없는 상태였다.

실험견으로 온
알비노(색소결핍증상) 강아지

"야, 너 혹시 이래서 버려진 거야? 에구, 넌 걷지도 못하는구나. 내가 앞으로 자주 올게."

그날 이후, 틈나는 대로 알비노 강아지를 보러 갔다. 다른 실험견들에 비해서 더 약해 보이는 강아지라서 마음이 많이 쓰였지만, 할 일과 시험, 과제, 돌봐줘야 하는 동물들이 많았기 때문에 생각만큼 그 아이를 자주 볼 수 없었다. 어떤 주사인지 알아들을 수 없었던 주사를 100배나 맞았는데, 다행스럽게도 특별한 이상이 있어 보이지는 않았다. 그 강아지는 무슨 일을 겪는 것인지 어디론가 사라졌다 돌아오기도 하고, 다른 학생의 품에 안긴 모습을 볼 때도 있었다. 가끔 가서 먹을 것을 주고 안아주는 게 전부였지만 그 강아지는 점점 내게 의지했고, 찾아오는 나를 반가워했다. 어느 순간부터는 내가 그 아이의 우주가 된 느낌이 들었다.

날씨가 점점 더 추워졌다. 병원 뒤에 있는 실험견들을 위한 월동 준비는, 뜬장 문에 플라스틱 패널을 하나 붙여놓는 것이 전부였다. 날이 더 추워지면 알비노 강아지가 도저히 견디지 못할 것 같았다. 큰 결심을 하고, 전에 찾아갔던 선생님을 찾아갔다.

"저, 죄송하지만 그 알비노 강아지… 지금 실험에 사용하시나요? 특별히 필요가 없으시면……."

"지금은 실험 계획이 없어요. 왜요?"

"제가 데려가서 입양을 보내거나, 안 되면 제가 키우려고 합니다."

"음, 어디라도 입양을 가서 살 수 있으면 좋죠. 그렇지 않아도 지금 실험실에 있는 강아지 중에서 철수 아니면 알비노로 뇌표본을 만들려고 하거든요. 한 아이만 쓰려고 하니까 철수 아니면 알비노, 둘 중 한 마리는 데려가셔도 좋습니다."

"아, 네… 감사합니다."

원하던 답을 듣고 나왔지만, 마음이 너무 좋지 않았다. 나는 알비노를 입양하기 위해서 갔던 것인데, 뜻하지 않게 알비노와 철수의 생사를 결정할 상황에 처하게 된 것이다. 철수는 그 실험실에서 관리하는 발바리 믹스견으로, 사람들을 잘 따르고 성격이 좋아서 해당 실험실 학생들의 귀여움과 사랑을 받으며 비교적 잘 지내고 있다고 생각하던 강아지였다. 나도 가끔 산책을 시키곤 해서 정이 많이 든 아이였다.

그날부터 며칠간, 답이 나올 리 없는 부질없는 고민이 계속되었다. 철수를 생각하면 작고 가냘픈 알비노의 떠는 모습과 내가 찾아가면 미친 듯 좋아하는 모습이 떠올랐고, 알비노를 데려가려고 생각하면 선한 눈빛으로 종종거리며 따라오는 철수의 얼굴이 떠올랐다. 내

철수의 마지막 모습

가 이럴 자격이 있는지 고민의 고민을 했다. 불면의 밤을 보낸 어느 날 아침, 철수에게 마지막 산책을 시켜주게 되었다. 결국, 철수는 뇌표본이 되어서 선명하게 단면이 보이는 잘린 뇌만 남아, 병에 담긴 모습으로… 나와 다시 대면했다.

본과 4학년 형욱 선배에게 전화를 걸었다.

"형욱아, 혹시 너희 실험견 하얀 푸들 강아지야?"

"네, 형! 맞아요! 보신 적이 있나요?"

"그 실험견, 동물병원 뒤에 지하실 내려가는 계단 입구 철망장에 있었어?"

"네! 네! 저희가 둘 곳이 없어서 거기 뒀었어요. 형, 그 개 보셨군요. 다행이에요! 그 개 지금 어디 있나요? 진짜 저희 큰일날 뻔했어요."

"어, 그 개는 지금… 서울에 있어."

"네? 서울요? 왜요? 형이 데려간 게 맞았네요. 그런데 왜 아니라고 하셨어요. 저는 괜찮지만 지금 다른 아이들은 난리났어요. 형이 데려간 게 알려지면 아마 외과 실험실에서도 가만히 안 있을 거예요. 형, 정말 큰 후폭풍이 닥칠 텐데 왜 그러셨어요. 평소에 형이 실험견들 불쌍하게 생각하시는 건 저도 잘 알고 있는데요. 실습용으로 학생들에게 배정된 개를 무단으로 학교 밖으로 데려간 건 너무 큰일을 저지르신 거예요. 어떻게 바로 데려오실 수는 없나요?"

"나도 처음엔 그 개가 너희 개인지 몰랐지. 그리고 그 개를 데려오는 건, 그건 조금 어려울 것 같은데. 내가 데려가서, 잘 키워주실 분에게

52

이미 입양된 상태야. 걔 지금 되게 잘 있어. 행복하게."

　보이지는 않지만 전화기 너머로 정말 황당해하는 모습과 분노를 참는 듯한 기운이 느껴졌다. 지금 통화를 하는 4학년 선배는 위계질서가 엄격한 당시의 수의대에서 흔하지 않게, 나이가 많은 내게 말을 편하게 하도록 진심으로, 억지를 부려서 기어이 말을 놓게 만들 정도로, 순하고 착한 학생이었다. 그래서 심한 욕설을 퍼붓지 않는 것이라고 생각했다.

　"아니, 형… 어쩌시려고."

　"내 말을 들어봐. 거기 지하실 입구에 강아지 한 마리가 있어서 내가 관심을 가지고 지켜봤는데, 누가 관리하는 사람이 없더라고. 그렇지 않아도 요즘 착오로 관리 안 되고 굶어 죽거나, 죽은 줄도 모르고 방치되는 애들이 있잖아. 그래서 혹시나 하고 돌봐주다가 수소문해보니까 외과 소속이라고 해서, 대학원 선생님께 여쭤본 거야. 확실하게, 데려가도 되는지 여쭤보고 데려간 거야."

　"학생 실습용으로 배정된 실습견인 걸 알았으면 안 데려갔지. 외과에서도 그냥 데려가도 되는 아이라고, 건강검진까지 해주셨어. 그러니까, 나는 계통을 밟아서 허락을 받고 데려간 거니까 외과에서도 뭐라고 하시진 못할 거야. 결과적으로는 너희 조에 미안하게 되었지만, 관리를 좀 하지 그랬어. 그냥 방치된 것 같던데……."

　"저희 애들이 돌아가면서 관리를 하기로 했는데, 아마 자기가 당번인 줄 모르고 있었거나, 강아지 위치가 잘못 전달되어서 엉뚱한 강아지를 관리하고 있었을 거예요."

"거봐, 그 강아지 내가 눈길 안 주고 있었으면 또 굶어 죽을 뻔했네. 수의대에서 드물지 않은 죽음이잖아. 당번 일정이나 당번 강아지를 착각해서 굶어 죽는 일. 옆에 강아지는 두 배로 사료와 물을 받아서 먹는데, 바로 옆 강아지는 그걸 보면서 굶어서, 목말라서 죽는 일. 너희 조에는 미안한 일이지만, 어쩌면 강아지가 없어진 게 더 다행인 상황일 수도 있어. 그 강아지가 그대로 굶어 죽었어봐. 아마 더 큰 문제가 됐을 거야."

"그러니까 외과에 가서 '왜 저희 실습견 입양 보내셨어요?' 하고 약간 따지듯 얘기해봐. 아까는 나도 그 개가 그 개인 줄 몰랐는데 혹시나 해서 지금 물어본 거야. 암튼 난 계통을 밟아서 허락을 받고 데려간 거다. 너희 조 4학년 선배들에게는 내가 빌런이고 절도범이겠지만, 그 개는 그렇게 생각하지 않을 거야."

"근데, 대부분의 경우에는 실수나 착오 때문에 실험견이나 동물들이 비참하게 죽게 되는데, 이번에는 덕분에 그 강아지가 수술 실습을 받지 않고 살게 되었네. 그냥 그 개가 살게 되었으니까, 너도 좋게 생각해줘. 그리고 외과에 가서 강아지 잃어버렸다고 하지 말고, 왜 우리 개를 입양 보냈냐고 따지는 거 잊지 말고!"

나의 귀여운 보디가드

수의대에 다니면서 분주하지 않은 아침은 하루도 없었다.

매일 아침, 자리에서 일어나야 하는 현실을 부정하며 고통에 몸부림 치는데, 그날 아침은 더 분주할 것이 예상되는 특별한 아침으로 다른 날보다는 수월하게 자리를 박차고 일어났다. 서둘러 세수를 하고, 공들여서 빨아놓은 가운을 조심스레 받쳐 들고 동물병원으로 출근했다.

수의대에 다니던 기간에 미래의 김 부장님인 아내가 학교에 온 적이 딱 한 번 있었는데, 오늘이 바로 그날이었던 것이다. 평소보다 공들여서 이곳저곳 청소하고, 조심스럽게 청진기를 가운 한쪽 주머니에 넣었다. 마음 같아서는 청진기를 목에 두르고 집사람을 맞고 싶었지만, 아직 임상 과목 시작도 하지 않은 병돌이가 청진기를 목에 두르고 병원을 활보할 수는 없었다. 고작 내가 할 수 있는 일은 청진기를 오른쪽 주머니에 넣었다가 왼쪽 주머니에 넣어도보고, 밖에서 조금 더 잘 보이도록 청진기를 크게 말아서 주머니에 넣는 것뿐이었다.

드디어 미래의 김 부장님이 학교에 도착했다. 먼저 수의대 건물에 김 부장님을 데려가서 내가 수업을 듣는 강의실과, 방학이지만 출근해 계시는 교수님의 연구실을 구경시켜줬다. 당시 수의대에는 각종 첨단 실험 장비들이 가득한 연구실이 많이 있었지만, 내가 보여줄 수 있는 연구실은 정년이 거의 다 되신 두 분 교수님의 연구실이었다. 고풍스러운 책 더미와 먼지 쌓인 진공관 앰프가 쌓여 있는, 전형적인 수의대 교수님들의 연구실과는 다소 거리가 있는 모습의 연구실이었다.

수의대 건물을 나와서 동물병원으로 들어가기 전에 병원 뒤로 김 부장님을 데리고 갔다. 뜬장에 있는 실험견들과 듀롱카, 에로스, 수지 등 공혈견 셰퍼드들에게 인사를 시켜주었다.

"자, 얘들이야. 내가 돌봐주는 공혈견들. 여기 집들 다 보내주느라 고생 많았어. 그래도 얘네들 잘 있는 거 보니까 기분 좋지?"

"얘네, 자기가 돌봐주는 거 맞아? 여기 물건들 보니까, 다 내가 돌봐주는 것 같은데……."

"무슨 소리야. 내가 매일 얼마나 공을 들이는데. 자 이제 들어와봐. 내가 병원 내부를 보여줄게."

"자, 여기 진료실. 흠, 여기가 집중 치료실. 여기가 내가 관리(사실은 청소)하는 내 구역이야. 자, 들어와!"

목에 힘을 주고 으스대며 말했다. 다행스럽게도 집중 치료실에는 아무도 없었다.

"이곳이 우리 병원의 집중 치료실이야. 중증 환자들이 입원해서 말 그대로 집중 치료를 받는 곳이야. 내가 매일 이곳으로 출근을 하지."

청진기를 반대편 주머니로 옮겨 넣으며 말했다.

"대학 부속 동물병원은 처음 와보네. 그럼 여기 있는 동물들은 많이 아픈 거겠네."

"그렇지. 많이 아프니까 대학 동물병원에 오는 거겠지? 자, 이리 와 봐. 얘를 좀 봐봐."

내가 가리킨 입원장에는 작은 요크셔테리어 한 마리가 케이지 바닥에 물주머니가 퍼져 있는 듯 널브러져 있었다.

"어마, 얘 살아 있는 거야? 눈은 뜨고 있는데… 이상하네."

"얘는 교통사고가 나서… 온몸의 뼈가 으스러지고 배에 피가 차서 지금 물주머니처럼 바닥에 붙어 있는 거야."

"그럼, 수술 같은 걸 하는 거야?"

"아니, 보호자 분이 비용이 많이 들어서 치료를 포기하고, 병원에 기증하셨어. 치료를 해줄 거라고 생각하신 것인지, 그냥 포기하신지 는 잘 모르겠지만, 아무튼 기증하고 두고 가셨어."

"아니, 사고를 당했다고 병원에 기증을 했다고? 그럼 치료는 하는 거야?"

"잘 모르겠어. 얘는 그냥 널브러져서 터진 자루같이 배에 피가 차 있고, 여기저기 가시같이 뾰족하게 부러진 뼈가 안에서 피부를 뚫고 나오려고 하는데, 그냥 숨만 간신히 쉬고 있는 거야. 병원에서 어떻게 할지는 잘 모르겠지만, 지금은 딱히 아무것도 안 하고 있는 것 같아."

"그래도 되는 거야? 얘가 아플 텐데."

"별도로 어떤 처치를 하는지는 모르겠지만, 내가 본 건 없어. 그냥 숨만 쉬고 있어. 난 뼈 조각이 뚫고 나오지 않도록 그냥 피부를 당겨서 들고 있어주는 거, 그거밖에 해줄 수 있는 것이 없어."

말을 하면서 피부 아래에서 피부를 당장에라도 찢고 나올 것 같은, 가시 같은 뼈가 있는 부위의 피부를 당겨서 들어올려주었다. 숨만 쉬던 강아지가 나와 눈을 마주쳤다.

"기가 막혀서 말도 안 나온다. 그럼, 계속 이러고 있는 거야?"

"아니, 계속은 아니지만 틈나는 대로… 내가 할 수 있는 게… 이거밖에 없거든. 그런데, 이 아이가 바로 죽을 줄 알았는데 죽지를 않아. 살려는 의지가 보통이 아니야."

둘 사이에 대화가 끊어졌다. 나는 손을 바꾸며 그 강아지의 피부를 당겨서 들어주고 있었다. 김 부장님의 눈가가 젖었던 것 같았고, 그 강아지는 고통에 신음하면서 계속 나를 바라보고 있었다.

김 부장님은 곁에서 한참 그 요크셔테리어와 나를 바라보다가, 별말을 하지 않고 돌아갔다.

그 후로도 틈만 나면 그 요크셔테리어에게 가서 피부가 뚫어지지 않게 피부를 당겨서 들어주었다. 원래는 수업이 끝나기 전에 병원에 가는 일이 적었는데, 수업 사이 쉬는 시간에도 병원에 가서 그 강아지의 피부를 당겨서 들어주었고, 그 강아지는 눈을 꿈벅대며 나를 바라보고 있었다.

며칠이 지나고, 여전히 그 강아지는 움직이지 못했다. 그런데 그 강아지의 배에 가득 찼던 액체가, 병원에서는 복강 출혈이라고 했던 혈액이 줄어든 것이 느껴졌다. 퍼진 포댓자루 같이 바닥에 늘어져 있던 배가 약간 홀쭉해진 것이다. 후일 생각해보니 뱃속에 흘러나오던 출혈이 멎고, 피가 다시 흡수된 것이었다. 그리고 서서히, 당장에라도 피부를 뚫고 나올 것 같던 가시처럼 날카로운 뼈의 끝 단면이 조금 뭉툭해졌다고 느껴졌고, 강아지는 고개를 들어서 나를 바라볼 수 있게 되었다. 어쩌면 이 강아지가 살 수 있을 것 같다는 생각이 들었다.

김 부장님에게 전화를 걸었다.

"응, 나야. 잘 있어? 저기 그때 그 강아지 말이야. 배가 홀쭉해지고 날카롭던 뼈 끝, 그것도 약간 뭉툭해진 것 같아. 정말 신기하지? 고개도 약간 들 수 있고. 얘가 살려는 의지가 강한 것 같아. 너무 대단해."

"……"

"내 얘기 듣고 있어? 얘가 좋아졌다니까!"

"……"

한동안 답이 없던 아내가 차분하게 가라앉은 톤으로 말을 이었다.

"알아. 듣고 있어. 잘됐네. 그러면 걘 언제 데려올 건데……"

정곡을 찌르는 기습적인 질문에 적잖이 당황했다.

"아 아니, 내가 얠 데려간다는 것은 아니고, 얘가 좋아져서……"

"됐어. 다 알아… 화내는 거 아냐. 걔 보여주려고 학교 오라고 한 거 아니었어? 알았으면 안 갔을 텐데. 자기도 거기서 걔 보면서 마음 고생하고 몸 고생하는 거… 알아. 그래서 그 아이 데려오려고 하는 거잖아. 괜찮아. 걱정하지 말고 데려와. 데려올 수 있으면."

마음속을 들켜버린 것 같기도 하고, 슬프기도 하고, 고맙기도 해서 눈물이 나며 먹먹해졌다.

"으음, 그래… 일단은 얘가 살아야지. 병원에 얘기는 해놨는데. 고마워……."

"그리고… 얘 이름은 잔디야. 짓밟혀도 다시 일어나는 잔디."

전화를 끊고 흐르는 눈물을 참을 수가 없었다. 한 손으로는 강아지의 피부를 당겨주면서 다른 한 손으로는 눈물을 닦고 있었는데, 그 강아지가, 잔디가 고개를 들어서 낑낑거리면서 나를 바라보았다.

그동안 잔디가 내게 보이던 눈빛은 내게 고통을 호소하는 듯한 모습이었는데, 그 순간 나를 바라보는 잔디의 눈빛은 울지 말라는, 나를 위로하는 눈빛 같았다.

배은망덕 김비누, 호위무사 김잔디

가끔 이런 얘기를 할 때가 있다.

"제가 나중에 죽어서 무지개다리를 건너면, 고양이들이 몽둥이를 들고 저를 기다리고 있을 거예요. 제가 괴롭혔다고, 주사를 놓고 이를 뽑았다고. 아마 우리 병원 양양이가 그 무리에서 제일 앞에 있을 거 같네요. 나는 개한테 집도 주고 무료로 수술도 해줬는데."

잔디의 상태는 날이 갈수록 좋아졌다. 배는 보통의 강아지처럼 홀쭉해졌고, 살을 찢고 나올 것 같던 뼈 조각들도 뭉툭해지고 자리를 잡아서 더 이상 도드라져 보이지 않았다. 기적 같은 일이었다. 제대로 걷지는 못하고 배뇨 조절이 안 되어 소변을 흘리기는 했지만, 음식을 먹고 몸을 일으킬 수 있게 되었다.

학교에서도 잔디를 내 강아지라고 여기게 되었다. 집중 치료실에 들어서면 캉캉 짖으며 빨리 안아달라고 보채던 잔디는 앉은뱅이처럼 뒷다리를 끄는 걸음이었지만, 앞다리로 몸을 지탱하며 걷는 모습을 보이다가 점점 더 빨리 걷는 방법을 스스로 습득했다. 어느 날부터인가는 부자연스럽지만, 달리는 듯 뜀걸음을 걸을 수 있게 되었다. 이제 퇴원할 시간이 된 것 같았다.

잔디를 서울에 있는 김 부장님에게 데려다주던 날, 마지막으로 잔디를 데리고 수의대 주변을 걸었다. 실험견들과 공혈견들을 데리고 자주 걸었던 길이지만 잔디를 데리고 이곳을 이렇게 함께 걸을 수 있고, 이 아이를 데리고 병원을 나가게 되었다는 일이, 퇴원을 앞두고 마지막 산책을 하던 그날에도 믿기지 않았다. 잔디도 나를 보고 컹컹 짖으며 앞다리에 힘을 주고 뛰어올랐다.

모든 것을 팔고, 털어 붓고, 가능한 모든 대출을 끌어모으며 버틴 끝에 드디어 수의대를 졸업했다. 이제 더 이상 남은 것이 없고 대출을 할 상황도 안 된다고 생각했는데, 병원을 개원하려는 시점에서 또 어찌어찌 대출을 끌어모아서 병원 모양만 갖춘 공간을 꾸밀 수 있게 되었다. 그 병원에는 잔디, 깨돌이, 해피, 비누(알비노 강아지), 길순이, 에리얼, 별이, 소운이, 잭, 그 외 여러 실습견과 유기견 출신 강아지와 고양이들이 같은 시기에, 혹은 시기를 달리해서 살게 되었다.

집이나 병원에서 함께 살았던 동물들 중에는 유독 다리가 불편한 아이가 많았다. 집에서 살았던 까망이는 앞다리 하나의 절반이 절단된 강아지였고, 길순이라는 고양이는 앞다리 끝이 절단되었고, 잭 스패로우라는 고양이는 앞다리 하나가 견갑골 부분까지 전체가 절단되었고, 에리얼은 뒷다리가 두 개 다 없는 고양이, 키우기 시작하면서 비누라고 불리게 된 알비노 강아지는 뒷다리를 구부릴 수 없었고, 잔디는 골반과 주변 뼈가 으스러져서 뒷다리 기능이 거의 없어진 상태였다.

하지만 다리가 없거나 불편한 동물들 중 어떤 아이도 그대로 주저 앉아 있지 않았다. 까망이는 세 다리로도 전혀 주눅들지 않고 한 평생을 씩씩하게 산책을 다니면서 잘 살았다. 또 에리얼은 앞다리 두 개로 자연스럽게 걷고 뛰는 방법을 스스로 터득해서, 그 고양이를 자주 본 손님들도 그 애가 두 다리만 가진 고양이라는 것을 알아차리지 못했다. 비누는 누가 가르쳐주지도 않았는데 앞다리로 물구나무를 서서 다녀서, 내가 채찍을 휘둘러가면서 강제 훈련을 시킨 것이 아닌가 하는 동물학대 의심을 받게 만들었다.

잭은 한쪽 앞다리가 가슴부터 없는 약점을 극복하고, 뒷다리 두 개로 몸을 지탱했다. 한 손으로도 다른 고양이와 싸워 이기면서 전혀 주눅들지 않았고, 다소 건방지고 무개념한 생활 태도로 유유자적하며

하나뿐인 앞다리로
거만한 포즈를 취한 잭 스패로우

물구나무를 서서 다니는 '기고만장 김비누'

잘 먹고 잘 사는 모습을 보였다. 그리고 길순이는 앞다리 끝이 없었지만, 집 없는 어린 고양이와 강아지들을 살뜰하게 보살피며 모두의 엄마 같은 자애로운 고양이의 삶을 살았다.

잔디는 앉은뱅이처럼 걸을 수밖에 없었지만, 잠시도 쉬지 않고 부지런히 다니면서 호위무사로서 병원을 지키고 나를 지키는 자신의 소임을 다했다. 비누는 배뇨 조절을 할 수 있었지만 훈련이 안 되어 따라다니면서 소변을 치워줘야 했고, 잔디는 배뇨 조절이 되지 않아서 아무 곳에나 소변을 흘리는 타입이라 기저귀를 차게 되었다.

당시의 우리 병원에서는 다리가 하나 정도 없는 것은 전혀 결점이 아니었다. 그래서 가끔 잭에게 "야, 다리도 세 개나 있는 네가, 다리 두 개 있는 에리얼한테 양보해야지! 삼지 육신이 멀쩡한데!"라고 야단을 치기도 했다.

비누와 잔디를 김 부장님에게 데려다주고, 내가 졸업을 할 때까지 비누는 완전히 나를 잊은 것 같았다. 알고보니 까칠한 성격이었던 비

잔디는 몸 바쳐서
나를 지키려고 하는 수호천사였다

누는 김 부장님과 몇몇 사람들을 제외하고는 만지거나 쳐다보기만 해도 으르렁거리고 화를 냈다. 후일, 병원에 오신 손님들이 "어머, 얘가 물구나무를 서서 다니네요. 신기해요"라며 다가가서 만지려고 하면, 김 부장님은 허겁지겁 달려와서 "손님, 얘가 성격이 까칠해서 물수도 있습니다. 만지시면 안 됩니다"라며 제지해야 했다.

서운하게도, 그렇게 으르렁거리고 무는 대상에는 나도 포함되어 있었다. 학교에서는 내가 그 아이의 전부였는데, 안전한 곳에 데려다주고 나니 나 따위는 안중에도 없어보였다. 가끔씩 서운하기도 했지만, 그 아이가 뇌 표본이 되지 않은 게 다행이라며 스스로를 위로했다.

반면에 잔디는 졸업 전에 나를 가끔씩만 봤는데도 나를 잊지 않았다. 나를 만나면 컹컹 짖고 뛰어오르며 온몸으로 반기며 좋아했다. 개원 후에도 비누는 물구나무를 서서 아무 곳에나 오줌을 갈기면서 다니다가, 나와 눈이 마주치거나 내가 가까이 가면 까칠하게 으르렁거리거나 심지어 가끔 물기도 했다. 반면에 잔디는 출근하면 문 앞에서 나를 기다리고 있고, 내가 잠시 화장실에 가면 문 앞에 서서 내 눈높이 정도를 우러르며 컹컹 짖었다.

내가 빨리 돌아오기를 염원하면서 언제까지나 내가 올 때까지 기다려주고, 진료를 할 때는 내 옆에 다소곳이 앉아 있다가 진료를 받던 강아지나 고양이가 나를 위협하는 행동을 하면, 화를 내고 뛰어오르며 몸 바쳐서 나를 지키려고 달려들었다.

그래서 사람들은 배은망덕의 대명사로 비누를, 신의와 충성의 대명

65

사로 잔디를 농담삼아 얘기하면서 그 아이들이 함께 이곳에서, 이토록 배은망덕하고 이렇듯 충성스러운 삶을 다시 살게 된 것을 즐거워했다.

　개원 후에 잔디의 엑스레이를 찍어보았다. 학교에 다니던 당시, 잔디를 처음 만났을 때는 아는 것이 없어서 잔디의 상태를 자세히 알 수 없었다. 그런데 엑스레이로 확인한 잔디의 상태는 너무 처참했다.

　"김 부장님, 얘 이거… 도저히 말이 안 되는 상태였네. 이건 도저히… 어떤 교재에서도 이런 사진을 본 적이 없어. 살아 있으면서 이런 영상은 불가능해. 골반이 으스러져서 붙은 것은 그렇다 치고, 척추가 이렇게 어긋나서 어떻게 살았지?"

　"아무것도 안 한 상태에서 이런 부상을 입고 살아났다니. 이건 의학적으로 불가능한 영상이야. 그리고 이게… 시간이 오래 지나서 정돈되고 회복된 상태가 이 정도라면, 당시에는 훨씬 더 심했다는 거잖아. 그리고 지금도 뼛조각에 방광하고 대장이 눌려 있어서."

　"그래요? 그런데 당시에는 내가 보기에도 살아 있다고 할 수 없는 상태였는데요. 그냥 퍼져 있는 물주머니… 뾰족한 가시가 안에서 뚫고 나오려고, 안에서 찌르고 있는 물주머니였지."

　"잔디는 지금 굉장히 아슬아슬한 상황이야. 언제라도 갑자기 우리 곁을 떠나게 될 수도 있을 것 같은데. 지금까지 힘든 상황을 잘 견뎌냈지만, 상태를 보니 마음의 준비는 하고 있어야 할 것 같아. 때가 되면, 정말 손 쓸 수 없는 통증이 오고 장기가 기능을 못하는 때가 오면……. 지금도 살아 있는 것이 믿기지 않을 정도로 상태가 나빠서 가만히 있는 게 좋은데, 나를 너무 따라다녀서 큰일이야."

이런 우리의 걱정과는 다르게 잔디는 씩씩하게 지냈다. 가끔씩 무릎에 안아 올려주면 그 순간도 좋아하는 것 같았지만, 잔디는 내 옆에 앉아서 전방을 주시하고 주변을 경계하거나, 나를 따라서 앉은뱅이 걸음으로 뛰듯 걸으면서 컹컹 짖을 때가 더 즐겁고 행복해 보였다. 그렇게 여러 해 동안 잔디는 나를 따라다니면서 나를 지켜줬다.

"원장님, 잔디가 웬일로 원장님을 안 따라다니네요. 끙끙거리면서 아파하는 것 같기도 하고. 요즘 이런 일이 잦은 것 같아요."

"그래… 이제 사고부위 통증이 심한 것 같아. 진통제도 잘 안 듣는 것 같고, 사실 내부 장기의 기능도 많이 떨어진 것 같아. 언젠가 이런 날을 예상했는데 결국. 잔디가 너무 힘들어하는 순간이 오면, 전에 생각했던 그런 순간이… 그럴 수도 있다고 생각하고 마음의 준비는 해둡시다."

다시 시간이 흘렀고, 일정 수준의 통증이 간헐적으로 잔디에게 찾아왔지만, 그때마다 잔디는 끈질기게 그 상황을 이겨내고 전보다 힘든 모습으로 다시 나를 따라다녔다. 통증이 다시 시작되면 한동안 약을 먹고 다시 기운을 차리는 일이 반복되었다. 기를 쓰고 나를 따라다니며 문 앞 찬 바닥에서 나를 기다리던 잔디가 어느 오후, 다시 큰 비명을 지르기 시작했다.

평소에 지르던 비명보다 훨씬 크게 지르는 잔디의 그날 비명을 듣는 순간, 이제는 잔디가 더 이상 나를 따라다니지 못할 것 같다는, 이제는 결정을 할 순간이라는 생각이 들었다.

"잔디… 이제 보내줘야 할 것 같아. 그 오랜 시간 잘 버텨줬는데, 이렇게 소리를 지르는 것을 보면 너무 아파서… 다른 방법이 없을 것 같아."

오랜 시간 잔디를 돌봐준 김 부장님도 눈물을 흘리며 고개를 끄덕였다.

잔디의 눈을 바라보았다.

잔디와 마지막으로 눈인사라도 나누고 싶었지만, 고통 속에서 소리를 지르는 잔디는 잠깐 눈을 한 번 마주치고는 허공을 보며 캥캥거리고 있었다. 서둘러서 혈관에 주사를 줄 수 있는 카테터를 장착하고 통증을 덜어줄 마취제를 주사했다. 마취제가 주입되면서 잔디의 의식이 흐려지는 듯했다. 캥캥거리던 고통의 울부짖음이 잦아들었다.

마취가 더 깊어지면서 죽음의 순간과 가까워진 순간, 그 옛날 처음 잔디를 만나서, 충격 속에서 손을 부들부들 떨면서 야윈 살가죽이 찢어지지 않도록 들어올려주던 순간이 떠올랐다. 잔디는 그때와 같이 사경을 헤매면서 그때처럼 내 눈을 쳐다보았다. 잔디와 마지막 눈인사를 나누었고, 잔디는 우리 곁을 떠났다.

주인에게 버림받고, 죽음의 문턱에서 그 어떤 의학적 돌봄도 받지 못하고 기적처럼 스스로 살아난 잔디. 줄곧 나를 따라다니면서 나를 지키고 돌봐줬던 잔디를 내 손으로 떠나보내고, 병원 문을 나섰다. 슬프고 죄스러운 기분이었다.

그 후로 다시는 잔디처럼 나를 따르는 동물을 만날 수 없을 거라고 생각했다. 사람들은 내가 잔디를 살려줘서, 잔디가 고마운 마음에 평생 나를 따라다니면서 지켜준 것이라고 했다. 하지만 나는 잔디가 그때 스스로 살아난 것이고, 나는 그저 조금 거들어준 것이라고 생각한다. 만약 잔디가 정말 그렇게 생각했다면 그건 잔디가, 스스로 살아난 잔디가 내가 살려줬다고 잘못 생각하고 평생 나를 따라다니면서 지켜준 것이라고……

잔디가 떠나고, 가끔 영화나 드라마에서 보디가드나 호위무사가 나오는 장면을 보면 잔디가 떠올랐다. 요크셔테리어 치고도 작은 체구에 불편한 몸으로, 몸집이 큰 개나 사람을 가리지 않고 나를 위협하는 것 같은 상황이면 몸을 사리지 않고 나서서 나를 지켜주었던, 나에게도 그토록 충직한 호위무사가 있었다는 것을 떠올렸다.

어느 해인가 영화 〈광해〉를 다시 보다가 가슴이 먹먹해진 적이 있었다. 영화 속에서 왕을 호위하는 도부장 역으로 나왔던 호위무사가 (호위무사 역으로 나오기에는 체구가 크지 않은 배우였는데, 배역에 정말 잘 어울렸다) 진짜 왕이 아닌, 도망치는 가짜 왕을 지켜주는 장면에서였다. 도부장은 목숨을 바쳐서 가짜 왕이 도망갈 시간을 벌며 전투를 벌이다 장렬하게 최후를 맞았다.

그 장면을 보면서, 사실은 내가 자신을 구해준 적이 없는데 평생 진짜 생명의 은인인 듯 나를 따라다니면서 지켜주던 잔디가 떠올랐다. 그 장면에서, 사실은 자신이 목숨을 걸고 지키려는 왕이 가짜라는 것을 알고 있던 도부장은, 가짜 왕을 위해서 목숨을 버릴 필요가 없다는 왕실 추격자들에게 이렇게 말한다.

"그대에게는 가짜일지 모르나, 나에게는 진짜다."

잔디가 우리 곁을 떠난 후 많은 시간이 흘렀다.

말도 안 되게 내 맘대로 가사를 바꾼 노래를 흥얼거리며, 무지개다
리 너머에서 잔디를 다시 만날 날을 기다린다. 거기에서도 잔디는 작
고 불편한 몸으로, 변함없이, 나를 지켜줄 것이다.

건물 사이에 피어난 장디 제발 살아남아 줬으면

꺾이지 마 잘 자라줘

온몸을 덮고 있는 가시 얼마나 힘이 들었으면

견뎌내줘서 고마워

언제나 굴하지 않고 쓰러지지 않아 난

어렵게 나왔잖아 악착같이 살잖아

나는 건물 사이에 피어난 장미

삭막한 이 도시가 아름답게 물들 때까지

고갤 들고 버틸게 끝까지

모두가 내 향길 맡고 취해 웃을 때까지

-H1-KEY, 〈건물 사이에 피어난 장미〉를 개사함

잔디와 철수의 명복을 빕니다.

해마다 여름이면

청량리 역에서 KTX를 탔다.

객실에 들어서면서 한번 획 둘러보니 오래간만에 타는 KTX는 크게 달라진 것이 없어 보였다. 작은 녹색 아이스박스와 평소에 들고 다니는 검은색 가방을 머리 위 선반에 올려놓고 자리에 앉았다. 적당히 몸이 가라앉는 푹신한 좌석에 앉아서 찬찬히 주위를 다시 살펴보니 좌석의 슬라이딩 기능, 휴대폰 무선 충전기, 220볼트 플러그 등, 이곳저곳 달라지지 않은 곳이 없었다. 이어폰을 귀에 넣고, 스마트폰에서 롤러코스터의 〈라스트 신Last Scene〉을 재생한 후 잠시 눈을 감았다. 오래전 인천 공항 라운지에서 느꼈던, '많은 일이 있었고 이제 어디론가 떠나는 것 같은', 그런 기분이 느껴졌다. 동해로 가는 길이었다.

객실은 한산했고 옆자리에는 아무도 타지 않았다. 하늘이 푸른 일요일 아침이었다. 유리창을 통해서 맑은 녹색의 풍경이 선명하게 이어졌다. 창밖의 뜨거운 한여름의 열기는 객실 안으로 전해지지 않아서, 마치 차창 바깥의 세상도 약간 서늘하고 쾌적한, 기차 안의 공기와 같을 거라는 착각이 들었다.

멍하니 앉아서 계속 창밖을 바라보고 있었다. 몇 개의 역을 지났고, 다음 역은 정동진이라는 안내 방송이 흘러나오고 있었다. 어느 새 기차는 자그마한 역으로 들어서고 있었다. 와본 적은 없었지만 '정동진 역'이라고 쓰인 네모난 명판이 낯이 익다고 생각했다. 역사 밖의 거리가 손에 닿을 듯 가까이서 가로지르고 있었다.

그때, 정동진 역 담장 밖 거리에서 누군가를 발견했다. 이곳에 아는 사람이 있을 리가 없다고 생각했지만, 내가 봤다고 생각한 사람의 집이 강릉이라는 데 생각이 미쳤다. 스마트폰을 꺼내서 '안녕하세요. 잘 지내시나요? 혹시 지금 정동진에 계시나요?'라고 메시지를 보냈는데, 대답 대신 전화가 왔다.

"선생님, 안녕하세요. 저는 지금 학교에 있습니다."

"네, 제가 지금 KTX를 타고 정동진 역을 지나는데, 역 밖으로 비슷한 분을 본 것 같아서요. 혹시 여기 오셨나 해서요."

"선생님, 저는 학교에서 실험동물들 관리하는 알바를 하고 있어요. 알바긴 하지만… 돈을 벌려고 하는 것은 아니고요. 수의대 오기 전에 선생님께서 해주셨던 얘기를 듣고, 저도 꼭 방학 때 실험동물들을 돌봐주고 싶었어요."

"그랬군요. 방학이라 텅 빈 학교에서 실험견들 돌보다보면 학기 중하고는 또 다른 생각이 들 거예요. 의미 있는 일을 하고 있네요. 잘 돌봐주세요."

통화를 한 학생은 작년에 내가 진행한 수의학개론 수업을 들었던 학생인데, 올해 한 수의대에 합격했다. 이 학생이 어디엔가 적은 글에, 수의대에 가기 위해 공부하는 동안 '하루를 통으로 쉰 날은 다섯 손가락 안에 꼽는 것 같네용'이라는 내용이 있었는데, 그렇게 공부하고 수의대에 간 첫 여름방학에 실험 동물들을 돌보고 있다는 얘기를 들으니 기특하고 대견하다는 생각이 들었다.

'내 얘기를 들었다고……'

어떤 이야기였는지 잠시 생각해보는 사이에 기차는 출발했고, 비슷한 풍경이 다시 눈앞에 펼쳐졌다. 하지만 청량해 보이던 바깥 풍경이 조금씩 뜨겁게 달아오르기 시작하더니, 어느덧 그 열기가 기차 안으로 스며들기 시작했다. 멀리서 개 짖는 소리, 매미 소리가 들려오기 시작했다. 눈을 감고 그 시절, 뜨겁던 여름으로 다시 돌아가고 있었다.

"이 아이, 듀롱카는 말썽쟁이예요. 사료를 주면 그릇을 뒤집어놓기 일쑤예요. 특히 물을 주면 그릇을 바로 뒤집어버리는데, 물을 싫어하는 건지 아무튼 폭력적이에요. 주위를 온통 어질러놓죠."

그 선배가 가리킨 손끝에는 말라비틀어진 배설 무더기, 흩뿌려진 사료들이 엉겨 있었고, 밥그릇인지 물그릇인지, 단체 배식용 반찬통이었을 것 같은 찌그러진 더러운 직사각형의 스테인리스 용기 하나가 바닥에 뒤집혀져 있었다. 어젯밤에 와봤을 때, 왜 온 바닥에 쥐가 들끓었는지 알 수 있을 것 같았다.

수의대 동물병원의 병돌이가 되어 직속 병돌 선배에게 업무를 인수받았지만, 다른 실험실 소속 선배들에게 공혈견들과 셰퍼드들에 관한 더 자세한 정보를 얻을 수 있었다.

얼마 전, 듀롱카를 처음 본 날은 비가 오는 날이었다. 뒤로 기울어지고 전면이 트여 있는 사각형의 철제 상자형 구조물 안에 빗물이 고여 있었는데, 그래도 그곳이 집이라고 안에서 비를 맞으며 헤엄치듯 들어앉아 있었다. 그런데 오늘은 그늘도 없는 땡볕에 놓여 있는 그 철제 상자에 묶여서, 헉헉거리면서 앞다리를 들고 경중거리면서 내 흰 가운에 똥 발자국을 찍으려고 달려들었다.

처음에 병돌이가 되었을 때는 당장에라도 공혈견들이 럭셔리하게 될 것이라고 생각했었는데, 지금 둘러본 모습은 내가 병돌이가 되기 전과 크게 달라진 것이 없었다. 그간에 거쳐간 다른 선배들과 나의 시간표가 똑같기 때문에, 내가 동물들을 관리하는 데 들일 수 있는 한정된 시간으로는 동물들에 대한 처우가 하루아침에 달라질 수 없는 것이 어찌 보면 당연한 것이었다.

듀롱카를 위해 뒤로 기울어진 철제 상자의 뒷부분을 벽돌로 고여서 약간 앞쪽으로 경사지도록 해서, 물이 집 안에 들어차지 않도록 하는 일부터 시작했다. 그리고 소독용 알코올이 들어 있던 큰 말통을 반으로 잘라서 아랫부분에 물을 가득 담아서 가져다 주었다.

"듀롱카야, 이거 깨끗한 물이야. 아까 그 그릇은 작아서 발로 차버린 거니?"

비록 버려질 플라스틱 통을 자른 것이었지만, 새하얀 플라스틱 통에 맑은 물을 가득 담아서 놓고 보니, 주위의 지저분하고 찌그러진 그릇들과 대비되어서 백자 달항아리에 물을 가득 채워준 것처럼 흡족했다. 듀롱카는 새 물에 관심을 보였다.

"야, 이걸⋯ 이거 마시라고 준 건데!"

물통에 다가간 듀롱카는 두 발을 통에 담가 물을 더럽힌 다음, 바로 물 그릇을 발로 눌러서 뒤집어버렸다. 순백의 말통 달항아리는 흙과 똥에 범벅이 되어서 바닥에 뒹굴었다. 그릇을 닦아서 다시 새 물을 채워주었다. 이번에도 순식간에 물통은 더럽혀졌고 바로 뒤집혔다.

"아니, 듀롱카! 이렇게 뒤집으면 넌 언제 물을 마시니⋯ 큰일이다. 정말 물이 싫은 거냐?"

김 부장님에게 전화를 했다.

"사랑하면 돈을 쓰는 거야. 사랑하는데 돈을 안 쓴다? 그건 사랑하지 않는 거야. 그래서 난 더치페이는 아닌 것 같아."

한여름, 철제 상자에 묶여
헉헉거리는 듀롱카

다짜고자 내 사랑의 지론을 폈다. 그러자 미래의 김 부장님이 퉁명스럽게 대답했다.

"그렇지. 그래서 우리 결혼 전에 내가 거의 돈을 다 냈었지. 내가 미쳤었지."

퉁명스럽게 대답하다 말고, 뭔가 떠오른 듯 이내 되물었다.

"또 뭔데? 뭐가 필요한데? 거기 학교에는 돈이 없대? 허구한 날 뭐 보내달라고나 하고. 공혈견들하고 그 새로 왔다는 셰퍼드들한테 집도 한 채씩 다 보내줬고, 산책용 줄, 간식도 다 보내줬는데. 또, 또 뭐가 필요한데?"

"아니, 저기 그 듀롱카 있잖아. 에로스 말고 듀롱카. 그 비 오는 날 물속에 잠기듯 있었다는."

"근데! 걔도 뭐 많이 보내줬잖아. 또 뭐가 필요한데!"

"내가 이번에 듀롱카를 병원 뒤쪽으로 옮겨줬거든."

"그런데 그게 왜?"

"아니, 전에 있던 곳은 시멘트 바닥에 철로 된 큰 상자 모양 구조물에 묶여 있었거든. 그늘도 없고. 그런데 이번에 내가 병원 뒤편 풀밭이 있는 나무 그늘에다 서울에서 우리 마나님이 새로 보내주신 집을 딱, 놔주고 듀롱카를 옮겨줬더니, 걔가 너무 좋아하는 거야. 완전히 럭셔리 전원주택에 입주하게 된 거야."

"그럼 잘된 일이네. 더 필요한 게 없을 것 같은데… 간식거리도 얼마 전에 보내줬고."

"다 좋은데, 너무너무 보기도 좋고 얘도 좋아하고 다 좋은데, 문제는 얘가… 물을 못 마시네. 자꾸 뒤집어 엎어서 물을 마실 틈이 없어."

"그럼 어떡하라고?"

김 부장님이 고함을 질렀다.

"그 물그릇 있잖아 그거. 뒤집어져도 물 안 쏟아지는 물그릇, 그것 좀 보내줘."

"자기야. 자기는 나한테는 언제 돈 쓸 건데?"

"아니, 그건… 우선 졸업하고 수의사가 되고 나서… 하지만 얘는 물을 못 마시니까 우리가 도와줘야지."

"근데, 자귀야~! 나는? 나는 언제 도울 건데?"

"오글거려! 하지 마!"

며칠 후 뒤집어져도 물이 다 쏟아지지 않고, 다시 뒤집히면 물을 마실 수 있는 '최첨단 미쿡산 물그릇'이 도착했다. 럭셔리 주거환경의 완성이었다.

그날 놀랍게 변모한 듀롱카의 주거 환경을 보면서 김 부장님에게는 너무나 부끄럽고 죄송스럽지만, 역시 사랑한다면 먼저 돈을 들이고, 그리고 시간을 들여서 돌봐야 한다는 것을 다시 깨달았다.

♥

동해 역에 도착했다. 아이스박스를 들고 가방을 둘러메고 철로를 가로질러서, 나들이 온 사람들과 함께 동해 역 광장으로 나갔다. 역 앞에서 마중 나온 수지 씨와 만났다.

"선생님, 고생하셨어요!"

"고생은요. 오래간만에 KTX 타니까 좋던데요."

역 앞에 정차해 있던 흰색 SUV에 올라탔다. 항상 운전석에 앉다가 다른 사람이 운전하는 차의 조수석에 타는 것이 어색했다.

"수업 듣는 학생 분 차를 타니 신기하네요."

"선생님, 제가 아이스커피 사놨습니다. 이거 드세요."

대답 대신 커피를 들어서 권하며, 수지 씨는 익숙한 운전 솜씨로 동해 역 앞 회전형 교차로를 빠져나갔다.

더없이 맑고 푸르른 여름 날에, 아이스커피를 마시면서 동해 바닷가 도시를 달리고 있다는 것이 믿기지 않았다. 한산한 도로에서 잠시 쾌적한 주행을 한 후, 내가 탄 SUV는 어느 골목길을 올라가서 빌라라기보다는 연립주택에 가까운 건물들 사이에 멈춰 섰다.

"여기에요. 선생님."

오래된 건물들 사이의 한 동으로 들어서는데, 한 집 창문에 튀어나온 에어컨이 눈에 들어왔다. 문을 열고 집 안으로 들어갔다. 집 안에는 일반 가구나 살림도구는 없고, 캣타워, 고양이 화장실, 스크래쳐, 터널 장난감 등, 작은 고양이 놀이공원 같은 분위기였다. 놀이공원 여기저기서 고양이들이 모습을 드러냈고, 이내 방문객에게 다가왔다. 2개월 정도 되는 아기 고양이 5마리였다.

"얘네들이군요. 그런데 어떻게 이렇게 잘 꾸며놨어요? 돈도 많이 들었을 것 같은데요? 여기 에어컨도 새로 단 거죠?"

"곧 재개발될 예정이라서 단기 임대가 가능했어요. 월세도 비싸지 않아요. 에어컨은 한여름에 바로 설치할 수 있는 것이 저것밖에 없다고 해서 할 수 없었어요."

"그래도 저 에어컨이라도 설치한 게 어디에요? 공부하기도 바쁠 텐데, 고양이 다섯 마리나 구조해서 따로 얘들 방을 얻다니, 정말 대단합니다. 구조 전에 마음 고생이 심했겠어요."

"평소에 돌보던 고양이 새끼들인데요. 구조를 하려고 한 게 아닌데, 이 아이들이 자라면서 점점 차가 다니는 곳으로 나오고, 사고가 날 것 같은 상황이 잦아져서 그냥 둘 수가 없었어요. 현재 여건이 다섯 마리나 구조할 상황은 안 되고 그래서 계속 고민하다가, 결국 마음이 시키는 대로 하기로 했어요. 그런데 제가 이 아이들 구조하고, 바로 태풍이 왔거든요. 그래서 구조하지 않았으면 큰일났을 것 같아요."

"지금 여러 가지로 힘은 들지만, 마음은 편하죠? 아마 그럴 거예요. 아이들을 구조하고, 태풍 불던 날에 어떤 마음이었을지 알 것 같아요. 추운 겨울날에 길에서 떨고 있던 아픈 고양이를 따뜻한 곳에 데려다 놓고, 적절한 처치를 해주고 커피 한 잔을 마시는 그런 기분?"

"네, 지금은 입양을 어디로 보낼지가 걱정되긴 하지만, 구조 전에 비해서 마음은 편하고 좋습니다. 그런데 여기까지 너무 먼 길인데, 와주셔서 정말 감사합니다."

녹색 아이스박스를 열고 백신을 꺼내서 작은 탁자 위에 올려놓았다. 행사 상품으로 받은 아이스박스라서 제대로 된 제품일까 의심하면서 들고 나왔는데, 제법 냉기가 잘 보존되고 있었다.

"말하자면, 저도 제 마음 편하자고 온 것이니 너무 고맙게 생각하지 말아요. 지난주 일요일에 서울에서 수의학개론 수업에 참석한 수지 씨에게서 고양이 다섯 마리를 구조했다는 얘기를 듣고, 아이들에게 다행이고, 좋은 곳에 입양 가기를 바라는 마음 그것뿐이었어요. 그런 데 바로 그다음 날, 여기 인근 도시에 사는 고양이 한 마리가, 제가 예전에 입술을 눈으로 옮기는 수술을 했던 동동이가 강원도에서 서울 제 병원으로, 거의 죽은 상태에서 온 거예요. 천만다행으로 응급처치를 하고, 지금 그 아이는 서서히 상태가 호전되고 있습니다."

"다행이네요. 그런데요?"

"그런데 갑자기 그날 그런 생각이 드는 거예요. 이곳도 강원도라는 생각. 그리고 전에, 이렇게 여러 아이를 구조했는데 한 아이가 범백혈 구감소증에 걸리고, 다른 아이들도 다 전염되어서 모두 죽었다는 얘기를 들은 기억. 그래서 빨리 가서 접종을 해줘야겠다는 생각이 들었죠. 물론 여기에도 동물병원이 있겠지만 제가 해드려야 마음이 편할 것 같았습니다."

"그래도요. 선생님. 일주일에 하루 쉬시는데 지난주에는 저희들 수 업해주신다고 못 쉬시고, 이번 주에는 접종 때문에 여기까지 오시고, 제가 너무 죄송하네요."

"제가 저녁이면 과자를 배에 올려놓고 키득거리면서 중드 보는 게 낙이라고 수업 중에 자주 말씀드리잖아요. 그런데 요즘 제가 중드 〈상 견니〉를 다시 보고 있어요. 타임슬립 드라마인데요. 요즘은 드라마를 봐도 이해가 잘 안 가서 헤매는 경우가 많은데, 이 드라마도 이해가 안 가서 두 번째 봤더니 조금 이해가 되더라고요."

"그 드라마 〈상견니〉는 과거로 돌아가서 여주인공이 죽는 것을 막으려고 하는 게 주 내용이에요. 그런데 과거로 타임슬립을 해서 가면, 꼭 뭔가 하나 잘못되어서 주인공이 죽게 되고, 다시 과거로 돌아가서 살리려고 하면 또 다른 문제가 생기고……."

"그때 그런 생각을 했어요. 그냥 과거에 있을 때, 어떤 사건이 나기 전에, 미래에서 누가 와서 도와줄 필요 없이 주위에 있던 누군가가 도와주면 간단할 텐데. 그러면 과거의 사건들이 마구 꼬여버리지 않을 텐데. 약간 말이 안 되지만… 그래서 온 거예요. 혹시 나중에 제가 과거를 돌아보고 안타까워할까봐."

"아, 그러셨군요. 선생님, 이제 고양이들을 데려올까요?"

"네, 한 아이씩 데리고 오세요."

동해시에서 만난 고양이 5남매

고양이들은 정말 귀여웠고, 성격도 티 없이 밝고 명랑했다. 다섯 마리 고양이의 귀진드기 치료와 예방접종을 끝내고, 고양이들에게 작별 인사를 했다.

"안녕, 얘들아. 건강하고, 좋은 집으로 꼭 입양 가야 해!"

"여기까지 오셨는데, 바로 올라가시네요."

"원래 수의사가 그렇죠. 항상 시간이 없어요. 전에 꼭 만날 사람이 있어서 하와이에 간 적이 있었는데요. 시간이 없어서 식사만 하고 온 적이 있어요. 오후에 하와이에 도착해서 저녁 먹고, 다음날 새벽에 일어나서 바로 돌아왔었거든요. 하와이에 저녁 먹으러 다녀온 거죠."

"돌아오는데… 비행기에서 커피를 부탁드리니까 승무원이 제가 뭘 마실지, 제 기호를 아시는 거예요. 알고보니 전날 하와이에 들어올 때 근무했던 승무원 분들이 똑같이 타고 계시더라고요."

"그 말씀하시니까, 제가 더 죄송하고 감사합니다. 선생님! 서울로 올라가는 길에는 기차 오른쪽으로 바다가 보입니다. 이번에는 바다를 보면서 가시면 좋겠네요."

동해 역에 도착한 지 2시간 후, 내가 탄 KTX는 동해 역에서 서울로 출발하고 있었다. 통로에서 낯익은 KTX 승무원과 마주쳤고, 하마터면 헤헤 웃으며 꾸벅 인사를 할 뻔했다.

미안해 듀롱카

시험과 과제, 각종 일들에 시달리다 급기야 미쳐버릴 것 같은 시점에 수의대의 여름방학이 시작되었다. 밤낮으로 북적거리던 학교는 썰물이 빠져나간 듯, 초대형 진공청소기로 순식간에 모든 것을 빨아낸 듯 텅 빈 공간으로 변했고, 작렬하는 태양의 후끈거리는 열기가 교정을 가득 채우고 있었다. 종강과 함께, 전에 들리지 않던 어느 실험실에 갇혀 있을 실험견의 목놓아 울부짖는 소리가 우~웅거리며 울려퍼지기 시작했다.

방학이 되니 셰퍼드들을 조금 멀리까지 산책을 시켜줄 시간 여유가 생겨서 좋았다. 수의대와 학교를 이어주는 일명 '아직도'라는 긴 길의 끝까지 천천히 걸어서 함께 산책을 가거나, 대운동장이나 잔디밭에서 공혈견들을 뛰어놀게 풀어줄 수 있는 고독하고 적막한 환경이 너무 좋았다.

"상재야, 오늘은 듀롱카 목욕시켜 줄 거니까 부검실 뒤로 데려와. 내가 목욕 준비하고 있을게."

수도꼭지에 연결된 고무호스를 부검실 뒤로 끌어다 놓고, 김 부장님이 보내준 샴푸를 준비했다.

"자, 간다!"

수도꼭지 끝에서 물살이 뿜어져 나오고, 물줄기에 놀란 듀롱카와 넘버2 병돌이 상재가 겅중거리면서 뛰어 달아났다. 상재도 물줄기가 나오는 고무호스를 들고 듀롱카의 목욕을 시키며 함께 젖어가며 즐거워하는 모습이었다. 물살이 부서지며 하늘에 무지개가 생겼다.

"근데, 형! 제가 보기에 듀롱카가 물을 좋아하는 것 같아요. 물을 싫어해서 물통을 뒤집는 것 같지는 않아 보여요."

"그래? 그럼 다시 한번 잘 살펴보자."

그전까지는 물을 주고 여유 있게 듀롱카를 관찰할 수 없었지만, 지금은 방학이라 조금 자세하게 듀롱카를 관찰할 수가 있었다. 달항아리 말통에 물을 가득 채워서 듀롱카 앞에 가져다 주었다. 듀롱카는 예의 두 발을 들고 물통을 뒤집어엎는 자세를 취하더니, 앞발 두 개를 물통에 담고 첨벙거리다가 물통을 뒤집어 엎었다.

"형, 듀롱카 말이에요. 물그릇에 들어가고 싶은 거 아닐까요? 싫어서 뒤집는다기보다 물이 좋아서 물속에 들어가고 싶은 거… 그래서 온몸으로 들어가려다보니 그릇이 작아서 뒤집혔을 수도 있는데요."

"그럴 수도 있겠지만, 물어볼 수 없으니 알 수가 없지. 우린 물그릇이 뒤집힌 결과만 보니까."

그날 밤, 듀롱카에게 풀장을 만들어주기로 마음먹었다. 듀롱카가 정말 물속에 들어가고 싶어서, 그 욕구가 지나쳐서 물을 다 뒤집은 것이라면 들어가서 놀 수 있는 풀장을 만들어주고, 그 속에서 놀다보면 더 이상 물그릇을 뒤집지 않을 수도 있다는 생각이 들었다.

"상재야, 빨리 이리로 좀 와! 이거 좀 같이 들자."

"아니, 형! 이건 뭐 하시려고… 어디서 구했어요? 세상에!"

"목마른 사람이 우물을 파고 수영하고 싶은 사람이 풀장을 만드는 거야. 나 풀장 만들 거야. 듀롱카 풀장!"

듀롱카 집 앞에 초대형 고무 대야, 고무 욕조(?)가 놓였고, 호스를 끌고 와서 물을 채우기 시작했다. 그런 나를 듀롱카는 흥미로운 눈빛으로 바라보고 있었다. 물이 어느 정도 찼을 때, 듀롱카가 들어갈 수 있는 거리에 고무 욕조를 끌어다 놓고 나머지 물을 채웠다.

드디어 고무 욕조 가득 물이 찼다. 옆에 있던 듀롱카의 줄을 잡아 끌어 고무 욕조 앞으로 데려갔다. 듀롱카는 물에 가까이 가서 잠시 당황하고 적응이 안 된 표정을 짓더니, 곧바로 물속으로 뛰어들었다. 그리고 이내 물속에서 경중거리며 어쩔 줄 모르며 걷고 뛰었다. 물에 몸을 담그고, 얼굴을 물속에 넣어 물을 씹으며 어푸어푸 소리를 내며 쿵쿵거렸다. 그때 처음으로 듀롱카의 기쁜 표정을 봤고, 즐거움의 탄성을 들었다.

"야… 이렇게 좋아할 줄 알았으면 진작 만들어줬을 텐데. 내가 미안하잖아. 미안해. 흑……."

한참을 정신없이 놀던 듀롱카가 잠시 몸짓을 멈추고, 헐떡이며 가만히 나를 바라보았다. 표현하지 못하는 감정을 전하는 눈빛이었다. 개의 눈빛이었지만, 그 눈빛에서 뭔가를 느낄 수 있었다.

"좋으냐!"

높고 맑고 푸른 하늘 아래에 적막이 흐르고, 나를 바라보는 듀롱카의 헐떡이는 소리, 매미 소리, 뻐꾸기 소리, 멀리 이름 모를 실험실의 어둠 속에 갇혀서 어우~ 하고 울부짖는 실험견의 아우성이 텅 빈 학교에 울려퍼지고 있었다. 듀롱카에게 좋으냐고 묻고 있었지만, 사실은 내가 너무 좋았다. 너무 좋아서 두 눈에서 눈물이 흐르고 있었다.

시간이 흐르고, 이제 여름방학도 끝이 났다. 학교에서 세퍼드들을 데리고 마지막 실험을 하고, 일부를 안락사시켜서 해부 실습용 카데바를 만들 것이라는 얘기를 들었다. 그 명단에서 듀롱카의 이름도 발견했다. 일개 병돌이가 막을 수 없는, 어쩔 수 없는 일이었다.

"저, 죄송하지만, 제가 수업 들어가서 없을 때, 혹시 그 시간에 듀롱카 안락사시키게 되면 꼭, 마취제를 좀 써주시면 안 될까요? 전에 보니까 어떤 아이들은 마취제를 주지 않고 그냥 KCL을 줘서, 너무 고통스럽게 죽는 것을 봤거든요. 물론 알아서 고통스럽지 않게 보내주시겠지만, 꼭 부탁드립니다."

감히 내가 부탁드릴 수 없는 수의대 관계자 분께 신신당부를 드리고 수업에 들어갔다. 수업이 끝나고 허겁지겁 돌아왔을 때, 다행스럽게도 아직 듀롱카의 안락사는 진행되지 않았다. 내가 막 듀롱카에게 안도의 인사를 했을 때, 한 선생님이 주사기를 들고 듀롱카에게 다가

목욕을 하고 있는 듀롱카

시원한 나무 그늘 아래 놓인 집과
듀롱카의 특별한 풀장

문득 물놀이를 멈추고
가만히 나를 바라보는 듀롱카

왔고, 듀롱카의 혈관에 미리 장착되어 있는 카테터에 주사제를 주입하기 시작했다.

"듀롱카, 이제 잠을 자는 거야. 아프지 않을 거야. 그동안 고생했어. 잘해주지 못해서 미안해. 잘 가서 이제는 편하게 쉬어."

내가 채 말을 마치기 전에 갑자기 듀롱카가 고통스러운 듯 신음 소리를 내며 땅바닥에서 뒹굴기 시작했다.

"선, 선생님, 이거… 마취제가 아닌가요? 설마 그냥 KCL을 주신 거예요?"

그 선생님은 대답 대신 듀롱카의 팔을 잡고 남은 주사제를 마저 주입했다. 고통에 몸부림치던 듀롱카의 몸이 어느 순간 움직임을 멈췄다.

내 눈앞에서 일어난 일을 믿을 수가 없었다. 마취제가 없는 것도 아니고 병원에는 마취제가 남아도는데, 왜 이렇게 고통스럽게 이 아이를 보낸 것인지 이해할 수가 없었다. 듀롱카는 움직임을 멈추고 땅바닥에 널브러져 죽어 있었지만, 내 눈앞에는 고통에 몸부림치던 듀롱카의 움직임이 잔상으로 계속 남아 있었다. 해부학 실험실에서 듀롱카의 사체를 가지고 갔다.

해부 실습용 카데바를 만들기 위해서는 혈관에서 피를 제거하고, 피가 있던 자리에 포르말린을 주입한다. 그러면 혈관을 통해서 온몸에 포르말린이 주입되어서 사체가 부패하거나 변성되지 않고, 보존된 상태로 해부실습에 쓰일 수 있게 된다. 이런 과정을 '방혈 후 고정'이라고 표현한다.

해부학 실습실 뒤쪽 마당에 가보니, 듀롱카를 비롯해서 당시에 병원에서 실험이나 실습에 쓰였던 대부분의 셰퍼드들이 죽임을 당해서 방혈고정을 위해서 목 부분의 혈관이 파헤쳐져 있었다. 듀롱카도 그 사체 무더기들에 섞여 있었다.

군견으로 태어나서 한평생 좋던 시절을 국가를 위해서 헌신하고, 늙고 힘이 없어서 쓸모없게 되었을 때 실험견으로 넘겨져서, 피를 뽑히다가, 실험을 당하다가, 고통스러운 실습에 몸을 대주다가 이제는

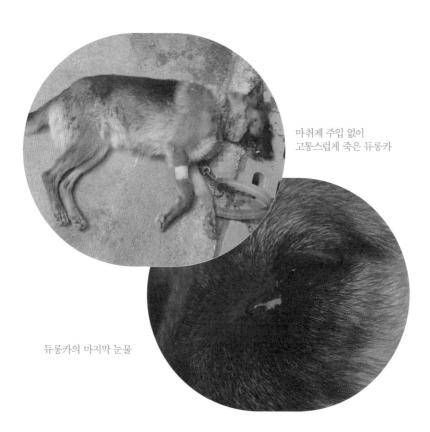

마취제 주입 없이
고통스럽게 죽은 듀롱카

듀롱카의 마지막 눈물

더 이상 그렇게도 쓸모가 없게 되자 이렇게 죽임을 당한 것이다. 마취도 제대로 해주지 않고 고통 속에 목숨을 빼앗고, 몸을 산산이 갈라 해부하기 위해서 마지막 처리를 하고 있는 것이다.

해부대 위에서 포르말린 처리를 받고 있는 듀롱카에게 다가갔다. 듀롱카의 감지 못한 눈에 흐르는 포르말린이 나에게는 회한의 눈물로 보였다.

해마다 무더운 여름이 오면 수의학개론 수업을 듣는 학생들에게 듀롱카의 얘기를 해주면서, 그 여름의 사진과 영상을 보여준다.

"수의대에서 왜 저럴까? 나는 안 그럴 텐데, 하는 분들 대부분이 막상 수의대에 가면 자신의 생존을 위해서 자기가 욕하던 행동을 하거나, 그냥 모른 체하게 될 겁니다. 너무 바쁘거든요. 해야 할 것이 너무 많고, 실험 동물들이 딱하고 불쌍하다고 다 풀어주고 다 데리고 나갈 수도 없는 것이 현실입니다. 지금은 실험 동물들을 돌봐주는 동아리도 생기고 예전에 비해서 많이 좋아졌다고는 하지만, 어디선가 분명히 고통 속에 신음하는 동물들이 있을 겁니다."

"아까 영상 속에서 제가 듀롱카에게 '좋으냐'라고 물어봤는데요. 저는 제게도 그 순간이 너무 좋았고, 듀롱카에게도 좋은 순간이었다고 생각합니다. 저 같은 사람이 수의대에 가서, 평생 어떻게 지냈을지 모르는 그 동물에게 단 한 번이라도 좋은 순간을 줄 수 있게 되어서 너무 다행스럽고 보람 있는 순간이었다고 기억합니다."

"여기 수업을 듣는 여러분들도 수의대에 꼭 가서서 이런 보람을 느낄 수 있었으면 좋겠습니다. 하지만 현실적으로 모두가 다 그늘막을 쳐주고, 동물을 데리고 나가고, 그럴듯하고 극적인 변화를 만들어줄 수는 없다고 생각합니다. 하지만 중요한 것은 눈을 마주치고, 자신의 환경에서 뭐라도 해줄 수 있는 것이 있을지 생각을 하는 것입니다. 관심을 가지는 것입니다."

"만약에 무더운 여름에 뜨거운 태양 아래에서 그늘도 없이 숨을 헐떡이고 있는 실험견에게 정말 아무것도 해줄 수 없는 상황이라면, 그 앞에 서서 눈을 마주치고 10분 정도라도 서 있어 주세요. 그 앞에 서서 뜨겁게 내리쬐는 직사의 열기를 잠시라도 등으로 막아주세요. 아주 잠시라도, 작은 그늘이라도 만들어주시기 바랍니다. 당부드리는데… 그게 제일 큰 일입니다."

KTX에서 통화했던 학생이 수의대 편입을 준비하던 시절에 내게 들었다는 얘기가 이것이었다면, 이야기를 전해주면서, 그때 난 아마 많이 울었을 것이다.

고마워요 김 부장님

　장마가 끝나고 한 달 정도가 지났는데, 이제는 태풍의 영향으로 며칠째 폭우가 내리고 있었다. 오늘도 비누는 어김없이 똥을 쌌고, 똥을 뭉개고 그 위에서 뒹굴고 있었다. 오늘은 어제와 다르게 내가 옷을 입기 전에 거의 벗은 상태로 비누를 살펴봤기 때문에 그대로 비누를 안고 욕실로 들어갈 수 있었다.

　올해로 추정 나이 24살이 된 강아지 비누는 노쇠해서 더 이상 물구나무를 서거나 의사 표현을 할 수도 없다. 하지만 비누로 자신을 닦아줄 때는 꼬리를 빙글빙글 흔들고, 유동식을 먹여주고 입가를 닦아줄 때면 화를 내듯 으르렁거리고, 바람이 시원할 때 밖에 데리고 나가면 눈을 지그시 감고 바람을 즐기는 듯한 모습을 보인다.

　유동식을 먹고 배가 부르면 바닥을 뒹구는데, 어쩌면 그것이 배가 불러서 기분이 좋다는 표현일 수도 있다. 비누로 비누의 몸을 닦아주었다. 역시 비누는 빙글빙글 꼬리를 돌리듯 흔들었다. 수건으로 털의 물기를 닦아내고, 비누를 눕혀놓고 똥을 치우기 시작했다.

　뭉개진 똥의 대부분은 장판 바닥에 눌어붙어 있어서 물티슈로 닦아내야 했다. 주변부에 얇게 퍼진 똥은 이미 말라붙어서 락스를 희석한 물을 스프레이에 담아서 뿌려놓고 불려서 닦아내야 했다. 한참 공을 들여 바닥을 닦고, 옷을 입고, 비누를 이동가방에 담고 신발을 신었다. 평소 아침에 나가는 시간보다 훨씬 복잡한 과정을 거쳤다.

아파트 현관에서 우산을 펴고 비누가 들어 있는 이동가방을 어깨에 멘 채, 지름길인 지렁이 골목길로 향했다. 지렁이 골목길은 비가 오면 항상 물이 고이는 곳인데, 오늘 아침은 장마 때보다 훨씬 더 넓게 물에 잠겨 있었다. 빨리 가서 차를 빼줘야 하는데, 난감했다. 다른 길로 다시 방향을 돌렸다.

원래 계획대로라면 오전 6시 이전에 주차한 곳에서 차를 뺐어야 했는데, 오늘도 예정보다 시간이 많이 지나 있었다. 내 차 앞에서 어제 그 지프 운전자와 다시 마주쳤다. 겸연쩍은 표정으로 어색하게 꾸벅 인사를 하며, "어제는 제가…"라고 작게 우물거리다 말끝을 흐렸다.

어제 아침에도 비누는 똥을 싸고 그 위에서 뭉개고 있었다. 비누는 대부분의 시간을 누워서 지냈기 때문에 배설물 위에 뒹구는 일이 잦아졌다.

샤워를 끝내고 병원으로 출근할 준비를 마친 상태에서 발견한 비누는 그냥 간단하게 씻길 수 있는 상태가 아니었다. 온몸에 똥 범벅이 되어 있는 비누를 씻기기 위해서, 옷을 다시 벗고 비누를 안고 욕실로 들어갔다. 폭염 특보가 발효된 여름 아침에 비누를 씻기고, 이제는 방바닥에 발려 있는 똥과 오줌을 치우고, 다시 몸을 씻고 옷을 입는데,

어디선가 전화가 왔다. 모르는 번호였다.

"네, 여기 아파트 주차장인데요. 제가 차를 빼다가 차를 좀 긁었습니다. 죄송하지만 지금 나오셔서 좀 봐주시겠습니까?"

"아… 네… 제가 지금은… 아, 아닙니다. 지금 가겠습니다."

허겁지겁 옷을 입고, 비누를 이동가방에 넣어 안고 주차장으로 뛰어나갔다. 주차장에 가보니 예상대로 옆자리 지프였다. 어제 주차를 하면서 바짝 붙여 주차를 했던 것이 마음에 걸렸었는데, 역시나였다.

"아, 늦게 나와서 죄송합니다. 제가 저, 저희 강아지가…"까지 말을 하다가 급하게 말을 막았다.

"제가 어제 늦게 들어오면서 차를 너무 바짝 대서 죄송합니다. 제가 다른 날 같았으면 더 일찍 차를 빼기 때문에, 먼저 나갈 거라고 생각했거든요. 그런데, 오늘은 저희 강아지가…" 하다가 또 황급히 입을 막았다. 입을 틀어막고 연신 죄송하다고 사과했다.

서로 겸연쩍은 인사를 나누면서 내일부터는 차를 일찍 빼겠다고 했는데, 오늘 또 허겁지겁 늦게 나오다가 어제 그분과 마주친 것이다.

"앗, 비누! 노, 안 돼! 비! 누! 지금은 곤란… 오!!!"

오늘도 심각한 표정으로 영화 〈록키〉 OST에 나오는 〈고잉 더 디스턴스Going The Distance〉를 틀고 출근길 운전을 하는데, 똥냄새가 풍겨오기 시작했다. 비누가 이동가방 안에서 똥을 싸고 몸을 뒤척이기 시작했다. 똥냄새가 나는 것은 아무 상관이 없었다. 문제는 비누가 계속 꿈틀거리면서 가방 밖으로 나오려는 거였다.

"비누, 여기서 나오면 떨어진다. 잠시만, 5분만 참아줘! 제발!"

한 손으로 운전을 하면서 한 손으로는 비누를 잡고, 위험천만한 운전을 해서 간신히 병원에 도착했다. 다시 비누를 씻기고 수건으로 물기를 닦아줬다.

잠시 후, 하소연할 것이 많은, 하교 후 초등학교 저학년의 심정으로 출근하는 김 부장님을 맞았다.

"아, 오늘 너~무, 너무너무 곤란하고 힘이 들었어. 엉엉. 비누가 날 미워하는 것 같아. 이럴 줄 알았으면 철수를 데리고 왔어야 했나? 아니야, 그건 너무 심한 말이구나."

"이그, 그거 꼴랑 며칠 데리고 다니면서 참 사건 사고도 많네. 난 평생을 그러고 다녔는데. 자기는 차 타고 몇 분이면 되지만, 난 걸어오면서 비누가 똥오줌 싸면 얼마나 곤란한 줄 알아? 뭘 해봤어야 알지. 데려다놓기만 하고. 자, 커피나 마셔!"

커피를 마시면서 손에서 똥냄새가 난다고 생각했다. 그리고 김 부장님이 말한, '난 평생을 그러고 다녔는데 데려다놓기만 하고'라는 말이 떠올랐다. 전에는 같은 얘기를 들어도 별 감흥이 없었다. 그런데 난 고작 며칠 비누를 데리고 출근한 것인데, 평온하게 유지되던 거의 모든 일상이 깨지는 경험을 한 것이다. 김 부장님이 이렇게 평생을 보내는 동안, 나는 유유자적하게 흣흣거리면서 물웅덩이를 건너고, 지렁이를 구했다고 흡족해하고, 새벽 수영을 하고, 스타벅스에 들러서 책을 보다가 휘파람을 불면서 차를 몰고 출근을 한 것이다.

수의사가 되겠다고 하던 일을 다 던져놓고 수의대 편입 시험에 매달
릴 때에도, 천신만고 끝에 수의대에 입학해서 혼자만의 학창생활을
보낼 때에도. 김 부장님은 내가 벌어놓은 인터넷 쇼핑몰을 혼자 운영
하고, 내가 데려다만 놓은 동물들을 돌보고 입양처를 찾아서 입양을
보냈다.

어느 해에는, 유유자적 공혈견들을 산책시키고 목욕시키는 여유로
움을 즐기던 방학 기간에, 큰비가 온 다음날, 빨리 와달라는 연락을
받고 급하게 서울로 온 적이 있었다. 도착해서 보니, 김 부장님이 물이
들어찬 매장 지하 창고에서 혼자 울면서 물을 퍼내고 있었다. 바로 뛰
어들어서 같이 물을 퍼내면서, 물을 퍼내는 긴 시간 동안, 결심하고
다짐했다. 수의사가 되어서, 이 어려움과 고생을 꼭 끝내주겠다고, 보
답하겠다고. 하지만 수의대를 졸업하고 수의사가 된 지 한참이 지난
지금, 상황은 나아지지 않았고 당시보다 더 많은 대출금의 이자를 내
면서 하루하루 쫓기듯 생활하고 있다.

병원에 데려다놓은 아이들을 돌보기 위해서, 병원 진료가 없는 날
에도 하루에 두 번씩 쉬지 않고 병원에 나와서, 집 없는 아이들을 돌
봐왔던 것도 김 부장님이었다. 집에 데려다놓은 아이들이 나이가 들
어서 치매가 오고 움직이지 못하게 되면, 그 아이들이 떠날 때까지 데
리고 다니면서 돌보는 것도 김 부장님이 해온 일이었다.

내가 한적한 곳에서 고상하게 책을 읽으며, 내년에는 일본 어느 소

도시에서 풍금으로 어떤 곡을 연주할까를 궁리하는 동안, 김 부장님은 언제가는 정동진에 가서 일출이라도 한 번 보고 싶다는, 이대로라면 이번 생에 실현되기 어려운 작은 꿈을 그저 간직만 하고 있었다.

공과 찬사는 모두 내 몫이었다. 사람들은 삼십 대 중반에 어떻게 수의대에 진학할 수 있었냐고 칭찬하고, 어려운 동물들을 도와준 마음 따뜻한 수의사라고 나를 추켜세웠다. 어떤 학생들은 내가 롤모델이라고 하기까지 하지만, 나의 측은지심은 김 부장님이 도와주고 뒷감당해 줄 것이 전제된 것들이었다. 나는 티나고, 폼나고, 생색나는 일의 전면에 서 있었을 뿐, 아직 덜 된, 부족한 것이 많은 수의사일 뿐인 것이다.

동물들을 돌보기 위해서 제일 중요한 것은 누군가는 책임을 져야 하고, 누군가의 손에는 똥을 묻혀야 한다는 점인데, 나를 대신해서 김 부장님이 평생을 책임지고, 평생 똥을 닦고 치워온 것이다.

스마트폰에서 플레이 리스트를 뒤적이기 시작했다. 한참 만에 KCM의 〈스마일 어게인〉을 찾아서 재생하고, 평소대로 하루 일을 시작했다. 정동진은 한 번 가봐야겠다고 생각했다.

힘에 겹겠지만 늘 비틀대겠지만
그것만으로도 감사해
너 때문에 내 보잘것없던 삶이
눈부시게 빛난걸

—KCM, 〈스마일 어게인〉

급구! B형 고양이

"원장님! 원장니임~"

카운터에서 김 부장님이 오래간만에 경쾌한 목소리로 나를 부른다.

'음, 이런 일은 흔하지 않은 일인데?'

"방금 전화 왔었는데요. 원장님이 진료 중이라서 바꿔드리지는 못했어요. 근데, 아마 전화 받으셨으면 무척 기분 좋으셨을 거예요."

"응, 무슨 전화였는데? 바꿔주지 그랬어. 궁금해!"

병원 이전을 하고 이런저런 복잡한 일들로 반갑지 않은 연락만 받던 상황에서, 기분 좋은 전화라는 말에 귀가 솔깃했다.

"어떤 분이 전화를 하셔서는 원장님께 꼭 감사하다고 전해드리래요. 원장님 덕분에 그분 고양이가 살았다고."

"내가? 그럴 리가. 최근에 죽을 정도로 아픈 아이도 없었고, 거의 접종, 구충만 했는데 내 덕분에 고양이가 살아났다뇨?"

"그게 우리 병원 손님은 아니고, 그 댁 고양이가 다른 병원에 입원했다 퇴원했대요."

"아니, 그러면 다른 병원에서 살리신 건데 왜 우리 병원에?"

"그 고양이가 백혈병인지 복막염인지 하여간 입원 중에 수혈이 응급할 정도로 빈혈이 온 상황이었는데요. 수혈을 하려고 검사를 해보니 혈액형이 B형이었대요."

"B형? 아! 그러면 어려웠을 텐데… 피를 구할 수가 없잖아요."

"네, 그런데 이분이 인터넷에 응급으로 B형 피를 구한다는 글을 올렸는데, 어느 분이 자기 고양이가 B형이라고 고양이를 데리고 와주셨대요. 그래서 그 B형 고양이 피를 받고 그분 고양이가 살아나서, 이번에 무사히 퇴원하게 되었다고 전화를 주셨어요. 원장님 덕분에 살게된 것이라고."

"그게 무슨 소리야? 그게 왜 나한테 감사할 일이지요?"

"그분 말씀이, 공혈을 해준 B형 고양이를 데리고 오신 분이 말씀하셨대요. 우리 병원에 다니신다고. 우리 병원에서는 고양이들 혈액형 검사를 다 한다고. 고양이가 B형인 것을 알고 있다가, 인터넷에 급하게 B형 고양이를 찾는다는 글을 보고 피를 주러 데리고 오신 것이라고 그러셨다네요."

"아, 그래요?"

"그리고 전화하신 분이 말씀하셨는데, 그분은 이번 일을 겪기 전까지 고양이에게 혈액형이 있는 줄도 모르셨대요. 수술 중에, 피를 구하기가 어려운 B형 혈액형이라는 얘기를 듣고 좌절하셨대요. 혈액은행에도 피가 없었고요. 그래서 아이가 죽을 거라고 생각했는데, 인터넷에 올린 글을 보고 어느 분이 고양이를 데리고 오신 거죠. 그래서 원장님이, 피를 주러 와준 공혈묘 고양이의 혈액형 검사를 미리 해주셔서 너무너무 감사하다고 전화를 하신 거예요."

"그렇게 복잡한 경로로 살아난 고양이가 있다니! 그리고 조금 더 복잡한 경로로 나한테까지 연락을 주시다니 너무 감사하고 기분 좋은 소식이네. 사실 난 그러려고 그런 것은 아니었는데. 우리 손님? 어느 분이신지 그분이 정말 대단하시네. 본인 고양이의 피를 나눠준다는 일은 쉬운 일이 아니었을 텐데."

"그러게 말이에요."

"암튼! 난 그러려고 그런 것은 아니었지만 멀리 사는, 일면식도 없는 고양이가 살게 되었다니 정말 다행이야. 그런데 그 고양이는 내가 살린 건 아니지. 옛날에 그 고양이가 안타깝게 죽긴 했지만… 그 고양이가 고양이 별에서, 얼굴도 보지 못한 다른 고양이를 살린 거야. 기억 안 나? 그 고양이들 얘기?"

3년 전, 한 외국인 손님께서 우리 병원에서 고양이의 혈액형 검사가 가능한지 물어오셨다. 검사가 가능하다고 대답하자 고양이를 데리고 바로 내원하셨다.

"안녕하세요! 오늘 데리고 오신 아이는 심바가 아니네요?"

"…네, 오늘은 네로예요. 네로 혈액형 검사 좀 해주세요."

"네. 아, 전에 왔던 심바와 같이 키우시는 아이군요. 심바는 잘 있나요? 그런데 갑자기 혈액형 검사는 왜 하시나요?"

"네로 혈액형이 B형인지 좀 봐주세요. 심바가 아파요. 지금 좀… 급해요."

약간 느리지만 보호자는 다급하게 상황을 설명했다. 전에 우리 병원에 데리고 왔던 심바라는 고양이가 백혈병 증상으로 인천에 있는 동물병원에 입원 중인데, 빈혈이 심해져서 지금 응급하게 수혈이 필요한 상황이라고 했다. 그런데 검사해본 심바의 혈액형이 B형이라서 혈액을 구할 수 없는 상황이고, 그래서 같이 키우는 네로의 혈액형이 혹시 B형인지 급하게 확인하기 위해서 고양이 혈액형 검사가 가능한 병원을 찾아서 온 것이다.

"아, 그렇군요. 정말 안타깝네요. 하지만 고양이들 혈액형이… B형이……."

채혈을 하고 혈액형 검사를 준비하면서 말끝을 잇기가 어려웠다. 검사를 해보지 않아도 검사의 결과가 B형이 아니라 A형으로 나올 것임을 이미 예상하고 있었기 때문이다.

"저, 네로 보호자 님… 고양이들 혈액형이, 이미 아실 수도 있지만 90퍼센트 이상이 A형이고, B형은 10퍼센트 미만이라서 대부분 A형으로 나옵니다. 그래서 혈액은행에서도 B형 혈액을 구하기가 거의 불가능한 걸 거예요. 아, 이런……."

고양이의 혈액형은 A형, B형, AB형이 있는데 품종에 따라 다르지만, 한국에 사는 고양이들 기준으로 A형이 90퍼센트 이상으로 압도적으로 많고, B형은 10퍼센트 미만이고, AB형은 더 드문 분포를 보이고 있다. 그래서 혈액형 검사를 하면 거의 대부분 A형으로 결과가 나온다.

그래서 고양이 혈액형 검사는 어차피 A형이 나오는데 뭐하러 하냐는 분들도 있다. 나도 특별히 수혈을 해야 하는 상황이 아니면 혈액형 검사를 따로 하지는 않아왔다.

고양이 수혈을 할 때, AB형 고양이들은 혈액은행에서 공급이 가능한 A형 고양이 적혈구를 수혈받을 수 있지만, B형 고양이들은 오직 B형 고양이들의 피만 받을 수 있고, 조금이라도 다른 혈액형의 피를 수혈받으면 치명적인 수혈 거부반응을 일으켜서 사망할 수 있다. 드문 혈액형이라서 혈액은행에서도 B형 고양이의 피를 바로 구하기는 어렵고, 드문드문 기다려서 조금씩 구할 수 있다.

네로의 혈액형 검사 결과가 나왔다.

"아, 네로 보호자 님. 너무 안타깝게도, 네로는 A형입니다. 휴."

보통은 B형 결과가 나오면 낙심하며 걱정을 하기 시작하고 A형 결과가 나오면 안심하는데, 심바와 네로 보호자는 네로의 혈액형이 A형이라는 결과를 듣고 절망하고 울면서 돌아갔다.

며칠 후, 심바가 사망했다는 연락을 받았다. 심바가 사망했다는 얘기를 듣고 마음이 너무 아프고, 그 아이의 사망에 어쩌면 내가 일정 부분 책임이 있을 수도 있다는 생각이 들었다.

'내가 혈액형 검사를 미리 했더라면……'

'백혈병 백신을 미리 접종했었더라면……'

그 전까지는 내가 사용하는 백신 회사의 고양이 백신이 국내에 수입되지 않았었는데, 마침 그 회사에서 고양이 백혈병 백신을 수입하기 시작한 시기이기도 했다.

그래서 심바가 사망한 것을 계기로, 우리 병원에 오는 모든 고양이들은 중성화 수술 등 처음 혈액 검사를 받는 시기에 혈액형 검사를 실시하기로 했다. 대개의 경우 혈액형 검사의 필요성에 공감하지만 어떤 보호자는 바로 수긍하지 않았다.

"아니, 고양이들은 어차피 다 A형이라면서요. 그리고 만약에 B형이라고 해도… 방금 말씀하셨잖아요. 혈액은행에서도 피를 구하기가 쉽지 않다고. 그럼 필요 없는 것 아닌가요? 저희는 안 하겠습니다."

"보호자 님, 보호자 님 말씀처럼 미리 알고 있다고 뭔가 바로 대응할 수 있는 것은 아니지만, SNS에 보면 B형 고양이를 찾는 분도 계시니까 서로 알고 지내실 수도 있고, B형이라는 것을 알게 되면 수혈받을 일이 없도록 미리 조심하고 그러지 않을까요? 어쩌면 미리 뭐라도 해볼 수도 있지 않을까요?"

혈액형 검사를 하기 위해서 가능하면 상세하게 고양이 혈액형에 관해서 설명해드렸고, 점점 많은 고양이 보호자들이 자신들의 반려묘가 어떤 혈액형을 가졌는지 알게 되었다.

대개의 경우 검사를 해서 A형이 나오면 좋아하고, B형이 나오면 실망하며 걱정했는데, 가끔 아주 드물게 첫째 고양이가 B형이었는데 우연히 둘째 고양이도 B형으로 판정받으면서 기뻐하는 경우도 있었다.

검사를 계속하다보니 정말 90퍼센트 이상은 A형으로 판정되었고, B형으로 판정되는 비율은 10퍼센트 미만이었다. 그래도 시간이 지나면서 B형 고양이가 하나 둘 늘었다. B형 고양이가 발견되면 포스트잇에 이름을 따로 적어두었는데, 점점 상당히 긴 B형 고양이 명단 리스트를 가지게 되었다.

너무나 다행스럽게도 아직 우리 병원에 다니는 B형 환자들 중에서 수혈이 필요한 경우는 없었다. 하지만 언젠가 그런 상황이 되더라도 내가 갖고 있는 B형 고양이 리스트에 있는 보호자에게 수혈을 부탁할 수는 없다고 생각하고 있었다. 혹시 어떤 보호자에게는 경우에 따라서 거절하고 싶지만, 거절하기가 어려운 난처한 부탁일 수도 있기 때문이다. 그래서 긴 B형 고양이 명단이 생기고 난 후, 가끔 그 명단을 들여다보면서 내게 묻곤 한다.

'그런 상황이 되면 과연 연락을 안 드릴 수 있을까?'

하지만 시간이 지났음에도 불구하고 B형 고양이가 수혈이 필요한 경우는 한 번도 생기지 않았고, 어느 날부터는 오히려 수혈을 해주는 B형 고양이가 생기기 시작했다.

"원장님, 이번에 저희 셈버가 또 수혈을 해주고 왔어요. 이번에는 조금 더 있다 수혈을 해주려고 했는데요. 워낙 다급한 상황에서 죽어가는 고양이가 있어서 또 어쩔 수 없었어요."

"아, 셈버가 또 한 생명을 살렸네요. 정말 대견하고 셈버가 저희 병원에 다니는 것이 자랑스럽습니다. 그런데 셈버 혼자 너무 고생하는 것 같네요. 워낙 B형 공혈묘가 적으니……"

"그런데 이번에는 셈버 말고 수혈을 해주시겠다고 B형 고양이를 데리고 온 분이 또 계셨어요."

"네, 그랬어요? 오, 그 아픈 고양이는 운이 좋네요. 보통 B형 고양이

한 아이 찾기도 어려운데 두 아이가, 그것도 데리고 달려와주셨다니."

"네. 그래서 검사를 해봤는데 우리 셈버 적혈구 수치가 높아서 셈버 피만 채혈해서 수혈해줘도 되는 상황이었어요. 그래서 그분은 고양이를 그냥 데리고 가셨어요."

"그분도 좋은 분이시고. 오구, 우리 셈버 정~말 장하다. 네가 살려준 고양이가 벌써 몇 마리야. 어이구, 장하다. 우리 셈버!"

"참, 원장님. 그런데 이번에 온 다른 B형 고양이요. 그 보호자 님하고 인사를 나누다가 깜짝 놀랐어요."

"왜요? 왜 놀라셨는데요?"

셈버 보호자는 빙긋 웃으면서 말을 이었다.

"그 아이도 큭큭, 이 병원 다니는 아이래요. 원장님이 혈액형 검사해 주셨다고 하던데요."

"네? 우리 병원요? 하하! 놀랍고 재미있으셨겠어요!"

"그럼요. 그분하고 저하고 서로 웃으며 재미있어 했어요."

"그 고양이 이름이 어떻게 되나요?"

"아, 제가 고양이 이름은 못 여쭤봤어요. 여기 다닌다는 것밖에."

셈버가 돌아가고 며칠 동안 그 고양이가 궁금했었는데, 궁금증은 그리 오래가지 않았다. 그 고양이 보호자가 병원에 왔기 때문이다.

"원장님, 우리 '나기'가요. 이번에는 진짜 수혈해준 지 얼마 안 지났기 때문에 당분간 안 하려고 했는데요. 정말 당장 죽어간다는 고양이가 있다고 해서 어쩔 수 없이 데리고 갔어요."

머릿속에 지난번에 다녀간 셈버 보호자 생각이 스치고 지나갔다.

"앗, 그럼! 혹시… 혹시 이번에 수혈을 못하시지 않았어요?"

"네, 맞아요. 여기 다닌다는 셈버라는 아이가 와서 수혈을 해준 덕분에 그 아이도 살고, 나기는 피를 안 주게 되었어요. 원장님은 어떻게 아시죠? 아, 셈버가 다녀갔군요!"

"네, 셈버가 다녀갔어요. 두 분과 셈버, 나기… 너무 대단합니다. 특히 셈버, 나기가 너무 대견해요. 저보다 더 나은 것 같아요. 저는 여기서 예방약만 발라주고, 백신 접종만 하고, 큰 병이 있는 아이들은 큰 병원에서 치료받으시라고 보내면서, 수의사지만 생명을 살리는 일은 못하고 있는데요. 어떻게 보면 그 아이들이 어벤저스? 맞아요. 그 아이들이 어벤저스네요."

"하하하, 그럴 리가요. 그런데요. 이번에 그 고양이, 셈버 피 받고 살아난 고양이 보호자 님이 우리를 식사 초대하셨어요. 사실 저는 가기만 했고, 우리 나기가 피를 나눠준 것도 아닌데."

"아, 그러면 그 모임은 정말 뜻깊은 자리였겠네요. 피를 받고 살아난 아이와 피를 나눠준 아이, 그리고 피를 주러 달려와준 아이의 보호자 님. 캬, 정말 아름다운 밤이었네요."

기뻐서 환호성을 지르다가 갑자기 생각난 것이 있었다. 그래서 조금 심각한 표정으로, 입으로 숨을 깊게 들이마시면서 낮게 깔아 말을 하기 시작했다.

"음…, 그런데 말입니다……."

"네?"

"음… 음, 그런데……."

"네, 말씀하세요, 선생님."

갑자기 내가 분위기를 깔고, 마치 〈그것이 알고 싶다〉의 진행자처럼 말을 꺼내고 뜸을 들이자, 나기 보호자도 옆에서 진료 보조를 하던 김 부장님도 놀란 눈으로 나를 쳐다보았다.

"아닙니다, 아니에요. 죽어가던 고양이가 살고, 셈버, 나기가 괜찮으면 다 된 겁니다. 됐습니다."

"원장님, 아까 나기 보호자 님 오셨을 때, 무슨 얘기하려던 거였어? 심각한 얘기 같던데……."

퇴근 후에 저녁 식사를 마치고, 배에 과자를 올려놓고 키득거리면서 중국 드라마를 보고 있던 나에게 김 부장님이 아까 일에 대해서 물어왔다.

"아, 아까 그거… 맞아! 아, 진짜!"

배 위에 과자가, 그것도 가루 많은 과자가 얹혀 있다는 사실도 잊고 벌떡 일어나는 바람에 과자가루가 사방에 떨어졌지만, 나는 아랑곳하지 않고 일어섰다.

"아니… 그게. 이번에 셈버한테 수혈받고 살아난 고양이 보호자 님이 식사 초대하셨다고 했잖아. 최근 들은 얘기 중에 제일 아름다운 얘기인데."

"아름다운 얘긴데 그게 왜. 이거 봐! 과자 다 떨어지고, 자긴 퇴근하고 손도 까딱 안 하면서 뭔데 이렇게 다 어지르면서 흥분이야?"

"아, 참. 내가 이런 말 내 입으로 하기도 그래서 말을 하다 말았는데. 왜, 그분은 왜! 웨이션머为什么?"

"아, 뭔데! 혀 짧은 중국어 하지 말고. 왜!"

"나는 왜 안 부르셨냐고! 나를 부르셨으면 더 알흠다운, 그런 자리가 아니었을까? 생각해봐! 그게 다~ 내가 혈액형 검사를 했기 때문에! 셈버, 나기가 B형이라는 것을 아신 거 아냐? 그러니까 나도 부르셨어야지! 아까 그 말씀드리려다가 약간 분위기 망치는 것 같아서 참았지."

"아, 저리 비켜봐 좀. 과자 부스러기 좀 치우게. 그런데, 그게 왜 자기가 살린 거야?"

"아니, 그게 내가 쫌, 그래도 내가 검사를 했으니까……"

"말도 안 되는 소리 하지 마. 그 자리에는 심바가 갔어야지. 예전에 수혈 못 받고 죽은 심바, 그 아이가 수혈 못 받아서 죽고 나서 원장님이 혈액형 검사 적극적으로 한 거라며! 죽은 심바가 이번에 살아난 고양이도 살리고, 그 사이에 우리 병원 B형 고양이들에게 수혈받은 고양이들도 다 살린 거야."

"아, 그러네. 그래 그랬지. 심바가 그 많은 아이들을 다 살린 거야. 그 아이는 죽었지만, 고양이별에서 많은 고양이들을 살리고 있는 거야."

그 후로도 심바와 나기는 많은 고양이들을 살려주었고, 나기 보호자는 B형 고양이들의 수혈을 돕기 위한 인터넷 커뮤니티를 만들었다.

우리끼리 너그러우면

표지판에는 '스칸센 방문객 출입금지–아파트 입주민 일동'이라고 쓰여 있었다.

삼송역에서 지하철을 내려서 밖으로 나왔는데, 몇 번 와본 곳임에도 이곳이 낯설게 느껴지고 마음이 조금은 혼란스러웠다. 적당히 서늘하고 상쾌한 바람이 스쳐 지나가는 신도시 어느 블록에서, 주변을 두리번거리고 기웃거리면서 스칸센 상가에 도착했다. 짐짓 익숙한 듯 에스컬레이터를 타고 2층으로 올라가서 도착한 곳, 〈NO BEER NO LIFE〉. 한쪽으로 내려다보니 건물 사이에 잔디로 덮인 작은 공간이 있고, 강아지들이 뛰어놀고 있었다.

노비노라(노비어노라이프)의 내부는 한낮인데도 어두웠다. 이곳을 묘사하기 위해서 어둡다는 표현을 썼지만, 그냥 어둡다는 단어만 쓰는 것은 적절하지 않은 것 같다. 고즈넉한 음악이 흐르고, 어둡지만 어둡지 않고, 차분하게 가라앉은 잘 정돈된 공간이었다.

주인 분과 눈으로만 조용히 인사를 나누고 입구에서 떨어진 안쪽 자리에 앉았다. 주인이 주문용 태블릿 하나를 테이블 구석에 세워주고 갔다. 약간 주눅이 들었지만 최대한 자연스럽게 행동하면서, 태블릿으로 버섯이 많이 들어간 스파게티와 무알콜 맥주를 주문했다.

내가 앉은 테이블 옆에 손 씻는 공간이 마련되어 있었다. 향긋한 기운이 감도는 이름 모를 핸드워시가 놓여 있고, 세면대 위에는 흰색 수건들이 가지런히 꽂혀 있었다.

그냥 물로만(평소에 비누만 쓰고 핸드워시는 안 써봤기 때문에) 손을 씻고, (감히) 수건은 뽑지 못하고, 등 뒤로 손을 가져가서 티셔츠에 손의 물기를 닦았다. 그리고는 자리로 돌아와 차분히 앉아 주문한 스파게티를 기다렸다.

고양이 페페를 생각했다.

🐱

나는 마음속으로 늘 〈노비어노라이프〉에 가고 싶었다.

노비노라는 병원에서 조금 떨어진 곳에 있던 〈브릭하우스76〉의 사장님께서 삼송 역으로 옮겨서 새로 오픈한 곳이다. 브릭하우스76이나 노비노라는, 김 부장님의 의견에 따르면 맥주 전문점이지만, 술을 마시지 않는 나에게는 파스타 전문점이라는 인상이 강하다. 그래서 김 부장님은 맥주 전문점이라고, 나는 파스타 전문점이라고 각자의 말이 맞다며 우기는 곳이었다.

처음 브릭하우스76을 알게 된 것은 사장님께서 그곳을 자주 찾아오던 길고양이 둔둔이를 데리고 우리 병원에 오시면서부터였다. 사장님의 첫인상은 입고 오셨던 '파타고니아 브랜드의 이미지와 정말 잘 어울린다'였고, 둔둔이의 첫인상은 '선하고 차분하다'였다.

둔둔이는 브릭하우스76 손님들에게도 인기가 많았고, 심지어 둔둔이의 이름을 딴 〈둔둔둔둔〉이라는 맥주도 있을 정도로 사랑받는, 길고양이인 듯 길고양이 아닌, 집고양이 같은 길고양이였다. 브릭하우스 사장님께서 '언젠가는 떠날 길냥이'라는 생각에 둔둔이를 추억하는 맥주를 만들었다고 하시는데, 정작 둔둔이는 사장님 댁 집냥이가 되었고, 우리 병원의 소개로 오공이 보호자의 마당 출신 길고양이 새끼를 입양해서 나중에는 동생까지 두게 되었다.

어려서 '지랄이'라고 불리기도 했던, 나의 감언이설에 의해서 둔둔이 동생이 된 둘째 '조리'는 배트맨을 꼭 닮은 눈매에 옵티머스 프라임을 닮은 든든한 하관을 가지고 있었다. 조리를 입양하고 사장님은 〈조리조리〉라는 맥주를 또 출시하셨다.

세상에 어떤 길고양이가 자신들을 오마주한 맥주를 가질 수 있을까? 길에서 태어났지만 고단하고 꼬질했던 과거에서 벗어나서, 따뜻하고 포근한 침대 위에서 뒹굴거리며 장난을 치는 둔둔이와 조리의 모습을 보면서, 이 아이들을 가족으로 맞아주신 사장님 부부께 진심으로 감사하는 마음이 (그리고 팬심마저) 든다.

그러던 브릭하우스76이 없어지고, 사장님께서 새로 삼송 역 인근 신축 상가에 오픈한 곳이 〈노비어노라이프〉였다. 인테리어를 시작하던 과정의 사진부터 인스타그램에서 봤던 공간이라서 시간이 나면 가고 싶던 곳이었다. 그리고 새로 오픈한 그곳은 1인 혹은 2인만 이용할 수 있고, 조용한 대화만 나눌 수 있는 곳이라고 했다.

하루 종일 너무 많은 말을 하고 전쟁 같은 일상을 치르면서, 나는 언젠가는 노비노라에 가서 조용하고 평온하게 엔초비 파스타를 먹겠다고 꿈꾸고 있었다. 하지만 나의 일상은 너무나 바빴고 좀처럼 그곳에 갈 시간을 내지 못했다. 주말이 다가오면 김 부장님에게 "이번 주에는 꼭 노비노라에 갈 거야"라고 말은 해놓지만, 언제나 다른 할 일이 생기는 바람에 결국 가지 못하는 일이 반복되고 있었다.

어느 일요일에 드디어, 그곳을 향해서 차를 몰았다. 나들이 나온 차들이 많아서 도로는 혼잡하고 시끄러웠지만, 조금만 참으면 나만의 공간에서 차분하고 우아하게, 최애 파스타를 아주 천천히, 집중해서 먹을 수 있다는 생각에 흐뭇한 미소가 절로 나왔다.

약간 헤매긴 했지만 노비노라가 위치한 상가를 찾았고, 주차장에 주차를 시켰다. 곧 다가올 평화와 힐링의 시간을 자축하는 기분으로 휘파람을 불면서 차에서 내리는 순간… 전화가 왔다. 차에서 내려서 딱 한 발을 내딛는 순간, 스마트폰 벨소리로 설정되어 있는 〈셰이프 오브 마이 하트Shape Of My Heart〉의 전주가 들렸다. 뭔가 급박한 상황이 벌어졌고, 오늘 내가 엔쵸비 파스타를 주문할 수 없음을 직감했다.

"선생님, 휴일에 정말 죄송합니다. 저희 페페가 지금 상태가 너무 안 좋아서 휴일인데도 전화를 드렸습니다. 지금 통화 가능하신가요?"
"네, 가능합니다. 페페가 어떤가요?"

112

귀여운 둔둔이의 일상이 그려진
맥주 〈둔둔둔둔〉

〈둔둔둔둔〉 맥주를 탄생시킨
길고양이 '둔둔이'

〈조리조리〉 맥주

옵티머스프라임을 닮은 얼굴의 '조리'

"내일모레가 수술받는 날인데 오늘, 상태가 너무 안 좋습니다. 숨도 잘 못 쉬는 것 같고… 지금 쓰러져서 거의 움직이질 못합니다."

"네? 아 큰일이네요. 정말 큰일이네요. 아…….."

스칸센 상가 주차장에서 나는 고통스러운 비명을 지르고 있었고, 수화기 너머에서 페페 보호자의 울음소리가 들리고 있었다.

머릿속이 혼란스러웠다. '수술을 당장 해야 하는데. 아니야, 수술을 할 수 없는 상황인 거야. 심장도 좋지 않은 아이인데 지금 상태로 수술을 할 수도 없고, 수술을 한다고 해도 상태가 호전된다는 보장도 없고. 어쩌면 이미 늦은 상황일 수도 있는데. 어찌해야 하나.'

"페페 보호자 님, 어쩌면 이미 늦었을 수도 있지만 일요일이라도 당장 뭐라도 해봐야겠네요. 제가 지금 밖에 나와 있지만… 잠시만 기다려주세요. 어떻게든 해보겠습니다. 바로 다시 전화드리겠습니다."

바로 김 부장님에게 전화를 해보았다. 다행스럽게도 김 부장님은 장인어른 산소에 다녀와서 막 장모님 댁에 들어서는 길이라고 했다. 상황 설명을 하며 바로 병원에 가서 수술 준비를 하도록 부탁했다.

페페 보호자에게 전화를 했다.

"페페 보호자 님, 바로 병원으로 가겠습니다."

지금 바로 가겠다고 말했지만 환자의 상태에 대해서 아는 것이 없었고, 지금 내가 수술을 시작할 수 있을지, 어떤 수술을 하게 될지도 알 수 없었다. 서울 변두리에서 작은 병원을 겨우겨우 운영하는 나에게는 너무나 버거운 상황이었지만, 내가 마지노선이 되어야 하는 상황이 또 온 것이라는 것을 알 수 있었다. 두렵지만 가야만 하는 길이었다.

노비노라가 있을 방향을 한 번 쳐다보면서 심호흡을 하고는 바로 차에 올랐다. 빠른 속도로 상가를 빠져나오는 길에 멀리 2층에 자리한 그곳이 보였는데, 창문에 쓰여 있는 노비노라의 상호가 순간 잘못 보인 것 같았다.

"NO FEER NO LIFE"

페페는 예쁜 아이였다.

10년 전쯤부터 우리 병원에 처음 다니기 시작한 페페는 여느 고양들처럼 내게 중성화 수술을 받고 시간이 지나면서 스케일링을 받았던, 형제자매 냥이가 많은 집의 평범한 고양이였다.

페페 보호자는 페페를 비롯해서 여러 길고양이 출신 아이들을 가족으로 맞아들여서 최선을 다해서 키우는 분이다. 병원에 오면 항상 내게 고맙다는 인사를 강조해서 하지만, 사실은 내적으로 내가 더 많이 의지하고 그분에게 위로를 받는 부분이 더 크다는 것을 그분은 알지 못한다. 수의사로 일을 하면서 그분이 없었다면, 페페 보호자 같은 분들의 신뢰가 없었다면, 무너져서 주저앉았을 순간이 정말 많았다.

얼마 전, 페페가 식욕이 줄고 숨쉬기 힘들어한다고 병원에 데리고 오셨다. 신체검사를 해보니 체중도 많이 줄어서, 엑스레이와 초음파 검사를 비롯한 자세한 검사를 하게 되었다.

"페페 보호자 님, 페페는… 상태가 많이 나쁩니다. 아, 지금 폐에 흉수도 보이고, 그래서 숨을 쉬기 힘들어하는 것입니다. 그리고 장에 덩어리 같은 것이 보이는데요. 그게 암인지 아닌지는 아직 알지 못합니다. 조직검사를 해야 알 수 있습니다. 그런데 제가 보기에는 종양 가능성이 높아보이네요. 폐에 흉수가 찬 것도 어쩌면 종양이 전이되거나 해서 그랬을 가능성도 있습니다."

"네? 우리 페페가 암, 암인 거예요?"

"아, 아니요. 아직은 모릅니다. 세포검사나 조직검사를 해야 합니다."

"조직검사를요? 조직검사는 어떻게 하나요?"

"조직검사나 세포검사는 주삿바늘로 세포 일부를 채취해서 하기도 하지만, 수술적인 방법으로 조직을 떼내서 하기도 합니다. 이렇게 복강 내에 종양이 의심되는 경우에는, 저희 병원에서 세포검사나 조직검사를 진행하지는 않습니다. 좀 큰 병원, 2차 병원에서 검사와 치료를 받으셔야 합니다. 저희는 저 혼자 하는 1인 병원이라 이 과정들을 진행하기 어렵습니다. 죄송합니다. 아 정말 안타깝네요."

"저는 페페가 다른 병원에서 항암치료를 받는 것은 원하지 않습니다. 선생님 병원에서 뭔가 할 수는 없나요?"

"그건… 좀 어렵습니다. 저희는 항암처치 자체를 하지 않습니다. 큰 병원에서 이쪽 분야를 잘 아시는 선생님께 검사와 치료를 받으세요."

페페 보호자는 나에 대한 신뢰가 큰 만큼 다른 병원에 대해서 불신이 큰 편이었다. 페페 보호자에게 들은 바를 종합해보면 대개의 경우 수의사로서의 실력에 관한 것은 아니고, 페페 보호자가 중요하게 여기는 요소인 '동물에 대한 측은지심'이나 '기본적인 것'들을 놓치는 것을 본 경우가 많았다. 그것은 나에 대한 페페 보호자의 신뢰 역시 내가 잘 갖추고 있을 리가 만무한 '수의학적 지식'의 많고 적음보다, 동물에 대한 마음가짐이나 단순하고 기본적인 것에 대한 평가에서 온 것이라는 얘기가 된다.

처음 페페 보호자가 우리 병원에 왔을 때 이런 말을 한 적이 있다.

"선생님, 저는 고양이 데리고 병원 다니면서 체중 재고, 체온 재는 병원은 여기가 처음이에요."

"아, 저희 병원도 매번 체온을 재지는 않지만, 접종 전 검사나 열이 있는지 봐야 하는 상황에서는 직장으로 체온을 잽니다. 전에 가신 병원에서는 열이 있는지 확인해야 하는 상황이 아니었나보네요."

"아니요! 열이 있는 것 같다고 봐달라고, 열을 재달라고 해도 그냥 만져보고는 '아 괜찮네요' 이랬거든요."

페페 보호자가 우리 병원에 처음 왔던 시절에 일부 병원에서는 열이 있는 것 같다고 찾아온 고양이들의 체온을 다 재지는 않았던 것 같다. 지금은 절대 그럴 리가 없을 것이라고 믿고 있다.

페페 보호자는 큰 병원에 가서 세포검사나 조직검사를 받고, 검사 결과에 따라 수술이나 항암처치를 받는 대신, 우리 병원에서 흉수에 대한 대증처치와 종양에 준해서 최소한의 처치를 받는 선택을 했다. 소화기 종양의 경우 소염제 처치를 했을 때 어느 정도 증상이 호전되기도 하는데, 그 효과가 환자마다 다르고 효과가 지속되는 기간도 많이 달라서, 종양에 대한 치료라기보다 증상을 잠시 완화시키는 것을 시도하는 처치라고 봐야 한다. 그렇지만 나중에 큰 병원에서 조직검사를 하거나 항암처치를 하는 데 오히려 방해가 될 수 있기 때문에 최후의 수단으로 제한적으로 선택해야 한다.

다행스럽게도 페페의 증상은 호전되었다. 금방 죽을 듯 숨이 가쁘던 페페는 며칠간 약을 먹고는 호흡이 평온해지고 기력을 회복하더니, 식욕도 좋아져서 스스로 음식을 먹게 되었다. 페페 보호자는 기뻐했지만 나는 몹시 불안했다. 왜냐하면 내가 한 처방은 원인에 대한 치료가 아니고 증상에 대한 임시 처방이었기 때문이었다.

페페의 흉수가 사라졌을 때 페페 보호자에게 조심스럽게 종괴의 절제에 대해서 말했다. 심혈관 계통의 상황이 반짝 좋아졌을 때, 조직검사를 겸해서 소장의 종괴를 잘라내는 수술을 하는 것이 어떨지 이야기한 것이다. 치료에 소극적이었다기보다 나에 대한 신뢰가 커서 내가 하는 한도 내에서 치료하기를 바랐던 페페 보호자는, 지금까지 검사와 치료에도 상당이 많은 비용이 들어갔음에도, 고맙다고 하면서 페페의 수술에 동의했다.

하지만 수술이 임박해서 페페의 적혈구 수치가 떨어져서 수술을 할 수 없게 되었다. 장을 잘라내고 다시 이어 붙이는 수술은 상당한 출혈이 예상되기 때문에, 그대로 수술을 강행하기보다 투약을 조금 더 하면서 기다려서 적혈구 수치를 높이기로 했다.

드디어 적혈구 수치가 조금 올라서 이제 수술을 할 수 있는 상태가 되었는데, 정작 수술을 하기 적당한 날에 다른 수술 예약들이 있었다. 페페의 컨디션이 계속 나빠지는 것을 두고 볼 수 없어서 수술 예약이 잡힌 오공이 보호자에게 수술 일정을 양보해주실 수 있는지를 물었다. 오공이 보호자는 사정을 듣고 흔쾌히 동의해주었다.

그런데 그 수술을 이틀 앞둔 일요일에, 페페가 쓰러진 것이다.

병원에 도착했을 때, 김 부장님은 이미 도착해서 수술 도구를 멸균하고 수술 준비를 하고 있었다. 나도 서둘러서 수술 준비를 시작했다.

"오늘 거즈 많이 필요할 거야. 수술 팩도 여분이 있어야 하는데. 수액, 수액은? 일단 다 준비해. 어디까지 갈지 알 수 없어. 다아~ 준비해! 응급 수술일수록 더 빠짐없이 체크 다 했지? 자, 그럼 마취기 깨우고… 점검 시작!"

원래 오늘 계획은 오후에 드디어 노비노라에 가서 최대한 말을 하지 않으면서 느릿느릿 파스타를 먹는 것이었지만, 지금의 나는 좁은 병원을 뛰어다니면서 김 부장님께 총알같이, 평소보다 더 빨리 더 많은 말을 하고 있었다.

사실 김 부장님도 대부분의 일요일에 제대로 쉬지 못하는 경우가 많은데, 오늘 모처럼 장모님과 장인어른 산소에 갔다가 장모님과 시간을 보내려고 계획하고 있었다. 그런데 병원으로 바로 달려와서 즉시 '김 부장님 모드'로 전환하고 수술준비에 전념하면서, 오늘따라 더 많은 나의 폭풍 깨알 디렉션을 순식간에 다 해내고 있었다.

우리 병원에는 특별한 규칙이 있는데, 근로계약서에 이런 문구가 들어간다.

'더블체크나 리체크의 의지를 저해하는 행동을 하지 않는다.'

이것은 약간 생소하고 거창해보이지만, 이런 내용이다. 동물병원에서 수술 준비를 하거나 수술을 하는 과정에서 사전에 준비하고 점검해야 하는 것들이 아주 많은데, 그런 지점들을 자칫 빼먹거나 소홀히 하면 환자의 생명이 위험한 경우가 대부분이다. 그래서 나는, 수의사는 언제나 초조하고 언제나 조바심을 내며 계속 의심하고, 다시 확인하는 일을 반복해야 한다고 생각한다.

그래서 수술과 관련된 상황에서는 내가 생각해도 정말, 왕 재수없고 왕 짜증나는 이야기로 주변을 괴롭힌다. 직원들이나 특히 김 부장님에게 매일 하는 일을 반복해서 물어보고 체크하는 경우에, 약간이라도 귀찮은 기색을 보이기라도 하면, 즉시 깨알 잔소리를 쏟아낸다.

"매일 반복하는 일이라도 더블 체크해야 합니다. 이거, 아까 하신 것을 저도 봤지만, 루틴에 따라서 다시 여쭤보는 겁니다. 본인이 매일 하는 일이고 알아서 잘하는 일이라서 계속 물어보면 짜증도 나겠지만, 체크해야 합니다. 사고는 익숙한 곳에서 일어나요. 우리끼리 친절하고 너그러우면 환자는 죽는 거예요."

김 부장님은 이런 얘기를 거의 평생(?) 들어왔다.

폐폐의 상태는 너무 좋지 않았다. 우리가 생명의 징후로 여기는 체온, 심장 박동 등이 거의 잡히지 않는, 죽음이 임박한, 어쩌면 거의 죽어가고 있는 상태였다. 페페를 보자, 왜 페페 보호자가 예약된 수술날이 있는데 일요일임에도 내게 전화를 했는지 알 수 있었다.

힘없이 늘어져 있는 페페를 보면서 페페 보호자에게 말했다.

"페페는 지금 너무 어려운 상태입니다. 이대로 수술을 한다는 것이 말이 안 되는 상황이라서요. 아이가 잘못될 가능성이 너무 높습니다. 그래도 뭐라도 해보는 것을 허락해주신다면… 제가 해보겠습니다."

눈물을 흘리면서 페페 보호자는 고개를 끄덕였다.

"선생님께서 최선을 다하실 걸 믿습니다. 우리 페페, 잘 부탁드립니다. 흑흑."

당연한 얘기겠지만 모든 수의사들은 '수술대 위에서 환자가 죽음을 맞는 것'을 싫어한다. 경우에 따라서는 최선을 다하고도 오해를 사고 분쟁에 휘말릴 수 있는, 그것을 피하려는 본능적 자기방어기전이 작용하기 때문이다.

이런 상황을 회피하기 위한 기전은 나를 보호하기 위해서라도 최선의 결과를 만들어내야 한다는 추가적인 사명감으로 발휘되기도 하지만, 경우에 따라서는 '어쩌면 살 가망이 있더라도 위험성이 높은 수술은 일단 피하고 본다'라고 볼 수도 있는 우려를 낳기도 한다.

일말의 희망을 걸고 위험성이 높은 수술을 해냈을 때, 그 위험과 고생에 대한 추가적인 보상은 없다. 하지만 수술의 결과가 좋지 않았을 때, 훨씬 더 많은 노력과 분투를 했음에도 모든 책임을 지고 비난을 받는 상황이 사실 더 많다.

그래서 이 수술은… 하면 안 되는 것이었다. 페페가 수술대에서 죽을 것이 자명한 상황에서 '죽어가는 아이를 억지로 수술해서 아이는 죽고 수의사는 자기 잇속을 챙겼다'는 비난에 시달려야 하기 때문이다. 하지만 이 상황에서 한 가지 다행인 것은 이 수술의 결과가 어떻게 되더라도, 세상이 모두 나를 비난하더라도 페페 보호자는 하염없는 눈물을 흘리면서 이렇게 말할 것이라는 점이다.

"선생님, 마지막까지 우리 페페를 위해 애써주셔서 정말 감사합니다."

유도 마취를 하고 삽관을 하기 위해서 페페의 입을 벌렸을 때, 나와 김 부장님은 흠칫 놀랐다. 보통의 고양이라면 온기가 느껴져야 하는데, 페페의 입에서 차가운 기운이 느껴졌기 때문이다. 페페의 체온은 이제 삶의 경계를 지나서 죽음의 영역으로 진입한 것 같았다.

삽관을 하고 모든 것을 쏟아부으면서, 어떤 수술일지 알 수 없는 기나긴 수술을 시작했다.

그날 복강 장기에 접근하기 위해서 개복할 때의 느낌은 살아 있는 생물의 복강을 연다기보다, 죽은 사체를 부검하기 위해서 개복을 할 때의 냉기와 감촉이었다. 처음 메스를 대는 순간부터 뭔가 무너져내리는 느낌이 들면서, 어쩌면 이대로 수술을 하지 않고 아이를 보내주는 것이 나에게도, 페페 보호자에게도 더 좋을 수 있다는 생각이 들었다. 하지만 '나를 믿는다'는, '최선을 다할 것을 믿는다'는 페페 보호자의 말이 나를 지탱해주고 있었다.

마음속으로 눈물 한 줄기가 흘러내렸다.

메스가 복막을 관통하고 복강이 열린 순간부터, 수술실에 악취가 진동하기 시작했다. 배를 열고 본 복강 내부에는 종괴를 중심으로 처참하게 파열된 소장과, 장에서 나온 변과 부패한 음식 찌꺼기들이 사방에 퍼져 있었다.

"아, 이런… 이건 할 수 없는 건데… 하지 말았어야 했어. 아!"

'나를 믿는다'는 말에 힘을 얻고 수술을 시작했지만, 개복과 동시에 후회와 두려움에 사로잡혔다.

페페의 상태로 봤을 때 수술이 끝나기 전에 수술대 위에서 사망할 것 같았다. 두려웠지만 계속 수술을 해나갈 수밖에 없었다. 페페가 건강하던 때의 귀여운 모습, 아파서 왔던 때에도 나에게 몸을 맡기고 의지하던 페페, 다시 조금 기운을 차리기까지의 일들이 주마등처럼 스치고 지나갔다. 페페는 정말 귀엽고 예쁜 아이였다.

그리고 머릿속에 그 옛날 '튼튼이'를 처음 봤던 때가 떠올랐다. 파도를 뚫고 나가는 군함의 영상 위에 적어놓았던 글귀를 보고 다시 힘을 냈던 생각도 났다. 그날 이후 그 문구를 매일매일 되새기고 잊지 않고 살려고 끈질기게 노력해왔다. 하지만, 시간이 지나면서 내가 왜 그 글귀를 되새기고 있는지 정작 이유를 잊고 있었는데… 절망적인 수술을 하면서 왜 그래왔는지, 왜 그래야 하는지 다시 알게 되었다.

심호흡을 하고, 눈을 부릅떴다.

'포기하지 않아.'

'두려워도 가야 한다.'

페페야, 얼마나 아팠니

페페는 내가 혼미한 정신줄을 붙들고 겨우겨우 수술을 마칠 때까지 끈질기게 견뎌주었다. 종양 추정 부위와 썩어서 괴사된 부위를 잘라내고 다시 장을 연결하던 길고 긴 시간 동안, 죽어가는 아이를 포기하지 않는 '예의의 의식'을 진행하고 있는 기분이었다.

그런데 복강 세정을 끝내고 배를 닫는 시점부터, 배를 열 때와 다른 차이를 느끼기 시작했다. 처음에는 냉기가 사라진 것 같다가, 혹시 착각인가 했지만 미묘한 온기⋯ 살아 있다면 당연히 내비쳐야 하는 미세한 온기 같은 것이 수술장갑을 통해서도 느껴지기 시작했다. 어쩌면 페페가 깨어날 수 있을지도 모른다는 생각이 들었다.

페페는 조용히 마취에서 깨어났고, 김 부장님과 나는 우선 아이가 깨어난 것에 감사하고 감격했다.

날은 이미 어두워졌고, 페페 보호자는 굳게 잠긴 병원 문 앞에서 계속 기다리고 있었다. 오래전부터 병원 앞에서 기다리고 있는 것을 알고 있었지만, 그분 스스로 수술을 방해하는 것을 원하지 않는다는 것을 잘 알기 때문에 그냥 수술에 집중했다.

"페페 보호자 님, 페페가 마취에서 잘 깨어나서 정말 다행입니다. 체온도 수술 전에는 잡히지도 않았는데, 오히려 수술을 하면서 체온이 많이 높아졌습니다. 저도 이런 적은 처음입니다. 우선 수술 부위가 잘 아물어야겠지만, 당장 수술 전의 상태보다 체온이라도 높아졌으니 다행입니다."

1인 병원이라서 그랬기도 했지만 페페가 언제 사망할지 알 수 없는 상황이었기 때문에 그날 저녁, 페페는 보호자와 함께 귀가했다.

페페 보호자의 피를 말리는 며칠이 지나면서 페페는 극적으로 회복되기 시작했다. 다시 보호자를 쳐다보고 움직이기 시작하더니, 드디어 스스로 음식을 먹고 정상적인 변을 보기 시작했다. 페페의 상태가 좋아져서 페페 보호자도 만면에 웃음이 가득했다.

"선생님, 페페가 이제 캣타워 위에도 올라가요! 사료도 잘 먹고 우리 페페 살았어요! 선생님 정말 감사합니다. 이렇게 될 줄 몰랐어요."

"아닙니다. 페페 보호자 님께서 믿고 맡겨주셔서 그런 시도를 할 수 있었죠. 그런 신뢰를 받는다면 어떤 수의사라도 같은 결과를 냈을 거예요. 무엇보다 페페가 끈질기게 잘 견뎌줘서 정말 대견합니다."

"그런데, 선생님! 그날 수술하던 일요일에 어디 가셨다고 하지 않으셨어요?"

"아, 그날요… 어디 갔었죠. 제가 저엉말 큰 마음먹고 꿈에 그리던 파스타 집에 갔었거든요. 그런데 제가 차에서 내려서 딱 한 발을 내딛는 순간! 전화를 하신 거예요. 그래서 못 간 거죠. 아직 못 갔어요."

"아, 죄송합니다. 모처럼 시간 내서 가신 건데 저희 페페 때문에
……."

"아니에요. 페페가 살아야죠. 그리고, 너무 다행인 것은요."

"네, 뭐가 다행이죠?"

"제가 행동이 느려서 주차 장소를 찾는 데 시간이 좀 걸렸었거든요.
그 덕분에 그 파스타 집은 들어가보지도 못하고 돌아왔는데, 그게 더
다행이에요. 만약에 주문을 하고 그걸 못 먹고 왔다면 몹시 아쉬웠을
텐데, 깔끔하게 딱 마음을 접고 올 수 있었어요. 정말 다행입니다!"

"아, 주문을 못하셔서 다행이셨네요. 그런데, 선생님. 저희 페페가
수술 전에… 배가 아팠을까요? 장이 썩어서 끊어졌다고 하셔서……."

"네… 많이 아팠을 거예요. 제가 일찍 알아차렸거나, 더 빨리 수술
을 했어야 했는데요……."

갑자기 페페 보호자가 울기 시작했다. 서럽게 울던 페페 보호자는
통곡하듯 말했다.

"선생님, 저는 흑흑, 그것도 모르고, 페페가 배가 아픈 것도 모르고,
계속 페페 배를 쓸어줬어요. 흑흑흑!"

"그리고 흑흑, 너무 마음이 아픈 것이… 페페는 제가 만져주니까…
배가 아팠을 텐데, 배가 많이 아팠을 텐데… 배를 피하지 않고, 만지
게 했어요. 흑흑… 페페가 얼마나 아팠을까요. 창자가 썩었는데 저는
그걸 계속 만지고 문지르고… 흑흑!"

한동안 페페는 좋은 상태를 유지했고, 페페 보호자는 기뻐했다.

그 사이 폐폐의 수술 부위에서 나온 조직 샘플의 조직검사 결과가 여러 번의 지루한 검사 끝에 나왔다. 예상대로 악성종양이었다. 폐폐 보호자에게 앞으로 있을 암울한 전망에 대해서 말씀드렸다.

"선생님, 그래도 폐폐가, 죽어가던 우리 폐폐가 밥도 먹고, 캣타워 위에서 저를 쳐다보고 그럴 수 있는 걸로 저는 만족해요. 전 감사해요."

조직검사 결과가 다른 곳으로 전이될 수 있는 악성종양으로 나오자 고민이 깊어졌다. 천신만고 끝에 다시 살게 된 폐폐를 계속 지켜주고 싶었다.

"저희 병원이 항암요법을 하지는 않지만, 이대로 있을 수는 없을 것 같습니다. 큰 병원에서 하는 제대로 된 항암처치는 아니더라도, 투약 방법이 조금 간단한 먹는 약으로 나온 항암제를 한 번 써보는 것은 어떨까요? 그런데 그 약을 구하는 것이 조금 어렵고, 추가로 비용이 또 들 텐데요. 효과가 없을 수도 있습니다."

경구투여용 항암제를 어렵게 구했다. 그런데 그 약을 구해서 처음 투약하던 무렵, 수술 후 한 달 정도 된 시기에 폐폐의 상태가 다시 나빠졌다. 검사 결과 폐폐의 장에서 수술 전과 비슷한 크기의 종괴가 또 자라고 있었다. 하지만 이번에는 췌장 주변에 종괴가 있는 것으로 보여서 수술을 하는 것이 더 어렵고, 무엇보다 전이된 종괴이기 때문에 이미 퍼진 암세포들이 다시 여기저기서 자라날 가능성 있어서 수술을 결정할 수 없었다.

새로 구해서 먹기 시작한 약은 큰 효과를 보지 못했고, 폐폐의 상태는 다시 급격히 악화되었다.

그리고 결국 그날이 오고 말았다.

페페는 이런저런 약물치료에 반응하지 않는 단계에 이르렀다. 숨을 제대로 쉬지 못하고 힘들어하는 페페와, 그런 페페 곁에서 슬퍼하는 페페 보호자를 더는 볼 수 없었다.

페페가 아프기 시작한 후 세 달 정도 지난 어느 날, 수술을 해서 아이를 살려줬다고 고맙다는 인사와 공치사를 들었던 내가, 페페를 고양이별로 보내주었다. 페페 보호자는 크게 상심했지만 끝까지 내게 고마워했고, 그래도 페페가 캣타워에도 다시 올라갔었다는 얘기를 반복하면서, 잠시라도 그 아이와 시간을 더 보낼 수 있었음에 감사해했다.

삼송 역에서 내려서 비틀걸음으로 〈노비어노라이프〉에 갔던 기억이 있다. 이어폰을 꽂고 라디오헤드Radiohead의 〈크립Creep〉을 들으면서…….

나는 똥멍충이라고 자책했다.

노비노라에 가면

노야는 착한 고양이였다.

샤샤라는 고양이와 한 집에 사는 노야는 구토를 많이 하는 증상으로 병원에 왔다.

"노야 보호자 님, 고양이들이 그루밍을 하기 때문에 다른 동물들보다 구토를 많이 하는 편입니다. 그래서 구토를 한두 번 한다고 해서 바로 이런저런 검사를 진행하지는 않습니다. 그런데 노야는 구토의 양상이 심하고 폭발적입니다. 체중감소도 심하고요. 그래서 이런 경우에는 비용이 들더라도, 좀 전체적으로 검사를 진행해야 할 것 같습니다. 가벼운 소화장애가 아닐 수 있습니다."

노야 보호자는 상당한 비용이 드는 검사에 동의했다. 그만큼 노야의 상태가 평소와 다르다는 것을 집에서도 봤기 때문이다. 노야는 혈액 검사, 초음파 검사, 엑스레이 검사 등 우리 병원에서 할 수 있는 거의 모든 검사를 받았다. 검사 내내 노야는 참을성 있게 견뎠다.

노야의 앞다리에서 피를 뽑고, 엑스레이를 찍기 위해서 이리저리 뒤집어서 자세를 고쳐 눕히고, 초음파 검사를 하기 위해서 배와 가슴의 털을 깎았다. 노야는 겁먹고 긴장한 표정을 짓긴 했지만, 다른 고양이들처럼 물고 할퀴거나 뛰어오르지 않아서 우리 모두를 감동시켰다.

초음파 검사를 하던 내 입에서 외마디 신음이 흘러나왔다.

"아, 이런!"

노야의 장에서 눈에 익은 익숙한 모양의 종괴가 발견되었다. 페페의 장에서 발견한 종괴와 같은 모양의 덩어리가 비슷한 위치에서 발견된 것이다. 바로 얼마 전에 봤던 종괴의 도플갱어 같은 덩어리가 발견된 것도 놀라운데, 이 아이도 페페와 마찬가지로 심장이 좋지 않았다.

"노야 보호자 님, 노야는 심장이 좋지 않고, 소장에 혹 같은 것이 있습니다. 이걸 보고 바로 암이라고 할 수는 없고요. 큰 병원에 가셔서 세포검사나 조직검사를 하시고, 조직검사 결과에 따라 수술이나 항암요법을 진행하셔야 합니다."

페페 보호자에게 얘기했던 것과 거의 같은 설명을 하면서 페페가 떠올랐다. 슬픈 예감이 들었다. 노야 보호자는 가족들과 상의해보기로 하고 일단 돌아갔다.

"선생님, 가족들하고 상의를 해봤는데요. 저희는 노야에게 조직검사를 하거나 하지는 않기로 결정했습니다. 그냥 이대로… 어쩔 수 없다는 쪽으로 결정을 내렸어요. 안타깝지만 이대로 받아들이기로 했어요."

"네, 그렇게 결정하셨군요. 그래도 이렇게 아무것도 안 하는 것은……."

"저희도 마음이 아파요. 사실 이런 말씀드리기 좀 그렇지만, 제가 얼마 전에 암 진단을 받아서 항암 치료 중입니다. 그런 와중에 노야도 이렇게 되고 비용도 어려운 상황이고요. 그래서 마음이 아프지만 도저히 노야까지 신경 쓰면서 치료를 받을 수는 없을 것 같네요."

며칠 후에 다시 만난 노야 보호자의 얘기를 듣고 깜짝 놀랐다. 본인의 암 진단에 이어서 반려묘가 암일 수 있다는 진단을 받았으니 얼마나 놀라셨을까. 헤아리기는 어렵지만 이해할 수 있는 상황이었다. 노야는 더 이상의 검사를 받지 못했고, 소화기 종양이라는 가정 하에 증상의 완화를 목적으로 소염제 처치를 시작하기로 했다.

노야가 돌아가고, 자꾸 페페가 떠올랐다. 바로 얼마 전에 내 손으로 페페를 떠나보냈는데 페페와 같은 증상을 가진 고양이가 왔고, 여러 상황이 페페와 너무나도 닮았다. 그리고 고민하기 시작했다. 결국 하지 말아야 할 말을 하기로 결정했다.

"노야 보호자 님, 지금부터 드리는 말씀은 절대 장삿속으로 드리는 말씀은 아닙니다. 이대로 가면 어쩌면 잠시 상태가 좋아질 수도 있지만, 급격하게 나빠질 수도 있습니다. 지금 먹는 약은 전에도 말씀드렸지만 치료제는 아니거든요. 원칙적으로는 정확하게 진단을 하고 치료를 해야 하지만, 지금 노야는 진단이 된 상태는 아닙니다. 그냥 약을 한 번 써보는 단계지만 사실 전 종양 가능성이 높다고 생각합니다."

"네, 그건 선생님이 설명해주셔서 알고 있어요. 저희가 선택을 한 거죠."

"그런데, 저희가 항암치료를 안 한다고 말씀드렸는데요. 그게 제가 얼마 전에 세상을 떠난 어떤 고양이에게 주려고 구해놓은 경구용 항암제가 있습니다. 그게 맞을지 안 맞을지는 장담 못하지만 보호자 님께서 동의하신다면 혹시 약이 맞지 않는 상황이라도, 해가 되지 않을 정도의 소극적인 처치라도 한 번 해보는 것은 어떨까요?"

"아, 그럼 그게 정확한 것은 아니라는 것이고."

"어쩌면 제가 가지고 있는 약을 그냥 묵히기 싫어서라고 생각하실 수도 있어서, 제가 이 약의 비용은 받지 않겠습니다. 그러니까 비용에 대한 부담은 갖지 마시고, 대신 부탁드릴 것이 있습니다. 이후에 아이의 상태가 나빠질 수도 있는데 제가 정말 소량만 쓴다는 점, 일어나는 모든 일이 이 약 때문이라고 생각하지만 말아주셨으면 좋겠습니다."

사실 이러면 안 되는 것이다. 원래는 '혹시 들을 수 있는 약이 있다'라고, 돈을 내고 투약하시게끔 설득해야 한다. 그래서 그렇게 했다면, 당연한 치료의 수순이라고 받아들여서 이후에 상태가 안 좋으면 상황에 대한 검사를 진행하거나 해서 추가 매출을 올릴 수 있다. 하지만 무료로 그냥 한 번 써보게 해달라고 하는 경우, 뭔가 내가 아쉽고, 약에 대한 테스트를 한다는 인상을 줄 수도 있다. 또한 투약 후 상태가 안 좋아지면, 그 약과 무관해도 그 약을 먹어서 그랬다는 원망을 들을 수 있게 된다는 것이 그동안 수의사로 일을 하면서 알게 된 사실이다.

길고 긴 고민 끝에 '선행 조건과 원인 조건의 혼동'에 따른 책임을 지는 위험을, 아무 대가 없이 감수하려는 결정을 한 것이다. 이런 결정을 내린 상황이 아주 복잡하게 표현되었지만, 단순하게 설명하자면 이렇다. '내가 위험을 감수해야, 돈을 받지 않아야, 노야가 약을 먹게 될 확률이 높아지기 때문이다.'

감사하게도 노야 보호자는 내가 하는 설명을 잘 이해했고, 내가 하고 있던 속 좁은 걱정들에 대해서도 걱정 말라고 말씀해주셨다. 노야는 그렇게 폐폐를 위해서 준비했던 경구 투여 항암제를 먹기 시작했다. 그리고 노야의 상태는 빠른 속도로 좋아지기 시작했다. 노야는 주기적으로 병원에 와서 계속 약을 먹었다. 간헐적인 구토 증상은 남아 있었지만 체중도 늘었고, 무엇보다도 초음파에서 보이는 덩이의 크기도 많이 줄어들었다.

노야의 증상 개선이 약간 소강 상태를 보이기 시작할 무렵, 노야 보호자에게 조심스럽게 말씀드렸다.

"보호자 님, 노야가 상태가 어느 정도 좋아졌고 종괴의 크기도 조금 작아졌는데, 혹시 이럴 때, 그 종괴를 절제하는 것을 시도하는 것은 어떨까요? 제가 전에 말씀드렸던 노야에게 약을 남겨준 그 아이도 상태가 좋아졌었는데, 결국은 장이 파열되었거든요. 노야가 그 경우에 해당된다는 확신은 없지만 지금 상태가 좋을 때……"

노야 보호자 가족들은 상의 끝에 수술을 하는 쪽으로 결정했다.

노야의 수술도 순탄하지는 않았다. 수술 당일에 기존 검사로 파악된 심장 상태보다 현재의 상태가 많이 악화되어서 보호자의 특별한 동의를 얻어야 했고, 장 내용물이 많아서 수술하는데 애를 먹었다. 그리고 드디어, 수술 부위가 자리를 잡고, 노야는 한 단계 더 좋아진 상태가 되었다. 수술 전에 비해 식욕과 활력이 더 좋아지더니, 병원에 와서도 반항을 하는 '본모습'을 드러내게 되었다.

"아, 노야가 이런 아이였군요. 전에는 몰랐습니다."

"선생님, 노야가 집에서도 아주 활발하고, 이제 살아났어요."

"그래도 이게 언제까지 지속될지는 모르겠습니다. 당분간은 간격을 더 넓히겠지만 투약은 계속할 거예요."

"이게 다 선생님 덕분입니다. 노야! 얼른 선생님께 인사드려! 살려주셔서 고맙습니다! 하고."

"아, 아닙니다. 이게 다 그 떠난 페……."

페페 덕분이라는 말을 하려다가, 숨을 멈추고 모니터를 다시 뚫어져라 들여다보았다. 대기 환자 명단에, 페페 보호자의 이름이 올라왔기 때문이다.

진료실 밖에 나가서 인사를 드렸다. 페페 보호자는 오늘은 금동이 때문에 병원에 오신 것이다. 아직 페페를 보낸 슬픔에 사로잡혀 있을 그분께 노야의 얘기를 들려드리고, 노야 보호자에게도 페페 보호자를 소개해드렸다.

두 분은 약간 서먹하고 어색하게 인사를 나눴고, 노야 보호자는 페페 보호자에게 감사하다는 인사를 건넸다. 그 광경을 지켜보면서 가슴이 저리고 찡했다.

진료실에 들어온 페페 보호자가 작게 물어오셨다.

"저 아이는, 그래서 아프고 나서 얼마나 살고 있나요?"

"아마, 한 6개월 정도? 지금 상태는 아주 좋습니다."

잠시 어두운 표정을 지으면서 페페 보호자가 말했다.

"그래요… 우리 페페는… 3개월을 살았는데요."

내가 무엇을 했는지 혼란스러웠다.

♥

페페가 떠난 후, 가끔씩 노비어노라이프에 가곤 한다.

그날도 파스타를 먹고 나오는데 사장님이 조리와 둔둔이에 대해서 몇 가지를 물어보셔서, 그곳의 분위기에 맞춰서 소곤소곤 설명을 해 드렸다. 설명을 마치고 문을 나서는데 약간 난처한 표정으로 사장님이 말씀을 꺼내셨다.

"저… 원장님. 저… 이런 말씀드리기 죄송하지만."

"네, 무슨 일이신지. 말씀하세요."

"저, 전에 원장님 오셨을 때… 그때 계산을 안 하고 가셨습니다. 죄송하지만 오늘 그걸 같이 결제 금액에 올려도 될까요?"

"예? 제가요? 전에… 제가 파스타 포장도 해가고……."

"네, 맞습니다. 그러셨습니다."

"그런데, 제 기억에, 아 기억이 납니다. 그런데 그럴 리가요. 제가 생각이 나는데요. 제가 말씀드린 내용도 생생하게 다 기억이 나는걸요. 제가 택시 탄 얘기도 해드리지 않았나요? 요즘은 앱으로 호출을 해서 등록된 카드로 자동결제가 되기 때문에 결제를 안 하는 것이 버릇이 되었다고요. 그래서 한 번은 자동결제인 줄 알고 태연히 택시에서 내려서 한참을 걸어갔는데, 택시 기사님이 먼 거리를 헐레벌떡 따라오신 적이 있다고. 그 말씀을 드린 기억도 나는데요.”

“네, 맞습니다. 그 말씀하신 날입니다.”

“네… 그날은 포장도 따로 해가서 다른 날보다 결제액이 많았던 것도 기억이 분명히 나는네요. 그럴 리가요…….”

“네, 택시비를 실수로 안 주고 내렸다고… 요즘 정말 정신이 없다고, 그렇게 말씀하시고는…….”

정말 미안하고 난처한 표정을 지으면서 사장님은 말을 이었다.

“그냥 가셨습니다.”

노비노라에 오면 페페 생각이 나서 항상 마음이 무거웠다. 오늘은 나의 어처구니없는 실수담과 페페와 페페 덕분에 살아난 노야를 떠올리면서, 평소에 이곳에 오면 듣던 〈크립Creep〉 대신 다른 노래를 틀어보았다.

신호등이 바뀌길 기다리며 이어폰을 끼고 노래를 흥얼거리다가, 옆에 서 있던 분과 눈이 마주쳤다. 겸연쩍게 웃었지만 노래를 멈추지는 않았다.

“너였어. 너였어. 너였어.It was you. It was you. It was you.”

“따링, 에헤헤이!Darling, eh-eh-eh!”

-밴스 조이Vance Joy, 〈클래러티Clarity〉에서

휘파람을 불면서, 건들거리면서.

잊지 않을게

중앙에 사각형의 테이블이 놓여 있는, 처치실 혹은 수술 준비실 같은 공간이었다. 한 사람이 흰 강아지를 데리고 들어왔다. 곧 다른 사람들이 들어오고, 테이블 위에 프로포폴로 보이는 하얀 액체가 채워져 있는 주사기가 놓였다.

잠시 후 1회용 수술복을 입고 수술모를 갖춰 쓴 수의사가 들어왔고, 프로포폴이 든 주사기를 집어들었다. 흰 강아지는 다른 수의사의 품에서 테이블로 옮겨졌는데 차분하게, 보채지 않고 사람들의 손길에 순응하고 있었다.

수술복을 입은 수의사는 익숙해보이는 손길로 미리 잡혀 있던 IV 카테터(혈관에 주사제를 주입하는 가는 관)에 프로포폴을 주사했다. 거의 동시에 흰 강아지의 몸이 축 늘어졌고, 주위에 있던 스텝들은 강아지의 입에 거즈를 걸고 입을 벌렸다. 마취를 하기 위해서 엔도트라키알 튜브(흡입 마취나 인공호흡을 하기 위해서 기도에 장착하는 플라스틱 튜브)를 삽입하는, 삽관을 하려고 하는 것이다.

수술복을 입은 수의사는 옆에 놓여 있던 엔도트라키알튜브를 집어들고 흰 강아지의 입 속에 그 튜브를 넣었다. 이제 튜브가 기도에 들어가면 튜브 주변에 있는 풍선 모양의 커프를 부풀리고 호흡 마취 장비에 연결하면, 마취의 준비 과정에서 가장 위험한 순간을 넘기는 것이다.

수의사가 흰 강아지의 입에 넣었던 튜브를 다시 꺼냈다. 잠시 강아지의 입과 자세를 바로잡고 다시 튜브를 입에 넣었지만, 뭔가 이상이 있는지 튜브를 다시 꺼내고 넣는 과정을 반복하기 시작했다. 기도삽관이 원활하게 되지 않는 상황인 것이다. 하지만 주변의 스텝들이나 강아지를 보정(잡아주는)하는 수의사, 삽관하는 수의사들은 모두 동요하지 않아 보였고, 침착하게 과정을 반복하고 있었다.

침착하고 차분한 분위기에서 시간은 흐르고 있었다.

그러나 삽관은 계속 되지 않았다. 호흡이 없는 상태에서 생명을 유지하기 어려운 시간이 지날 무렵, 수의사는 심장마사지와 인공호흡을 실시하기 시작했다. 방금 전의 침착함과 차분함은 찾아볼 수 없었고, 수의사와 스텝들은 긴박하고 처절하게 인공호흡을 하고 심장 마사지를 했다. 긴 시간이 지난 후, 그들은 CPR을 멈췄다.

흰 강아지는 그렇게 우리 곁을 떠났다.

"먼저, 이 하얀 강아지의 명복을 빕니다. 이 아이의 죽음이 헛되지 않기를 바랍니다."

영상을 보고 모두 슬프고 망연자실한 표정이었다.

"이 영상은 최근 한 동물병원에서 있었던 사망 사고의 CCTV 영상입니다. 어떤 신문기자 분이 해당 영상을 제게 보내주시면서, 수의사나 병원에 혹시 어떤 과실이 있는지 한 번 봐달라고 하셨습니다. 너무 슬픈 영상입니다. 여러분들이 보시기에 어느 지점에 문제가 있는 것 같습니까? 이 아이의 죽음을 막을 수는 없었을까요? 의료 과실로 보이는 장면은 없었나요? 이 강아지가 성대 제거 수술을 진행한 히스토리가 있다는데, 어쩌면 성대 제거 수술 부위가 시간이 지나면서 협착이 진행되고, 공간이 너무 좁아져서 어떻게 해도 삽관이 안 되는 그런 상황일 수도 있겠지만, 너무 안타깝습니다."

다른 날에 비해 병원에 사람이 많은 날이다. 오래 근무하시던 박 선생님이 퇴사하고 진 선생님이 출근하셨고, 최 선생님이 업무인계를 위해서 계속 근무하는 상황이라, 평소보다 테크니션 포지션에 한 분이 더 많게 되었다. 그리고 수의사 송 선생님도 출근하시는 상황이라서 평소에 없던 수의사도 한 분 더 계신 상황이다.

오늘은 14살 된 강아지의 스케일링을 진행하면서, 피부에 있는 종괴를 절제해서 조직검사를 의뢰하는 수술을 같이 진행할 예정이다. 원래 스케일링은 공중에 세균이 비산되는 시술이기 때문에 수술을 같이 진행하지는 않지만, 환자가 나이가 많고, 개복 수술이 아닌 피부에 있는 종괴 절제 수준의 수술이기 때문에 조심해서 한 번에 같이 진행하기로 계획을 세웠다.

"오늘. 박 선생님 퇴사하시고 처음으로 수술을 하는 날이네요. 그리고 수의사님은 두 번째 수술 참관이시고, 새로 오신 진 선생님은 처음 마취에 참관하는 것이네요. 물론 김 부장님도 계시고 최 선생님도 계시지만. 수술 전 체크리스트에서 빠진 것이 있는지 다시 한번 확인해야 합니다."

"그리고 요즘 제가 그 불쌍하고 안타까운 강아지의 동영상을 보면서 우리도 뭔가 더 대비를 해야 한다고 생각했어요. 그래서 기존 체크리스트에 몇 가지를 더하려고 합니다. 오늘부터 새로 만든 이 체크리스트를 마취기에 붙여 놓고 삽관 과정에서 체크해야겠어요. 기자 분은 제게 의료사고 여부를 물어보려고 동영상을 보내셨지만. 저는 뭔가 더 타이트하게 더 체크하는 계기로 삼으려고 합니다. 그래야 그 강아지의 죽음이 헛되지 않을 것 같아요."

나를 잘 아는 사람들은 말한다.

"원장님은 절대 다른 수의사를 고용하지 못할 거예요. 아. 고용은 하실 수 있겠죠. 하지만 아마 수의사가 있어도 원장님은 혼자 다 하실 걸요? 믿고 맡기질 못하시잖아요."

"아니, 나는 음… 고용도 못할 거예요."

하지만 나의 소원은 항상 수의사를 고용하는 것이었다. 수의사를 고용해서 병원의 규모가 커져야 입원도 받고. 오전에 수술을 하더라도 다른 수의사 분들이나 내가 일반 환자들의 진료를 할 수 있어서, 지금처럼 오후 2시 이후에만 환자가 올 수 있는 제한적인 영업에서 벗어날 수 있는 것이다. 지금은 절대 아플 수 없는 상황이지만, 다른 수의사가 있으면 가끔씩 아플 수도 있고… 나와 병원의 생존을 위해서 수의사를 구인해야 하는 것이 맞는 선택이다.

겉으로는 사람을 신뢰하지 못하기 때문에 수의사를 구인하지 못한다고 말을 하지만, 솔직히 말하자면 근본적인 문제는 다른 곳에 있다. 수의사를 구인하면 그 수의사는 내게 뭔가 배울 것을 기대할 텐데, 나의 수의학적 지식이 다른 수의사를 가르칠 수준이 못 된다는 결정적 문제 때문에 수의사 구인을 못하고 있는 것이다.

마음속으로 기한을 정해놓고, '1년만 지나면, 아니 2년만 노력하면 수의사를 구인할 수준의 지식이 갖춰질 거야' 하고 지내왔지만, 나의 의지는 너무나 박약해서 새로 얻는 지식보다 잊어버리는 지식이 더 많았다. 그렇지만 드디어 용기를 내서, 더 늦기 전에 수의사 구인광고를 내기로 했다. 박 선생님이 퇴사하면 테크니션을 구인하지 않고, 당분간 내 진료를 보조하는 수의사를 뽑아보기로 했다.

떨리는 마음으로 용기를 내어 난생처음 수의사 구인 공고를 냈다. 나름 고심하고 고민해서 구인광고를 냈는데, 다른 병원의 구인 광고와 비교해서 보니 너무나 초라하고 형편없는 구인광고였다. 다른 병원은 상대적으로 높은 급여와 여러 가지 혜택, 심지어 어떤 첨단 장비를 운용하는지, 미래의 비전 같은 것도 제시하는 데 비해서, 내가 낸 공고는 덩그러니 '인턴 수의사 구인, 연봉 ○○만 원'이 전부였다. 게다가 연봉도 형편없는 액수였다. 나라도 절대 지원하지 않을 광고였다.

그러다가 문득, 정말 아무것도 없는 빈털터리 구인광고가 오히려 패기 있어 보일 수도 있다는 생각이 들었다. 아무것도 없이 이런 광고를 내는 우리 병원을 보고, 이제 수의대를 갓 졸업하는 순진한 분들이 '혹시 재야의 고수가 운영하는, 배울 것이 많은 동물병원'이라고 생각하면 어쩌나, 하는 쓸데없는 걱정까지 들었다. 그래서 구인 광고에 다음의 문구를 삽입했다.

'원장이 거의 모든 것을 직접 해서 진료의 기회가 적고, 배울 것이 거의 없는 병원입니다.'

추가 문구를 삽입한 구인광고를 다시 보았다. 아무리 봐도 긴 세월 수의사를 갈망하고, 고심해서 올렸다는 느낌이 들지 않았다. 기왕 올렸으니 며칠 후에 내리겠다고 마음먹었다.

구인 광고를 올리고 그리 오래 지나지 않아서 놀라운 일이 벌어졌다. 무려 3명의 수의사가 지원을 한 것이다. 게다가 지원자 중에서 2명은 경력 수의사였다. 경력 수의사 2분께는 전화를 드려서, 나의 지식이나 우리 병원의 경제적 사정이 경력 수의사 분을 채용하기에는 부족한 수준임을 정중하게 설명드렸고, 이번에 수의대를 졸업하는 수의사 분께는 면접을 제안하였다.

보통의 면접이라면 구직자가 본인을 뽑아달라고 하는 자리인데, 그날 면접은 구직자에게 우리 병원이 그렇게 형편없는 곳이 아니라고 어필하는 분위기였다. 그리고 면접 며칠 후, 그 지원자 분은 미안하지만 다른 병원에 가기로 결정했다는 메일을 보내왔다.

'아, 그분만 오신다고 했으면 내가 모든 것을 갈아넣어서, 새로 공부

를 해서라도 알려드렸을 텐데……'

너무 아쉽고 실망스러웠지만, 현실을 자각할 수 있는 좋은 기회라고 생각하고 테크니션 구인공고를 새로 냈다. 박 선생님의 후임 직원을 구인한 지 며칠 후, 메일함에서 이력서 한 통을 발견했다.

'앗, 수의사? 우리 병원에 지원하는 수의사가 또 있다니.'

그리고 정성스럽게 작성한 그 이력서의 주인공은, 내가 너무나도 잘 아는, 송동은 수의사였다.

송동은 수의사는 내가 한 달에 한 번 진행하는 수의학개론 수업을 들었던 학생이었다. 항상 앞자리에 앉아서, 다음 달에는 매달 치르는 퀴즈에서 1등을 할 거라는 허언성(1등을 한 적이 단 한 번도 없음) 농담을 남발하던, 잘 웃는 학생이었다.

나는 한 번도 이 학생의 진지하고 진중한 모습을 본 적이 없었기 때문에, 이 학생이 정원이 1명인 건국대학교 수의과대학 편입시험에 합격했을 때 정말 많이 놀랐다. 어떤 '초우주적인' 우연이나 행운이 함께하지 않았나,라는 생각을 하기도 했다. 하지만 시간이 지난 후, 그해 송동은 수의사가 합격한 곳이 한 군데가 아니었다는 얘기를 전해 들었다. 그래서 나는 이 학생이 사실은 공부를 열심히 하는 아주 똑똑한 학생이었거나, 우연이나 행운의 정도가 '초우주적인 수준도 넘어서는' 학생일 거라고 생각했었다.

그리고 이 학생은 매달 수업에 올 때마다 내게 하얗고 동그란 빵을 하나씩 줬는데, 그 빵이 정말 하얗고 말랑말랑해서 나는 항상 "아, 이 빵은 〈알프스의 소녀 하이디〉에서 하이디 친구 클라라네 집에서만

143

먹을 것 같은 빵이네요!"라는 농담을 했다. 송동은 학생은 매달 듣는 이 농담을 처음 듣는 듯 너무 재미있다며 '까르르' 웃음을 터뜨렸었다.

그랬던 송동은 학생이 수의대를 졸업하면서 우리 병원에, 수의사로서 첫 직장으로 지원했다는 것이 너무 놀랍고 고맙기도 했지만, 한편으로는 부담스럽기도 했다. 그리고 지금은 테크니션 구인을 마친 상태라서 수의사 구인은 불가능한 상황이기도 했다.

"동은 씨, 아니, 송동은 선생님. 도대체 왜 저희 병원에 지원하셨나요? 선생님, 지금 괜히 현혹되신 거예요. 제 수업을 들으면서, 제가 동기부여 되시라고 부풀려서 해드린 여러 이야기들에 현혹되어서, 실제와는 다르게 저와 병원을 과대평가하고 계시는 거예요. 그리고 저희는 이미 테크니션으로 구인을 마쳤습니다."

송동은 수의사가 면접을 보러 왔던 날, 나는 예의상 면접은 진행했지만 진심으로 송 수의사를 말리려고 하였다. 송 수의사는 그해 가을에 외과대학원에 진학할 예정인데, 대학원에 진학하기 전에 우리 병원에서 수의사로서 첫발을 떼고 싶다고 자신의 포부를 말했다.

면접을 본 송동은 수의사가 돌아가고, 깊은 고민을 했다. 여러 가지 상황이나 사정이 수의사 구인을 막는 상황이었지만, 무엇보다 내가 아는 것이 없는 것이, 알려주고 가르쳐줄 능력이 없다는 것이 가장 마음에 걸렸다. 하지만 이것이 내 본심이었는지는 몰라도, '가을까지, 한시적으로'라는 명분 하에 송 수의사를 채용하기로 결정했다.

"송동은 수의사 님, 조건이 있는데 가능하시겠어요?"

"네, 뭐든지 말씀하세요!"

"저희 병원에서 배울 것이 없으니, 스스로 공부를 하셔야 할 것 같네요. 제가 책을 한 권 보내드릴 테니 근무하는 동안 그 책을 끝까지 다 본다는 조건으로, 어떠세요?"

"네, 원장님. 감사합니다. 꼭 다 보겠습니다."

출근일을 정했고, 송동은 수의사에게 임상과는 아무 상관없는 의학생리학 책(『Guyton's Medical Physiology』)을 보내주었다.

송동은 수의사는 수의사 면허증이 있는 수의사였지만, 나는 이미 구인광고에서 본 것과 같이 원래 내가 혼자 다 해야 직성이 풀리는 스타일이라는 것과, 수의사로서의 일을 할 가능성은 거의 없다고 말해주었다. 아침에 출근하면 매일 마취기의 배기구를 확인하는 것을 주 임무로 지정해줬고, 새로 출근한 테크니션 분과 함께 테크니션 업무 인계를 같이 받으면서 병원 일을 익히기로 했다. 다른 수의사들 같았으면 당장 그만둘 상황이었지만, 송 수의사는 밝게 웃으면서 우리 병원에 함께하게 된 것을 감사해했다.

흰 강아지의 동영상을 보고 나서, 숙연한 분위기에서 그날의 수술 준비를 마쳤다.

"지금, 수술 들어가기 전에 각자 위치에서 다시 한번 체크할 것 체크하셨나요? 오늘 영상에서 본 그 병원은 우리나라에서 정말 손꼽히는 규모의 병원인데, 거기서도 그런 일이 일어날 것이라고는 예상 못하셨을 거예요."

"제가 그 영상을 보고 조금 아쉬웠던 몇 가지 지점이 있는데요. 여러분들도 알겠지만 프로포폴을 주면 무호흡이 유발될 수 있는데, 우선 프로포폴을 조금 천천히 줘서 그 강아지의 호흡이 유지되는 상황이었으면 어땠을까 하는 점이에요. 같은 양을 주더라도 주는 속도에 따라 무호흡이 오는 정도가 다르거든요."

"그리고 또 한 가지는, 무호흡이 어쩔 수 없이 왔고 삽관이 안 되는 상황이 지속될 때, 사전에 100퍼센트 산소를 줬으면 어느 정도 환자가 버티는 데 도움이 될 수 있었는데 그런 조치가 없었던 점이에요. 이런 점들은 기자 분께 전달을 해드렸지만, 그 아이가 죽고 나서 무슨 소용이 있겠어요."

"그리고 마지막으로 그 병원의 선생님과 직원 분들의, 물론 나름 최선을 다하셨겠지만, 영상으로 본 모습이 뭐랄까… 너무 차분한? 삽관이 안 되는 상황인데 너무 차분한 거예요. 비상 상황인데 마치 절대 우리는 사고가 나지 않을 것이라는 분위기. 나중에는 CPR을 하고 분위기가 바뀌었지만, 그 전에는 뭐랄까 너무 믿는다고 할까요? 그렇다고 무조건 당황하고 허둥지둥하라는 얘기는 아니고요."

"가운 입고, 청진기 목에 두르고, 주사기 들고 일하는 사람들은 기본적으로 초조함이 있어야 한다고 생각해요. 지식이 많고 적고 이런 것보다 초조함, 환자들은 나한테 생명을 맡기는 것이잖아요. 가운이나 청진기는 그런 표시라고요. 그런데 어떻게 마음이 편할 수 있겠어요. 수술복을 입는 순간, 가운을 걸치는 순간부터 긴장하고, 매일이 초조해야죠. 실수를 하지 않을까, 지식이 부족하지 않을까."

"삽관이 안 되는 상황이라면, 당연히 아이가 사망하지 않을까 전전

궁금했어야죠. 우리는 삽관이 안 되는데 환자의 자발호흡이 없으면, 농담이 아니고, 같이 호흡을 멈춰서라도 그 긴박함을 같이 겪어야 합니다. 산소를 줬어야 했는데, 산소를 주려는 시도를 왜 하지 않았는지 너무 안타깝네요. 제가 가서 오늘 수술할 아이를 데려올 텐데, 오늘은 특히 더 조심합시다."

처치실에서 대기하고 있던, 오늘 수술할 14살의 강아지를 수술실로 데려왔다. 삽관을 위한 유도 마취를 위해서 프로포폴을 주사하기 전에 다시 잔소리를 추가했다.

"오늘부터 추가로 적어놓은 체크 리스트, 다시 확인합니다."

"네, 다 확인했습니다."

"다, 준비됐죠? 자, 지금부터 인튜베이션 시작하겠습니다. E.T. 튜브 확인! 조명 확인! 라링고 스코프도 조명 확인!"

"비상 삽관 도구 확인! 산소 확인! 100퍼센트 산소 공급! 천천히! 아주 천천히… 주겠습니다."

"자, 그리고 다시 말씀드리지만, 그리고 오늘부터 매일 말씀드리겠지만, 오늘, 비상 상황이 발생할 수 있습니다."

평소보다 많은 사람들이 수술실에 있었고, 모두들 긴장한 눈으로 점점 기운이 빠져가는 강아지를 쳐다보고 있었다. 주사기에 들어 있던 내용물이 천천히 줄어들었고, 강아지는 삽관을 할 수 있을 정도로 깊이 진정된 상태가 되었다.

강아지의 입 속을 들여다보면서 라링고스코프로 후두 덮개를 열었다.

"자, E.T. 튜브, 이제 삽관… 하겠습니다. 자발 호흡?"

"네, 자발 호흡 있습니다."

"호흡 상태 계속 확인하세요. 계속!"

"네, 호흡 확인됩니다. 호흡 잘합니다!"

이제 기도에 장착하는 엔도튜브를 기도에 넣고, 튜브 주위에 있는 커프를 부풀려서 공기가 새지 않도록 하면 튜브 장착이 완료되고, 호흡 마취를 시작할 수 있게 된다. 이런 과정을 삽관이라고 하는데, 사고가 났던 그 하얀 강아지는 삽관 과정에서 삽관에 실패하고 끝내 사망하게 된 것이다.

"호흡 확인!"

"네, 호흡 확인됩니다."

평소보다 삽관이 지체된다고 생각했다. 새로 출근한 직원 분과 송동은 수의사 앞에서 신속하고 깔끔하게 삽관하는 모습을 보여야 하는데, 면이 약간 떨어지는 것을 아쉬워하려던 그때, 약간의 지체가 아닌 뭔가 다른 상황이 벌어졌다는 것을 느꼈다.

"아, 삽관이, 삽관이 안 됩니다. 호흡!"

"네, 호흡 확인됩니다."

"자, 다행히 호흡 있고, 점막색 좋은데, 혹시 모르니까… 비상 삽관용 튜브 준비하고."

"작은 튜브로… 바꿔서 해봅시다. 호흡!"

"네, 호흡! 약간… 약합니다."

"산소, 우선 산소를 조금 더 주고……"

원래 삽입하려던 튜브보다 더 가는 사이즈의 튜브로 교체해서 삽관을 시도했다. 하지만 기도 입구에 뭔가 막힌 것인지, 더 가는 튜브도 들어가지 않았다.

"음, 절대 당황하지는 말고, 침착하게… 자 튜브, 3.5로 다시 준비! 그 사이에 산소 주고."

"호흡 체크!"

"네, 호흡 있습니다!"

어찌 된 영문인지 측정된 기도의 사이즈보다 훨씬 작은 튜브로 삽관을 시도했지만, 기도 입구에서 전혀 들어갈 틈을 찾을 수가 없었다. 생각하지도 못한 상황에 크게 당황했지만, 새로 나온 직원 분과 송동은 수의사에게 당황하고 허둥거리는 모습을 보이면 안 된다는 생각도 들었다.

'아, 이럴 수가. 어떻게… 호흡이 멈추면 안 되는데.'

"3.5 튜브 준비됐습니다!"

"자, 이 튜브 안 되면 3.0으로 갑니다. 3.0도 준비해둬요."

동영상 속의 수의사처럼 나 역시 삽관이 되지 않아서 계속 삽관을 시도하고 있지만, 삽관 시작 전에 100퍼센트 산소를 충분히 호흡하게 했다는 것이 큰 의지가 되었다. 더구나 마취 유도제를 천천히 주사했기 때문에 스스로 숨을 쉬고 있어서, 당장 삽관이 되지 않아도 사망하지 않는 상황이라는 것이 다행이었다.

'아! 내가, 바로 내가, 방금 본 동영상 속의 수의사가 되어 있다니……'

수의사 생활하면서 비상 상황이 발생할 수 있다는 말을 마취를 시작하면서 처음 말했는데. 바로 직전에 본 돌발 상황이 발생하다니. 호흡이 멈추기 전에 빨리 삽관을 해야 했다! 만약에 실패하면 이 아이도…….

"자, 안 되겠어! 3.0!"

"네! 3.0! 자발 호흡이……."

"자발 호흡이……'

"……"

숨 막히는 몇 초가 흘렀다.

"아! 있습니다!"

그리고 드디어, 삽관이 되었다. 주변 사람들이 본 것보다 처절한(?) 사투 끝에 가장 가는 사이즈의 튜브가 기도 안에 들어갔고, 마취기를 작동시킬 수 있게 되었다.

"아, 다행이야. 그런데 삽관된 튜브가 너무 작아서 커프를 부풀려도 기도와 튜브 사이가 막히질 않네."

"CO_2 확인됩니다. 어떻게 할까요?"

"아, 마취기에 맡기면 수술은 가능하겠는데, 혹시 구토를 한다거나 하는 다른 비상상황이 생기면 대비가 안 될 수도 있어. 커프가 부풀지 않으면 기도하고 튜브 사이가 너무 넓어서, 정말 드물긴 하지만 수술 중에 갑자기 구토를 하면 폐로 들어갈 위험이 있어. 그리고 스케일링을 하려면 입 안에서 물을 써야 하는데, 그게 기도로 들어갈 수도 있고. 지금 다른 수치들은 어떻죠?"

"수치들은 지금 안정적입니다."

송동은 선생과 새로 출근한 직원 분, 최 선생님, 김 부장님 모두 놀란 상태에서 나의 결정을 기다리고 있었다.

"아, 이 아이 보호자 님께서 이해해주실지 모르겠네. 그리고 이 아이도 성대 제거 수술을 한 것 같아. 그게 좁아졌고 튜브가 들어갈 틈이 없어진 거지. 이대로 수술을 진행하려다가 뭔가 자극이 되면 그나마 있던 작은 구멍도 마저 막힐 가능성도 있을 것 같아. 수술을 중단하고, 먼저 성대 쪽 정밀 검진을 받고, 거기에 대한 처치를 하는 것이 좋은데 보호자 님이 수긍을 하실까? 아마 이렇게 극적으로 삽관을 한 것도 이해시켜드리기 힘들 거야."

"제 생각에도 오늘 수술을 하는 것은 무리일 것 같아요. 일단 여기서 중단하는 것이 맞는 것 같아요."

김 부장님도 겨우 삽관에 성공한 강아지에게 수술이 무리가 될 수 있다고 판단한 것 같았다.

"그래요. 안전한 방향으로 합시다. 보호자 님도 이 아이에게 안전한 선택을 한 것을 이해해주실 거야. 자, 호흡 수 낮추고, 미닛볼륨 낮춰서 CO_2 높일 거예요."

보호자에게 지금까지의 상황을 설명하고 성대 쪽 정밀 검사를 말씀드렸다. 처음에는 수긍을 못하다가, 이것이 강아지의 안전을 위한, 만약의 경우에 대비하기 위한 조치라는 것을 이해해주셨다.

"송 수의사, 아까 깜짝 놀라지 않았어요? 전 정말 놀랐어요."

"아, 원장님, 하나도 당황한 것 같지 않으시던데요?"

"겉으로만 그렇게 보인 거죠. 센 척하느라고, 엄청 쫄았어요. 아니 어떻게 수술 직전에 보여주고 조심하자고 한 상황이 바로 똑같이 일어 나죠? 지금 생각해도 소름이 돋네요. 그것도 진 선생님은 처음 수술 이고, 송 선생님도 두 번째인데."

"네, 저도 깜짝 놀랐어요. 정말 거짓말 같은 일이에요."

"맞아요. 그래도 정말 똑같은 상황인데, 차이는 우리가 그 동영상을 봤다는 거예요. 그 동영상을 봤기 때문에 평소보다 더 조심하자고 한 거고, 평소에 안 하던 프로토콜을 추가해서 산소를 더 많이 주고, 자 발 호흡을 유지해서 오늘 사망 사고가 없었던 거예요. 정말정말 다행 이에요."

이게 다 그 하얀 강아지, 그 강아지 덕분이다. 그 아이가 오늘 우리 병원에서 한 생명을 살린 것이다. 그리고 아마 앞으로도 여러 생명을 살리게 될 것이다. 우리가 더욱 조심할 테니까.

하얀 강아지의 죽음이 정말 안타깝지만, 그 아이는 죽어서 많은 생 명을 살리고 있다. 기회가 된다면, 그 아이의 죽음이 헛되지 않았다고 보호자에게 알려드렸으면 좋겠다.

유자의 눈동자

지구에서 태어났지만, 반드시 지구에서 죽으라는 건 아니란다.

Mankind was born on earth, it was never meant to die here.

—영화 〈인터스텔라〉에서

"와우! 하하하! 이 노래!"

"어떻게 이 노래가 나오지? 하하!"

"스카이 풀 오브 스타즈Sky full of stars라고? 유후, 이거 기분이 왜 이리 좋지?"

"원장님! 무슨 일이세요?"

"아, 그게, 이 선생님! 크하하~ 너무 기분이 좋아서요. 제가 많이 이상해 보이죠?"

"제가 유튜브 뮤직에서 콜드플레이Coldplay의 〈옐로우Yellow〉라는 노래를 틀었는데요."

"네, 그런데요?"

"그런데 그 노래가 끝나고, 어떻게 보면 당연할 수도 있지만, 콜드플레이 노래가 연달아 나왔어요."

"네? 그게 무슨⋯⋯."

"그렇죠? 당연하죠? 그런데, 하고 많은 콜드플레이 노래 중에, 이 노래가 나왔다는 거예요. 별이 가득한 하늘~ 아우 썸나!"

"음, 네⋯ 그러시군요. 음⋯⋯."

"그리고⋯ 유후가 있어서 더 좋아요! 유우웃~후!"

"아, 네. 1개월이 조금 안 되었을 무렵에 구조되었다고요. 그리고 구조 당시부터 앞을 보지 못했고⋯ 8개월 정도 지난 거네요. 그럼 이 아이는 나이가 9개월 정도 되었고⋯⋯."

"네, 저희는 선천적으로 앞을 못 본다고 생각하고 있었어요. 병원도 많이 가봤는데, 가망이 없다고 하셨어요. 그냥 적출해야 한다고⋯⋯."

"아, 그래요. 제가 아까 사진으로 봤을 때는 눈앞에 무슨 막 같은 것이 가려져 있었는데, 이게 눈 주위 결막하고, 3 안검이라고 눈 안에 눈꺼풀이 하나 더 있는데요. 이런 것이 다 엉겨붙은 걸 거예요. 아마 어려서 허피스 바이러스에 감염되었고, 그래서 결막염을 심하게 앓았을 거예요. 그런 경우에 각막에, 그러니까 눈 표면에 주변 조직이 유착되어서 실명하게 됩니다. 어린 나이에 양안 실명이라니 정말 안타깝습니다. 이 아이는 이름이 뭔가요?"

"네, 이 아이는⋯ 유자, 유자라고 해요."

"안타깝지만⋯ 다른 방법이 없을 거예요. 아주 어렸을 때, 1개월 미만에 결막염이 심해서 유착되고 앞을 못 보면, 최종적으로 안구가 위축되기도 하고… 안구가 위축… 아, 죄송하지만 아까 보여주신 유자 사진, 한 번 더 보여주시겠어요?"

태평이 보호자는 얼마 전부터 태평이라는 고양이의 호흡기 증상 때문에 병원에 오기 시작했다. 태평이는 몇 달 전에 길에서 구조한 고양이인데, 눈물과 콧물이 심해서 다른 병원에서 치료를 받아오다가 증상이 호전되지 않아서 우리 병원으로 온 것이다.

하지만 서울 변두리에서 변변한 특화 과목 하나 없이 근근이 문만 열고 있는 1인 병원으로 온 것은 태평이를 위해서 잘된 선택은 아니었다. 약을 오래 먹어도 태평이의 호흡기 질환이 완전히 치료되지 않았던 것이다.

"아무래도, 변명 같지만 태평이는 비강 안쪽이나, 프런탈 사이너스 Frontal Sinus라고, 머리뼈 속에 공간이 있는데요. 그곳까지 감염이 진행된 것 같습니다. 그런 경우 머리뼈를 열고 그 공간에 차 있는 고름을 빼내기도 하는데, 만약 그런 상황이라면 완치되기 어려울 수도 있습니다. 약을 먹는 것은 증상을 완화시키는 정도의 효과만 있을 거예요. 아이고, 오랫동안 애쓰고 계시는데요……."

오랜 치료에도 완치가 되지 않아서 난처한 해명을 했다.

"아, 그런가요. 병원에 오래 다니면서 치료가 어려울 수 있다고 생각은 했지만, 그래도 증상이 많이 좋아져서 다행이에요. 이 정도로 좋아진 것만 해도 감사합니다."

오히려 태평이 보호자는 내게 감사의 인사를 했다.

"고향 집에도 어머니가 고양이를 많이 돌보시는데 비슷한 증상인 아이들도 있어요. 그러면 그 아이들도 비슷한가요?"

"네. 아마 그럴 수도 있습니다. 그래서 구조된 아이들에게 호흡기 증상이 있으면 초기에 적극적으로 치료하셔야 합니다. 증상이 호전되더라도 치료를 바로 중단하면 안 되고요. 어머님께서 아픈 아이들을 많이 돌보시는군요."

"네. 그리고 여기 이 아이는 길에서 데려온 앞을 못 보는 아이인데요. 얘도 병원을 많이 다녔는데… 눈을 적출해야 한다고 하네요."

태평이 보호자는 스마트폰에서 거의 다 자란 고양이의 사진을 보여주었다. 눈이 있어야 할 자리에 뿌연 막이 덮인 고양이였다.

"아, 이 아이. 최근에도 병원에 가보셨나요?"

"네, 엄마가 근처 병원과 사실 큰 병원에도 갔었어요. 안과 전문병원이라는 곳도 갔었고. 최근에도 적출해야 한다고. 적출이 유일한 치료방법이라고 들으셨대요."

"아, 네. 큰 병원에서 그렇게 말했으면 그럴 겁니다. 그런데……."

"그런데 왜요? 선생님?"

"혹시, 수술이나 뭐 다른 시도를 해보신 적은 없나요?"

"네, 전부 안 된다고, 적출만이 유일한 치료방법이라고, 아주 단호하게 말씀하셨어요."

"네, 그러면 적출하기 전에 딱 한 번만, 좀 큰 병원에 다시 한번 가보실 수는 없을까요? 제가 사진으로 봐서는 모르겠지만 눈이 전혀 위축되어 보이지도 않고, 유착이 어떻게 되었는지 모르겠지만……"

"만약 시신경이 살아 있고, 유착의 정도가, 달라붙은 정도가 심하지 않으면 어쩌면… 아, 물론 수의학적으로는 적출이 맞습니다. 이미 각막의 투명성을 유지하는 기능이 없어졌을 수도 있고요. 요즘엔 줄기세포를 이용한 수술도 한다지만 실제로는 적출이 지시되는 상황은 맞습니다. 그런데."

"적출하는 게 맞는데, 그런데요?"

"그래도 눈을, 양쪽 눈을 다 제거하는 건데요. 혹시라도 약간이라도 다시 볼 가능성이 있는지 확인을 한번 시도라도 해보는 것이… 뭐랄까, 병원에서 이런 말을 하는 것이 부적절할 수도 있지만 예의? 예의라고 생각합니다. 그래서."

그리고 나는 아주 작은 소리로 '애티튜드'라고 얼버무렸다.

"그럼, 그냥 선생님이 해주시면 안 되나요? 그동안 근처에 안 가본 곳이 없어요. 인근 광역시에서 안과로 제일 유명한 병원도 가보고요. 그런데 모두들 그랬어요. 적출하라고."

"아닙니다. 저희 병원은 적합하지 않습니다. 저희는 작은 병원이고, 근처 광역시의 큰 병원을 다시 가셔서라도……"

"원장님, 저희 엄마가 유자를 데리고 서울에 오셨어요."

"네? 서울에요?"

"엄마가 근처 광역시에 안과로 유명한 병원에 다시 가보셨는데요. 가망이 없다고, 적출해야 한다고 들으셨대요."

"아, 그러세요……."

"그래서 엄마가 유자를 데리고 오신 거예요. 원장님께 수술을 부탁드린다고."

"아, 아닙니다. 전 그냥 예의, 애티튜드 차원에서 말씀을 드린 것이고… 저희 병원은… 안 됩니다."

그러나 유자 보호자, 아니 유자 보호자의 어머님은 완강했다. 오랜 시간 동안 길고양들을 돌봐오신 어머님은 혹시 유자가 길고양이 출신이라서 적극적인 처치를 못 받을까봐, 일부러 큰 병원에 가서 적극적으로 치료해달라고 하셨다고 한다.

남의 병원에서 한 처치나 수술을 놓고 감 놔라 배 놔라 하는 일은 아주 쉬운 일이다. 하지만 그랬는데, 막상 그 환자가 내 병원에 와서 내 환자가 된다면 대부분의 수의사는 갑자기 위축되고 자신이 한 발언을 후회할 것이다. 나는 내가 한 말들을 후회하지는 않았지만, 많이 위축되고 쪼그라들었다.

"아, 그건 안 됩니다. 제가 최선의 선택이 아닙니다. 혼자이고 아무래도 큰 병원에서 하시는 게……."

"그리고 이건 그야말로 시도인데, 막상 시작하면 한두 번에 끝나지 않을 수도 있습니다. 비용을 많이 들여서 여러 번 수술을 했는데 아무 효과가 없을 수도 있고. 너무 비겁한 얘기만 말씀드리는 것 같아서 죄송합니다."

"네, 알고 있습니다. 저희도 기대는 하지 않고요. 원장님 말씀대로 적출할 때 적출하더라도, 최선을 다해보려는 거예요. 그리고, 다른 데서는 수술을 얘기하는 곳이 없다니까요."

결국 유자를 우리 병원에서 수술하기로 결정했다. 수술을 앞두고 유자가 우리 병원에 왔다. 대부분 앞 못 보는 고양이들이 그렇듯이 유자 역시 착하고 순한 아이였다.

"아, 이 아이 참 착하네요. 그런데 눈앞이 사진처럼 눌어붙어 있네요. 제가 시신경이 살아 있는지 보기 위해서 강한 불빛을 한 번 비춰보겠습니다."

사람은 시력이나 청력을 확인할 때 말로 물어보면 되지만, 동물들은 말을 할 수 없기 때문에 눈앞에서 위협하는 시늉을 해서, 피하는 동작을 취하는지를 본다. 그리고 유자의 경우처럼 앞은 못 보는데 혹시 시신경은 살아 있고 각막이 불투명해져서 못 보는지 알아보기 위해, 눈에 강한 빛을 비추는 대즐 리플렉스Dazzle Reflex라는 검사를 실시하기로 했다.

어둠 속에서 유자의 눈에 강한 빛을 비추자, 순간 막혀서 보지 못하는 유자의 눈이 꿈틀, 움직였다.

"아직은 조심스럽지만, 유자의 시신경이 살아 있는 것 같습니다."

순간, 기쁜 마음으로 유자의 시신경이 살아 있다는 말씀을 드렸지만, 내 마음속의 악마는 이렇게 말하고 있었다.

'애초에 시신경도 죽어 있을 수 있다고 했으면 기대라도 하지 않겠지만, 시신경은 멀쩡히 살아 있다고 말은 해놓고, 유착을 해결 못해서 결국 시력을 찾을 수 없다면? 더 실망스러워하실 테고, 나에 대한 없던 원망도 생길 것 아닌가?'

유자의 수술 당일, 이미 여러 번 말씀드렸던 온갖 무책임하게 들릴 수 있는 얘기들을 다시 확인받고, 유자의 첫 수술을 진행했다.
수술이 끝나고, 다행스럽게 유자는 마취에서 잘 깨어났다.
"유자 보호자 님, 오래 기다리셨네요. 오늘 수술이 예정보다 시간이 너무 많이 걸려서요. 죄송하지만 수술을 한 쪽, 왼쪽만 진행했습니다. 유착이 너무 심해서 나머지 반대편은 죄송하지만 다음에 다시 해야 할 것 같습니다."
유자 보호자는 약간 실망한 것 같았다.
"아, 네… 다음에요… 수술은 어떻게 되었나요?"
"유착이 너무 심해서, 아무래도 큰 기대는 어려울 것 같습니다. 지금은 최선을 다해서 분리했지만, 다시 유착될 가능성이 무척 크네요. 죄송합니다."
수술시간이 예정보다 더 길었는데 한쪽밖에 수술을 못했고, 수술 결과 또한 장담할 수 없다는 얘기에, 유자 보호자는 잠시 말문이 막힌 듯했다.
"그러면… 유자 상태는 어떤가요?"
"네, 유자 상태는 지금 좋습니다. 실망스러우시겠지만, 지금 다음 수술 일정을 잡아두셔야 할 것 같습니다."

"아, 네."

"아, 참! 유자 보호자 님!"

어두운 표정으로 진료실을 나서는 보호자를 다시 불러 세웠다.

"저, 저기요. 유자의 눈동자는 노란색입니다. 모르셨죠?"

순간 유자 보호자의 눈동자에 눈물이 고이기 시작했다. 끝내 울음을 터뜨리셨다.

"네, 우리 유자, 유자 눈동자… 가 노란… 색… 이었군요. 흑흑."

"네, 수술하면서 유착된 부분을 분리하고 확인했습니다."

"흑흑, 전 몰랐어요. 보이질 않았으니까요. 오늘… 처음 알았습니다. 흑흑."

"유자 눈동자가 노란색이라는 것만 알았는데도 너무 좋네요. 나중에 앞을 못 보더라도, 전 이거라도 됐습니다. 흑흑, 정말 감사합니다. 노란색이었군요."

"우리가 유자의 눈동자가 노란색이라는 것을 볼 수 있다면, 어쩌면 그 아이도, 유자도 저희를 볼 수 있을 수 있다는 것이거든요. 노란 눈동자를 볼 수 있는 한, 유자는 앞을 볼 수 있는 희망이 있는 겁니다. 오늘은 실망스러우시겠지만……."

끝내 말을 마저 할 수 없었다. 나의 눈에서도 눈물이 흐르고 있었다. 한참을 흐느끼던 유자 보호자가 눈물을 닦고 말씀하셨다.

"원장님, 저희가 서울까지 이 아이를 데리고 온 것은… 죄송하지만, 원장님이 수술을 잘해주실 거라는 그런 믿음이 있어서 온 것은 아니에요."

"그동안 아주 먼 곳까지, 유명하다는 병원을 다 찾아가봤는데요. 저희는 길고양이라도 뭔가 적극적으로 치료를 해주고 싶었는데, 아무리 큰 병원에 가도 전부 다 눈을 빼라는 얘기만 하고요… 어느 곳에서도, 단 한 군데에서도 뭐라도 해보자고, 시도라도 해보자는 말을 들어본 적이 없어요."

"그런데, 원장님께 '시도'라는 말을 처음 들은 거에요. 시도는, 사실… 어떤 결과를 바라는 건 아니거든요. 선생님, 우리 유자를 위해서 뭐라도 해주셔서, 시도라도 해주셔서 정말 감사드려요. 흑흑."

유자는 그날 이후 4~5회의 수술을 더 받았다. 수술 횟수가 많았던 것은 유자의 눈 상태가 생각했던 것보다 훨씬 심각했기 때문이기도 했지만, 조금 더 능숙한 수술 기술이나, 줄기세포, 렌즈 삽입 등의 최신 기술을 사용하지 못했기 때문이기도 하다.

두 번째 수술을 받은 후 유자가 레이저 포인터에 반응한다는 말씀을 전해 들었다. 유자 보호자는 물론 나도 너무 기뻐서, 며칠 동안 미친 사람처럼 웃으면서 다녔던 기억이 난다. 세 번째 수술부터는 추가로 유착부위를 분리할 예정이었지만, 먼저 수술한 부분의 재유착이 훨씬 빠르게 진행되는 것 같았다. 한 발짝 전진하고 두 발짝 후퇴하는 느낌이었다. 유자의 시력이 다시 약해지는 것 같았다.

마지막 수술을 끝낼 무렵에, 유자가 잘 볼 수 있도록 커다란 고양이 발바닥 모양이 발사되는 레이저 포인터를 해외배송으로 주문해서 유자 보호자에게 선물로 드렸다. 며칠 후 유자 보호자가 영상 하나를 보내주었다.

영상 속에서 유자는 고개를 갸웃거리면서, '왕방울만한 고양이 발바닥'을 잠시 쳐다보더니 발바닥을 따라서 움직이기 시작했다. 이어서 벽에 설치한 선반 모양의 캣워크로 연결되는, 거의 수직으로 세워진 보드에 포인터를 비췄는데, 설마 하며 내가 놀랄 틈도 주지 않고 수직 벽면에 뛰어올라서 발바닥 모양 포인터를 따라 거의 뛰는 모습을 보이고 있었다. 놀라운 모습이었다. '이런 아이가 지금껏 앞을 못 보고 있었다니.'

나는 유자가 앞을 보며 벽을 뛰어오르는 모습에 놀라기도 했지만, 비록 일시적 시력 회복일 수 있지만 이 아이가 평생을 암흑 속에서 앞을 못 보고 지낼 수 있었다는 사실을 생각하며, 안도의 한숨과 함께 가슴을 쓸어내렸다. 유자는 여러 차례에 걸친 '시도 수준의 어설픈 수술'을 받고 고향으로 내려갔다.

얼마 후 전해 들은 소식에 의하면, 다행스럽게도 유자는 시력을 유지하고 있었다. 높은 창문 턱에 걸터 앉아서 밤풍경을 내려다보는 것을 즐긴다고 한다.

유자가 고향에 내려가고, 나는 서울 변두리의 작은 동물병원에서 매일매일의 전쟁을 치르고, 악다구니 속에서 좌절하고 무너지는 일상을 보내고 있었다.

유자의 기억은 잊혀져갔다. 가끔씩 유자차나 유자 민트티를 마실 때, 노란 유자를 보면서 유자를 떠올리고 궁금할 때가 있었지만, 감히 유자의 소식을 물어볼 엄두는 내지 못했다. 혹시 다시 앞을 못 보게 되었다는 불편한 진실(?)과 마주칠 수도 있다는 생각 때문이었다.

그러던 어느 날, 유자가 고향에 내려간 지 1년이 되던 무렵 자괴감 같은 것에 시달리던 하루의 끝에, 콜드플레이의 〈옐로우〉라는 노래를 듣다가, 문득 유자가 떠올랐다.

하늘의 별들을 봐
그 별들이 너를 위해 반짝이고 있어

Look at the stars
Look how they shine for you

—콜드플레이, 〈옐로우Yellow〉 중에서

노란 눈동자를 가진 유자가 아직도 밤 풍경을, 밤하늘을 바라보고 있는지 궁금했다. 궁금했다기보다는 그렇다는 얘기를 꼭 듣고 확인하고 싶었다. 유자 보호자에게 전화를 드려서 인사를 나누고, 태평이와 유자의 안부를 물었다.

"네, 원장님. 태평이는 원장님 말씀대로 고향 근처 큰 병원에서 CT를 찍고, 머리뼈를 열고 고름을 제거하는 수술을 받으려고 합니다. 그리고 유자… 유자는 잘 지내고 있습니다. 전에 비해 더 밝고 씩씩하게 지내고 있어요."

"아, 네, 그리고… 유자는… 유자는 아직 앞을 보고 있나요?"

잠시 뜸을 들이다가, 기어들어가는 소리로 슬며시 여쭤보았다.

"네, 원장님! 유자는, 아직도 밤하늘을 바라보고 있어요!"

내 주눅든 목소리에 비해서 유자 보호자의 목소리는 경쾌했다! 그리고 이어서 유자의 사진을 보내주었다.

네모난 창틀에 유자가 앉아서

어두운 밤 하늘에 별인 듯 달인 듯

밝게 빛나는 하나를 바라보고

그 아래에 세상이 찬란하게 펼쳐져 있었다.

순순히 어둠을 받아들이지 말고

꺼져가는 빛을 지키기 위해 분노하고, 저항해야 해

Do not go gentle into that good night

Rage, rage against the dying of the light.

–영화 〈인터스텔라Interstellar〉 중에서

밤하늘을 바라보고 있는 유자

제2부

포기하지 않는
예의를 보여주세요

지렁이 구출 작전

서울 시내 모든 아파트들이 그렇듯이 내가 사는 아파트도 주차난이 심각하다. 먼저 들어온 차가 안쪽에 주차하는 당연한 배려가 사라지고 그냥 입구 쪽 자리에 주차해버리면서, 안쪽은 주차 공간이 있지만 정작 그 공간에 접근할 방법이 없다. 그래서 퇴근 시간이 늦은 나는 주차하기가 고역이었다.

그런데 다행스럽게도 아파트 주차구역 가장 먼 곳에 '아침 일찍 나가는 차만 주차하라'고 표시된 곳이 생겼고, 언제부턴가 그곳에만 주차를 하게 되었다. 그런데 그곳으로 가는 길은 생각보다 많이 불편했다.

어느 날인가는 물이 고인 웅덩이를 뛰어 건너려는 순간, 발 밑에서 뭔가를 발견했다. 지렁이였다. 화단에서 나온 듯한 지렁이 한 마리가 화단 반대 방향으로, 곧 해가 뜨면 말라죽을 방향으로 기어가고 있었다. 막 점프를 하려고 들어올린 다리를 슬그머니 내리고 지렁이를 살펴보았다. 화단에서 나온 지 얼마 안 된 것으로 보이는 건강한 상태였다. 나뭇잎을 주워서 지렁이 앞에 펼쳐놓고 지렁이가 그 위에 올라가

길 기다렸다.

지렁이는 생각보다 영리한 동물이었다. 앞에 펼쳐진 나뭇잎이 어느 낯선 거대 생명체가 자신을 포획하려고 옮겨놓은 것이라는 것을 어찌 아는지, 나뭇잎에 닿자마자 머리를 틀어서 다른 방향으로 전진했다.

'아, 이 녀석, 이대로 가면 죽는데. 그럼 하나 더?'

나뭇잎 하나를 더 가져다가 양쪽에서 지렁이를 떠올리듯이 들어올려보았지만, 생각처럼 지렁이를 떠받치지 못했다.

'젓가락처럼 집으면 지렁이가 다칠 텐데.'

1초가 아쉬운 아침시간이었다. 살면서 길에서 그냥 지나친 무수한 지렁이들을 떠올리면서 그냥 갈까 하는 생각도 들었지만, 이 지렁이는 너무 생생하고(?) 건강했다. 무사히 집에 돌려보내주고 싶었다.

주머니를 뒤져보니 여러 잡동사니 가운데에 작은 물티슈가 있었다. 물티슈로 지렁이를 덮은 후 집어들었다. 계속된 납치 시도에 지렁이는 혼비백산한 상황이었지만 그럼에도 더욱 격렬하게 저항했다.

'그렇게 움직이면 다친다! 그만! 앞으로 가출하지 말고, 잘 살아!'

지렁이가 떠나온 고향으로 추정되는 화단에 내려주었다. 지렁이를 내려주고 한 생명을 살렸다는 생각에 잠시 기분이 좋아졌다. 그런데 내가 썼던 물티슈를 보니 마냥 마음이 편하지만은 않았다. 물티슈에는 지렁이가 거대 괴물에게 납치당하면서 저항한 흔적이 묻어 있었는데, 흰색이라서 그런지 갈색과 노란색의 흔적이 더 도드라져 보였다.

'어쩌면 이 물질들이 지렁이들 피부를 보호하는, 살아가는 데 중요

한 물질일 수도 있을 텐데, 물티슈라서 다 닦여 나온 것인가?'

수의사이긴 하지만 지렁이의 생리에 대해서는 잘 알지 못했다. 내가 지렁이에 대해 알고 있는 것은, '지렁이는 피부호흡을 하고 큐티클층에 의해 보호된다' 정도였다. 다음에는 물티슈를 지렁이 구조용으로는 쓰지 말아야겠다는 생각이 들었다. 그날 이후 지렁이 구조용 휴지를 따로 가지고 다니기 시작했다.

어느 이른 아침, 기어가는 지렁이 한 마리를 또 발견했다. '후후!' 회심의 미소를 짓고 주머니에 들어 있던 휴지를 꺼냈다. 두루마리 휴지로 지렁이의 허리 부분을 미끄러지지 않게 잡아 들어올렸다. 그런데 지렁이 허리에 휴지가 붙어버렸다. 찰싹 달라붙어서 그냥 두면 안 될 것 같아서 간신히 떼어냈다. 지렁이를 다치게 하거나 오염시키지 않을, 뭔가가 필요했다.

밤에 누워서 곤경에 처한 지렁이를 구조하는 데 어떤 것을 쓰면 좋을지 떠올려보았다. 진료용 라텍스 글러브나 주방용 고무장갑, 일회용 비닐장갑, 부침개 뒤집개, 손수건 등이 떠올랐지만, 언제 만날지 모르는 지렁이를 위해서 그것들을 들고 다닐 수는 없었다.

그런데 수의학개론 수업이 끝난 후 문지희 학생이, "선생님, 이걸로 지렁이 구해주세요"라며 냅킨 두 장을 건네주었다. 냅킨에는 '표백하지 않은 천연펄프 냅킨입니다'라고 쓰여 있었다. 무엇보다 너무 거칠거나 너무 약하지 않아서, 지렁이를 다치게 하거나 지렁이 몸에 눌어붙지 않을 것 같았다. 그날부터 바지 주머니에 갈색 냅킨 두 장을 접어서 넣고 다니기 시작했다.

그 뒤로 많은 지렁이들을 구해주었다. 비가 온 직후의 아침에는 냅킨을 더 많이 챙겼다. 지렁이들이 내 선택에 의해 생사가 결정된다는 것이 미안했지만, 그래도 조금이라도 더 살 수 있게 해주는 것으로 위안을 삼았다.

애증의 초음파 장비

"선생님, 안녕하세요. 아침 일찍 죄송합니다. 저… 잠시 통화 가능하세요?"

어느 날 아침, 작년에 수의학개론 수업을 들었던 정혜수 학생의 전화를 받았다. 어떤 상황이 발생한 것 같은 긴장과 떨림을 느낄 수 있었다. 많이 흥분되고 다급한 목소리였다.

"네, 괜찮습니다. 말씀하세요. 무슨 일이 있으세요?"

"네, 저기, 선생님. 고양이가, 여기 길가에 새끼 고양이가 쓰러져 있어요. 아니, 죽었어요. 하아, 모르겠어요."

"네? 죽었다고요?"

"아니, 잘 모르겠어요. 움직이지 않고."

"진정하시고요. 숨을 쉬는지 보세요. 가슴이 움직이는지."

"숨을 안 쉬는 것 같아요."

"아까부터 숨을 안 쉬었나요? 잘 보세요."

"아니요. 잘 모르겠어요. 거의 안 쉬는데… 약간 쉬는 것 같기도 하고, 하여간 거의 안 쉬어요."

173

"아, 그러면 근처 동물병원에. 아, 지금 시간이 일러서."

머릿속에 많은 생각이 전광석화처럼 지나갔다. 이 고양이가 왜 쓰러진 것인지, 그 위치에서 그 시간에 갈 수 있는 병원이 있는 것인지, 새벽 당직 선생님이 고양이 진료 경험이 많은 분이실지, 내가 직장을 그만두고 목숨을 걸고 공부에 매달리라고 해서, 직장을 그만둔 지 한참 된 이 학생이 비용을 감당할 수 있을 것인지를 포함한 여러 세속적인 생각들.

하지만 너무 많은 것을 생각하다가 새끼 고양이가 죽을 것 같았다. 찰나의 순간에 갈등과 고민 회로를 돌리면서 정신이 아득해지고 초긴장 상태로 빠져들었고 결국, 수의사로서 가장 하고 싶은 말, 하지만 거의 하지 못하는 말, 천 년에 한 번 할까 말까 한 말을 하고 있었다.

"지금 당장 그 아이를 데려오세요!"

5만 년을 거절하며 살다가 천 번에 한 번, '지금 당장 그 아이를 데려오세요!' 모드가 발동되면, 일순 사고의 회로가 정지한다. 그리고 모든 에너지를 집중한 광선이 한 곳으로 뿜어져나가듯이, 오직 한 방향으로 생각이 펼쳐나가기 시작한다.

'살린다. 살려야 한다. 모든 것을 동원해서 반드시, 반드시! 살려야 한다!'

그런데 지금 '그 모드'가 발동되었고, 수의사로서 모든 것을 걸고 반드시 그 환자를 살려내겠다는 의지와 결심으로, 평소에는 흐리멍덩하던 내 눈에도 힘이 들어가기 시작했다.

정혜수 학생이 그 새끼 고양이의 사진과 동영상을 보내주었다. 작은 새끼 고양이가 고개를 뒤로 젖히고 바닥에 널브러져 있었고, 이미 뻣뻣하게 굳어보이는 몸 위로 개미 혹은 벌레가 기어다니고 있었다.

"지금 병원으로 거의 죽어가는 새끼 고양이가 오고 있습니다. 어쩌면 오는 도중에 사망할 수도 있을 것 같네요. 원인은 알 수 없고, 모든 것에 대비해야 하니까 할 수 있는 준비를 해둡시다."

김 부장님과 이제 막 출근한 박 선생님에게 고양이의 사진을 보여주면서 환자를 맞을 준비를 부탁했다.

"혹시 전염병일 가능성도 염두에 두고 준비하고, 도착하면 바로 산소 주고, IV 라인 잡고, 삽관을 해야 할 수도 있는데 삽관될 사이즈가 문제될 것 같고. 아! 그런데 삽관이 문제가 아니라 어쩌면 라인 잡는 것도 문제가 되겠어요. 아이가 작아서 그냥 혈관을 잡아도 어려울 텐데, 거기다 탈수까지 되고 심장기능까지 안 좋으면 카테터 두께보다 혈관 두께가 더 얇을 거예요. 혈액검사할 혈액은 분명히 안 나올 거예요. 어떻게 한 방울이라도 쓸 수 있으면 좋겠는데."

머릿속에 많은 상황이 지나갔다.

처음 발견될 당시의 당근이

"그리고 지금은 최악의 절망적인 상황을 대비해야 합니다. 오늘 오시겠다는 분들 있으면 응급 상황이면 다른 병원에 가시게 하고, 그렇지 않으면 다른 날에 오시도록 양해 말씀드리고 이 아이에게 집중해야 합니다."

"네, 그런데 원장님. 오늘 초음파 업체에서 오기로 되어 있는데요!"

김 부장님이 내가 잊고 있던 중요한 일정을 알려주셨다.

그날은 한 초음파 업체에서 지금 병원에 데모장비로 들어와 있는 초음파 장비를 회수하면서, 다른 초음파 장비를 보여주기 위해서 가지고 오기로 한 날이었다.

동물병원에서 사용하는 장비를 구입할 때, 장비업체에서 그 장비를 일정 기간 사용해볼 수 있도록 해주는데, 그것을 '그 장비를 데모해본다'라고 표현한다. 크기가 작고 가격이 낮은 장비는 과정이 복잡하지 않고 데모 횟수도 그리 많지 않아서, 장비 구매 과정이 크게 번거롭지 않다.

초음파 장비들은
채워질 수 없는 갈증이다

하지만 수천만 원에서 억대의 가격을 지불해야 하는 초음파 장비를 구매하는 경우에는 여러 회사에서 데모를 받아보게 되고, 한 회사에서도 여러 장비를 데모해보기 때문에 구입 과정 자체가 복잡하다. 또 장비의 크기가 크기 때문에, 우리 병원처럼 크기가 작은 병원은 한 번 데모 장비가 들어올 때면 테트리스를 하듯이 다른 장비들을 옮기고 데모 장비를 놓을 자리를 추가로 만들어야 한다. 그래서 마치 병원의 일부가 이사를 하는 듯한 스트레스를 받게 된다. 물론 그 시간에 병원 업무도 마비된다.

"아, 그게 오늘이었어요? 어쩌지? 그 업체는 분명히 다른 병원과 약속이 되어 있으니까 잠깐 보여주신다는 걸 테고, 다른 날로 약속을 옮기지도 못할 것 같고."

병원의 재정 상태가 새 초음파를 구매할 수 있는 상황은 아니었다. 병원을 운영한 지 10년이 넘었지만 해마다 대출금이 늘어나고 있어서, 지금 있는 초음파 기계를 팔아도 모자랄 판에 새로 초음파를 구매하려고 하는 것은 분명 미친 짓이었다.

하지만 내 미천한 초음파 실력이 시간이 지나도 늘 기미를 보이지 않기 때문에, 일정 주기마다 모든 것을 쏟아부어서 계속 초음파 장비를 교체해서, 장비 수준이라도 업그레이드하자고 김 부장님에게 말했다. 그것이 그나마 손님들에 대한 예의를 지키는 것이라고, 그래야 하는 것이라고 김 부장님을 설득하고 간청해서 매번 간신히 일을 진행하고 있었다.

그래서 데모장비가 들어오는 날이면 김 부장님은 항상 저기압이고 가끔 분노가 폭발해서 이혼을 언급하기도 하는데, 이번에는 1억을 훌쩍 넘는 장비를 알아보고 있기 때문에 김 부장님의 가방 속에는 이미 이혼서류가 작성되어 있을 수도 있다고 생각하고 있다.

초음파는 언제나 애증의 장비였다. 수없이 이혼의 위기를 넘기며 할 수 있는 최고의 투자를 해서 장비를 업그레이드하고, 나름 많은 시간을 들여서 꾸준히 관련 서적을 본다고 보고 있지만, 알고 있는 지식은 언제나 부족했고, 장비의 성능도 항상 만족할 수 없었다.

더 큰 문제는 다른 지식은 책을 통해서 어찌어찌 습득할 수 있지만, 초음파를 잘 보려면 동물을 데려다놓고 실제 초음파를 보면서 연습을 해야 하는데, 이 부분에서 나는 심약했고, 부족했다. 내 기술 습득을 위해서 애꿏은 동물이 떨면서 스트레스를 받아야 하고, 또 다른 한 사람이 그 동물을 잡고 내 연습을 도와주어야 하는 것을 잘 해낼 수 없었다. 그래서, 초음파에 관한 한, 나는 자기 스스로 자기를 보면서 연습할 수 있는 사람의사가 부러웠다.

그래서 돈을 쓰기 시작했다. 언제나 우리 병원 수준에 비해서 과도하게 과분한 기종의 초음파 장비를 구입해왔고, 김 부장님의 속은 시커멓게 타들어갔다. 그래도 언제나 장비의 성능이 2퍼센트 부족했다.

수의학개론 시간에 학생들에게 초음파 진단에 관한 설명을 할 때면 초음파 장비를 '채워질 수 없는 갈증Unquenchable Thirst'이라고 표현했다. 초음파는 동물을 데려다가 연습하면서 기술 습득을 하려고 노력하기보다, 비싼 장비를 사면 잘 보인다고, 사랑하면 돈을 써야 하는 것이라고, 초음파 회사 영업사원 같은 엉뚱한 얘기를 하곤 했다.

동물병원에서 초음파 장비를 가지고 할 수 있는 진단의 영역은 크게 '심장 초음파'와 '복부 초음파'로 나눌 수 있다. 심장 초음파는 말 그대로 심장을 보는 것이고, 복부 초음파는 위장이나 소장, 방광, 간 등 복부 장기를 보는 것이다. 그런데 야속하게도 복부와 심장이 다 잘 보이는, '나 같은 똥손'이 봐도 다 잘 보인다고 할 수 있는 초음파는 세상에 존재하지 않았다.

아무리 비싼 장비를 사도 복부가 잘 보이는 장비는 심장이 잘 안 보이고, 심장에 특화된 장비는 복부가 잘 안 보이는, 어떻게 보면 당연한 인생의 무슨 법칙 같은 딜레마를 가지고 있어서, 초음파는 영원한 애증, 채워지지 않는 갈증의 대상일 수밖에 없는 것이다.

이번 초음파 구매는 어차피 김 부장님에게 버림받고 독거노인으로 늙어갈 것을 감수하고, 인생의 마지막 초음파라고 생각하고 구매하는 것이기 때문에, 담대하게도 거의 모든 메이저 초음파 업체에 가장 하이엔드 모델을 데모해줄 것을 부탁했다. 그래서 최종적으로 GE사와 C사의 장비로 후보가 압축되었다.

GE사의 장비는 자타 공인 세계 최고의 심장 전용 초음파로 인의와 수의 분야에서 인정받는 장비였다. 물론 심장 전용 장비라서 복부 영상은 좋지 않았다. C사의 장비는 심장은 그만그만하게 보이는 데 반해서 복부 영상은 타의 추종을 불허할 정도로 뛰어난 장비였다. 다른 초음파 업체에서도 '복부는 개를 절대 못 이깁니다' 하고 인정해주는 장비였다. 두 장비 다 1억이 훨씬 넘는 장비였고, 사람 대학병원이나 대학 동물병원에서 사용하는, 우리 병원 수준에서는 만져볼 꿈도 꿀 수 없는 장비였다.

GE사의 영업사원 분과 초음파 구매에 관해서 상담을 진행했었다.

"아, 이게 참 고민입니다. 제가 지금 E90과 i700 둘 중에서 고민 중입니다. 둘 다 제게는 너무너무 과분한 장비이고 꿈도 꿀 수 없는 장비인데요. E90은 복부가 안 좋고, i700은 심장이 E90만큼 안 보이는 것 같아서요. 물론 제 주관적인 평가이긴 하지만요."

"네, 원장님. 아무래도 저희 E90은 심장 진용 장비라서 원장님께서 그렇게 느끼실 수도 있습니다. 하지만 다른 병원에서는 E90으로 복부도 보시고 계십니다."

"사실 전체적으로 봤을 때는 i700을 사는 것이 맞는 선택이라고 생각합니다. 아무래도 복부를 보는 경우가 많아서요. 그러니까, E90은 이대로는 어렵습니다. 복부가 너무 안 보여요."

"그러면 원장님, 복부는, 복부용 장비를 따로 구입하시는 것은 어떨까요? 장비 크기가 작아서 원장님 병원에 추가로 들어갈 수 있는 모델로 복부 영상이 좋은 장비가 있습니다."

"아, 그러면 초음파를 두 대를 사야 하는 건데 그건 어렵습니다. 지금 구매하는 것도 이번 생에 리스비를 다 낼 수 있을지도 모르는데요. 그래도… 그 복부… 제안하신 걸, 한번 봐볼 수 있을까요?"

"원장님, 그 모델은 지금 데모 일정이 잡혀 있어서요. 그런데 혹시 지금 원장님이 데모 중이신 E90 장비를 철수하는 날에, 저희가 그 장비를 잠깐 보여드릴 수는 있습니다. 장비를 가지러 오면서 그 초음파를 가지고 오겠습니다."

"그렇게 잠깐 보고 제가 그 장비를 알 수 있을까요? 보통 며칠 놓고 봐도 잘 모르겠던데요."

그런데 '며칠 놓고 봐도 잘 모르겠다'고 말하면서 떠오르는 생각이 있었다. 어차피 장비회사에서 며칠 시간을 주고 데모해볼 수 있는 기회를 준다고 하더라도, 내가 그 장비를 공들여 테스트하지 않을 것이라는 생각이 든 것이다.

초음파 장비가 데모 장비로 들어오든 새로 구입을 해서 들어오든 병원에 처음 장비가 들어오면, 강아지와 고양이를 데려다놓고 초음파 회사의 임상 직원 분과 함께 장시간에 걸쳐 최초 세팅이라는 과정을 거친다. 그 이후에도 이런저런 조정을 하면서 해당 장비의 성능을 파악하는 과정을 거치게 되는데, 그러려면 동물이 스트레스를 받으면서 그 시간 동안 의미없이 초음파 검사를 받아야 한다. 내가 아는 동물들은 드러눕는 그 순간부터 사시나무 떨듯 떨면서 무서워한다.

그 연습이 동물복지에 반하는 일이라는 생각이 들면서, 가능하면 하지 말아야 한다고 생각해왔다. 그러다보니 세팅할 때도 "그냥 대충 세팅해주세요. 제가 매뉴얼을 좀 보고 장비를 알게 되면 그때 여쭤보겠습니다"라고 하거나, "제가 동물을 데려다가 초음파 보는 것을 조금 꺼려서요"라고 얼버무리고 세팅 과정을 그냥 넘기곤 한다.

이번에 그 장비를 며칠 빌려주면 좋겠지만 그냥 잠깐 보는 기회만

갖는다면, 며칠 보는 것과 똑같을 것이라는 생각이 든 것이다. 잠재의식이 이미 마음속의 초음파 2대 구매 버튼을 눌렀고, 자기합리 회로가 활성화된 것이다.

김 부장님은 항상 "에어컨은 없어도 되는데, 올해는 어떻게든 집에 있는 '골드스타 냉장고'가 갑자기 사망하기 전에 냉장고라도 바꿔야겠어"라는 소박한 소망을 말하곤 하는데, 나는 올해도 '동물 복지'를 위해서, 그리고 '사랑하면 돈을 써야 한다'는 나름 합당하고 기괴한 나만의 명분을 앞세우며 또 다른 사고를 치려고 하는 것이다.

김 부장님은 "쓸데없는 소리 하지 마! 초음파 들어오는 날에 내가 나갈 거야!"라며 나의 이 거창한 명분을 무시하고 저지하려 노력했다. 그런데 오늘, 이 거창한 명분 하에 진행되는 초음파 구매 프로젝트의 중요 일정이 진행되기로 한 날에, 크나큰 돌발 변수가 생긴 것이다.

당근이의 골골송

　정혜수 학생이 죽은 듯 보이는 조그마한 고양이를 안고 도착했다. 생명의 기운이 없이 차갑고 가벼운 고양이였다. 존재감이 느껴지지 않을 정도로 작은 고양이를 두 손에 받아 들고, 좁은 병원을 뛰어 가로질러 갔다.

　"자, 이리로! 먼저 수술실로 갑니다. 산소 틀고, 가온 준비하고!"

　비좁은 수술실에서 코에 산소를 대주고 드라이어로 온도를 높여주면서, 서둘러 고양이의 상태를 확인하기 시작했다.

　"체중 300그램, 호흡, 심장이… 아, 호흡이……."

　"원장님, 호흡이 있습니다! 제가 확인했습니다. 방금 숨을 쉬었어요."

　한 줌도 안 되는 작은 고양이에게 김 부장님과 박 선생님, 내가 달려들어서 상태를 파악하려 노력하면서 동시에 응급처치를 시도하기 시작했다.

　"심박이, 심장이 뛰는 것이 확실하지 않은데!"

　순간 청진기에서 희미하게 심장이 뛰는 것 같은 소리가 들렸다.

　"아, 심장이 너무 느려요. 거의 멈출 것 같은데, 이대로는 몇 초 남지 않은 것 같아요."

"체온은… 아, 체온이 안 나오네요. 너무 낮아서 체온기의 측정 하한치보다 낮은 거예요. 적극적으로 가온을 해야겠지만, 몸이 작기 때문에 너무 과하게 가온하다가 그게 더 문제가 될 수 있으니까 잘 보면서……. 300그램이라니 삽관은 안 되고 우선 산소 잘 대주시고."

"너무 작아서 채혈을 할 수 없을 것 같은데. 어떻게든, 한 방울이라도 채혈을 해야 합니다. 혈액이, 탈수가 심해서 볼륨이 적은 상태니까 딱 한 방울만 쓸 거예요."

보통 '지금 당장 그 아이를 데려오세요'라는 상황은, 비용은 생각하지 않고 오로지 살리는 일에만 집중한다. 그래서 할 수 있는 모든 검사를 한 번에 진행하기 때문에, 마음 같아서는 당장 채혈을 해서 할 수 있는 검사를 다 하고 싶었다. 하지만 300그램의 조그만 고양이는 생명을 유지하는 모든 성분이 다 쪼그라든 상태라, 한 방울의 혈액을 원하는 것도 위험천만한 모험처럼 느껴졌다.

예상대로 한 방울의 피도 채혈할 수 없는 상황이었다. 하지만 다행스럽게도 최근에 새로 구입한 간이 혈당계로, 혈관 근처에 들어갔던 주사기 끝에 조금 맺혀 있는 혈액으로 혈당 수치를 측정할 수 있었다. 살아 있을 수 없는 저혈당 상태였다.

"지금 저혈당이 너무 심해요. 아까 혀 밑에 포도당을 조금 주긴 했지만 그것으로는 안 됩니다. 혈관 확보를 해야 해요."

"혈관 확보를 한다고 해서 살 수 있다는 보장은 없지만, 이 아이가 사는 것을 기대하려면 우선 지금 당장, 혈관 확보를 해야 합니다."

혈관에 수액이나 약을 주사하기 위해서 카테터라고 하는, 가느다란 바늘 모양의 튜브를 장착하는 것을 'IV 카테터'를 장착한다고 하는데, 보통은 '혈관을 잡는다' 혹은 '라인을 잡는다'라고 표현한다. 메디컬 드라마에서는 어린아이나 혈관이 잘 안 보이는 성인들의 혈관을 어렵게 잡는 장면이 나오기도 하는데, 동물병원에도 물론 이런 어려움이 존재한다.

동물병원에 오는 동물 환자들은 사람보다 훨씬 작고, 또 사람처럼 얌전하게(?) 팔을 내밀고 기다리지 않고, 때로는 물고 똥오줌을 싸면서 할퀴기 때문에, 혈관을 잡는 것이 생각보다 훨씬 어렵고 위험하기도 하다. 피부가 사람보다 훨씬 두꺼워서 혈관이 안 보이기도 하고, 두꺼운 피부를 뚫고 바늘이 들어가다보면 혈관이 밀려서 비껴가기도 한다. 그래서 매일 혈관을 잡는 것을 직업으로 하는 수의사들도 가끔은 여러 번 동물들을 바늘로 찔러야 할 때도 있다.

이 아이의 운은, 생명은
여기까지라는 생각이 들었다

혈관을 어렵게 잡거나 때로 혈관을 못 잡는 일은 수의사의 자질이나 스킬이 부족해서 일어나기도 하지만, 환자의 신체 상태나 혈관 상태에 따라서 어쩔 수 없는 경우도 있다. 하지만 수의사라면, 이런 일을 당연하게 생각하면서 어쩔 수 없다고 그냥 상황을 용인해버리면 안 된다. 항상 동물들에게 미안해하고, 가능하면 이런 일이 일어나지 않도록 노력해야 한다.

"이 아이는 다 쪼그라들어서 혈관 확보는 어디도 안 될 것 같네요. 이 아이는 뼈로, 뼈로 갑시다. 뼈에 바늘을 꽂아서 골수강에 주사를 줄 거예요. 지금 뼈에 쓸 수 있는 바늘Intraosseus Needle이 없으니까, 23게이지 나비침으로 준비해주세요. 20퍼센트 포도당 준비하고. 지금은 이 길밖에 없어요. 그런데 이 아이 이름이, 이름을 지었나요?"

"네, 아까 당근이라고 알려주셨어요."

"자, 전에도 이 루트로 주사를 준 적이 있으니, 잘될 거예요. 음…아, 잘 안 되네요."

전에도 여러 번 다른 아기 고양이에게 써본 방법이었지만 이번에는 어찌 된 영문인지 바늘이 휘면서 뼈에 들어가지 못하고 있었다.

"아, 이러면 안 되는데 다시 새걸로. 원래 이 바늘이 이 용도는 아니지만 돼야 하거든요. 자 다시!"

이번에도 바늘은 휘고 뼈를 뚫지 못했다. 다시 시도했지만 역시나였다. 그때 밖에서 뭔가 짐을 들여놓는 소리와 함께 사람들의 소리가 들리기 시작했다. 초음파 업체에서 장비를 가지고 도착한 것이다. 그렇지만 지금은 밖에 신경을 쓸 겨를이 없었다.

당근이는 저혈당과 다른 수치들의 저하로 서서히 죽어가고 있었다. 땀이 비오듯 흐르기 시작했다. 금방 뼈에 나비침을 꽂고 포도당을 주고 수액 처치를 시작하려고 했는데, 뼈에 바늘을 꽂지 못해서 처치를 하지 못하고 있고, 그 사이 당근이가 죽어가고 있는 것이다. 이 아이의 운은, 생명은 여기까지라는 생각이 들었다.

이제 피하주사나 복강으로라도 포도당을 줘야 하나, 하고 생각하다가 문득 어제 일이 떠올랐다. 어제 일요일에 수의학개론 수업을 하면서, 학생들에게 신기하게도 오늘 상황과 비슷한 얘기를 했던 것이다.

"여러분, 여러분들이 나중에 수의사가 되어서 여러 가지 난처한 상황을 많이 겪을 텐데요. 작은 동물을 대상으로 진료를 하기 때문에 혈관을 확보하는 일에 어려움이 많을 거예요. 동물들은 움직이고, 물고, 절대 가만히 있지 않잖아요. 게다가 너무 작고."

"그런데 강아지나 고양이가 작다고 생각하겠지만 이 아이들은 어쩌면 큰 아이들일 수 있습니다. 정말 어려운 상황은, 손바닥만한 새끼 고양이의 혈관을 잡는 거예요. 응급상황에서 반드시 혈관 확보를 해야 하는데, 아이가 너무 작아서 혈관 확보가 안 될 때 정말 난처하죠."

"제가 250그램 고양이까지는 팔에서 혈관을 잡아서 카테터 장착을 해본 적이 있고, 100그램대 고양이도 경정맥에서 채혈하고 주사를 줘본 적이 있는데요. 250그램 고양이의 팔에 있는 혈관은 우리가 쓰는 24G 정맥 카테터의 바늘보다 가늘게 보입니다. 간신히 바늘 끝만 걸치고 혈관을 늘리면서 밀고 들어간다고 생각하시면 될 거예요. 그런데 만약에 탈수가 심하거나, 심장 기능에 이상이 있거나, 혈관 주변이 부어 있으면, 같은 고양이라도 혈관을 못 잡는 거예요."

"그런데 그렇게 절체절명의 상황에서 혈관이 안 잡히면, 포기하지 말고 뼈로 주사를 주세요. 웬만한 주사나 약은 뼈로, 골수강으로 줘도 되고 흡수 속도도 거의 혈관과 비슷합니다. 원래는 뼈에 주사를 주는 바늘이 따로 있지만, 작고 어린 고양이라면 보통 쓰는 23게이지 나비침으로도 대퇴골의 인터트로챈터릭포사Intertrochanteric fossa라는 곳을 뚫을 수 있습니다. 안 된다고 생각하는 분들도 있는데요. 안 된다고 그냥 포기하지 마시고, 꼭 시도하세요. 된다는 마음으로 하면 꼭 뚫립니다. 꼭 됩니다."

학생들의 눈빛이 반짝반짝 빛나고 있었고, 나는 오래간만에 '있어 보이는 수업'을 했다고 생각했다. 나는 여전히 23게이지 나비침을 잡고, 조그마한 고양이의 더 조그마한 대퇴골의 한 부분과 씨름을 하고 있었다. 5만 년 정도 헛손질을 하고 있다는 느낌이 들었고, 그 사이에 아이가 죽었다고 생각했다.

'안 된다니… 이제 포기해야 한다니.'

내가 학생들에게 했던 말이 떠올랐다.

'안 된다고 그냥 포기하지 마시고, 꼭 시도하세요. 된다는 마음으로 하면… 꼭 뚫립니다. 꼭 됩니다. 그렇게라도 살려야 합니다.'

당근이를 놓쳤다는 비통함에 마음속에서 눈물이 흐르고 있었다. 이를 꽉 깨물고 마음속으로 흐느끼면서 분노했다.

끝났다고, 이제 포기해야 한다는 생각이 들었지만, 어제 내가 학생들에게 한 말을 믿고 한 번 더 해보기로 했다. 마음속으로 울부짖었다. 그런데… 순간, 울음 같은 신음소리가 끝나는 그 순간에, 바늘이 뼈의 피질을 뚫고 골수강 안에 들어갔다. 기적 같은 상황이었다.

떨리는 마음으로 확보된 골수강으로 포도당, 수액, 필요한 약물들을 순차적으로 주사했다.

줄 것을 다 주고 할 것을 다 한 후에, 당근이의 심장이 잘 뛰는지 살아 있는지 확인하기 위해서 조심스럽게 청진기를 당근이의 가슴에 대보았다. 숨이 멎을 것 같은 순간이었다. 희미한 생명의 흔적이라도 있기를, 작은 소리라도 들리기를, 살아 있기를 바랐다. 소리를 놓치지 않으려고 온 신경을 집중했다. 눈을 감았다.

청진기에서…….

나의 바람과 집중을 단번에 부숴버리는 우렁찬 골골송이 들리고 있었다. 일정한 심장박동 소리도 들리고, 들린다기보다 울려퍼지고 있었다. 내가 만지는 것을 알아차린 당근이가, 고양이들이 기분 좋을 때 내는 골골 소리를 더 크게, 너무 크게 내기 시작해서 이제는 심장 소리도 잘 들리지 않게 되었다.

그 골골거리는 소리는 "살려주셔서 고맙습니다. 저 이렇게 잘 살아 있어요!" 하는 소리처럼 들리기도 하고, 어찌 들으면 "나 죽지 않을 거예요. 꼭 살아날 거예요!" 하는 다짐처럼 들리기도 했다.

너무 감격스러웠다. 두 눈에서 눈물이 흘러내렸다.

"왜요? 어떤가요? 원장님!"

곁에서 도와주던 박 선생님이 물었다.

"아, 얘가… 골골거리고 있어요. 아주 크게 골골거리고 있어요. 얘는… 살았는지 보려는데 왜 골골거리는 거죠? 흑. 으허허허허!"

눈물이 계속 흘러서, 밖에서 한참 기다리고 있는 초음파 업체 분들에게 바로 사과를 하러 나갈 수가 없었다.

"헐. 선생님. 진짜 살려놓으셨네요!"

"네, 운이 좋았어요. 아직 상태가 많이 불안정해서 안심할 상황은 아닙니다. 그런데 혜수 씨, 혜수 씨는 이 아이를 어떻게 본 거예요?"

"어제 당근마켓에 이 아이 사진하고 글이 올라왔었어요. 어제 사진에는 그래도 기어다니는 것 같았는데, 혹시나 하고 오늘 아침에 가서 봤더니 그렇게 죽은 것같이 있었어요."

"아, 그래서 이 아이 이름이 당근이였군요!"

"네. 어제 그분은… 어떻게 그렇게 당근마켓에 올리기만 하고 아무것도 안 하셨는지 모르겠어요. 딱 거기까지만 하고 그냥 둔 거잖아요. 이 아이 정말 저승에 잠깐 갔다 온 거 같아요. 정말 선생님 아니었으면 죽었을 거예요."

"아니에요. 그분이 어제 이 아이를 구조해서 병원에 데려갔으면 좋았겠지만, 그래도 아무것도 하지 않은 것은 아니에요. 그렇게 사진과 사연을 올려줘서, 오늘 아침에라도 다른 사람이 이 아이를 찾아가서 구조할 수 있게 된 거예요. 그분은 그분 나름대로, 혜수 씨는 또 나름의 상황에서 최선을 다한 것이에요."

"그런데 선생님, 당근이는 얼마나 입원을 해야 할까요? 병원비는…
비용을 여쭤봐서 죄송하지만, 병원비는 얼마 정도 나올까요?"

"당근이는 그렇게 된 기간이 얼마냐에 따라서 입원 기간이 달라지
겠지만, 급속도로 좋아질 수도 있습니다. 병원비는, 저도 정말 죄송하
지만, 많이 나올 거예요. 하지만, 너무 걱정 마세요. 제가 어떻게든 걱
정되지 않도록 노력해보겠습니다."

직장을 그만두고 수의대 편입시험을 준비하고 있는 학생에게 거액
의 병원비를 부담하게 할 수는 없었다. 어떻게든 비용 부담을 덜어줄
방법을 찾아주고 싶었다.

"이런 경우에 동물보호단체에서 지원해주는 프로그램이 있을 거예
요. 단체별로 한 번 알아보시는 것은 어떨까요? 제가 다른 학생 분들
께도 조금 도와줄 수 있는지 물어볼게요."

"아, 선생님. 제가 다 해결해야 하는데 정말 감사합니다. 저도 동물
자유연대회원으로 적은 액수지만 계속 후원을 해왔는데요. 혹시 그
곳에서 이런 경우에 치료비 지원을 해주는 제도가 있는지 한 번 알아
보겠습니다."

위기를 넘긴 당근이는 빠르게 회복되었다. 처음에는 간신히 화장실
에 올라가서 힘겹게 대소변을 보는 것을 보고 감격했는데, 어느 순간
음식을 먹고 그루밍을 하면서, 보통 고양이와 같이 내미는 손에 몸을
부비며 애교를 부리기 시작했다. 이제 퇴원을 할 때가 된 것 같았다.

"혜수 씨, 이제 당근이는 사료도 잘 먹고 배뇨 배변도 잘해서 병원

에 더 있지 않아도 될 것 같습니다. 그래도 안심은 할 수 없으니 잘 지켜보면서 돌보면 될 것 같아요. 그런데 당근이가 갈 곳이 있나요? 지금 집에서 고양이를 키울 수 있어요?"

"아니요. 저는 사실 제가 고양이를 구조할 거라고는 전혀 생각도 못했던 상황이라 어떻게 해야 할지 모르겠어요."

"네, 그러면 전에 에리얼 입양하신 예은 씨가 당근이 갈 곳이 정해질 때까지 임시 보호를 해줄 수 있다고 하네요. 거기 가면 제가 거의 실시간으로 당근이 상태를 전해들을 수 있고요. 또 에리얼이 새끼 고양이를 괴롭히고 그러는 아이는 아니니까 당근이랑 잘 지낼 거예요."

"아 에리얼이요? 뒷다리 없는 그 에리얼이요?"

"네, 그 에리얼 맞습니다. 하하하, 두 아이가 같이 있는 모습을 보게 되면 뿌듯하고 행복한 기분이 들 것 같아요."

"그 집이라면 좋죠. 안심하고 보낼 수 있을 것 같아요. 그리고, 동물자유연대에 '쓰담쓰담'이라고, 치료비 지원해주는 프로그램이 있어서

입양 가는 길에 바구니에서
장난치고 있는 당근이

요. 병원비 50퍼센트는 단체에서 지원해줄 수 있다고 하시네요. 신청서 작성해서 제출해보려고 합니다."

"다행이네요. 그리고 저하고 같이 스터디하는 학생들 몇이 당근이 병원비를 조금 보태주시기로 했어요. 만약 동물자유연대에서 치료비를 지원받을 수 있다면 학생 분들도 조금 돕고 해서, 병원비는 크게 걱정 안 하셔도 될 것 같습니다."

"그렇게 될 수 있으면 정말 좋겠네요. 지원서를 잘 써야겠죠?"

"네. 단체에 예산이 남아 있으면 되지 않을까요? 아무튼 너무 다행이에요. 혜수 씨는 수의대에 가기도 전에 한 생명을 살리셨네요. 대단해요! 순서는 이상하지만, 이제 수의대에 가서 어서 수의사가 되세요."

"네, 저도 꼭 그랬으면 좋겠네요. 그러려면, 어떻게든 수의대에 합격해야죠. 휴."

다음날, 당근이는 에리얼을 입양해서 잘 돌봐주고 있는 배우 최예은 님 댁으로 임시 입양을 가게 되었다. 노란 바구니 모양 이동장에서 제법 고양이다운 장난을 치는 당근이를 보니, 죽어가던 고양이라는 것이 믿기지 않았다.

최예은 님은 에리얼이 당근이를 괴롭힐까봐, 아니면 당근이가 집에서 적응을 못할까봐 걱정이 많았다. 나도 걱정이 됐지만 그저 당근이가 잘 지내기를 바라면서 예은 씨가 보내줄 소식을 기다리고 있었다.

"원장님, 당근이가 처음에는 구석에 숨었는데요. 바로 적응하고 나와서 잘 다니고 있어요."

"네, 다행이에요. 그런데 에리얼은요? 에리얼은 어떤가요?"

"에리얼은요. 처음엔 완전 놀랐어요. 당근이가 다가가니까 놀라서 움찔하고, 오히려 도망치더라고요. 둘이 잘 지낼 것 같아요. 당근이는 완전 애교쟁이예요."

이어서 사진과 동영상을 보내주었다. 당근이는 깡총깡총 뛰어다니거나 포근한 침대 위에서 예은 씨의 손과 다리에 몸을 부비면서 애교를 부리고 있었고, 에리얼은 조금 떨어진 곳에서 불편하고 놀란 눈으로 그런 당근이를 쳐다보고 있었다. 평온하고 행복한 장면들이었다.

당근이가 살아나서, 에리얼이 사는 그 집에서 함께 즐거운 시간을 보내고 있는 것을 보니 너무 감격스럽고 고마웠다. 수의사로서 뿌듯하고 보람을 느꼈다. 당근이가 이렇게 살아나서 행복하게 살 수 있게 된 데에는 여러 분들의 역할이 있었겠지만, 무엇보다 수의대에 들어가기 위해서 내 수의학개론 수업을 듣고 있는 학생들, 그분들의 역할도 컸다는 생각이 들었다. 만약 그 하루 전에 그분들과의 수업이 없었더라면, 아마 나는 그 바늘을 그 뼈에 꽂지 못했을 것이다.

가끔 사람들은 나에게 묻곤 한다.

"선생님은 항상 시간이 없다고 하시면서 수의학개론 수업은 왜 하시는 건가요? 일주일에 하루 쉬시는데 쉬지도 못하시고, 돈을 받는 것도 아니잖아요."

사실 특별한 이유나 목적 없이 하는 수업이기 때문에, 이런 질문에는 항상 대충 아무 대답이나 둘러대곤 했다. 그래서 그때그때 대답이

다 달랐던 것 같은데, 가장 자주 하는 대답은 이렇다.

"제 나이가 되면 사실 일요일에 별로 할 일이 없습니다. 만나주는 사람도 없고, 만나자고 할 사람도 없어요. 그래서 제가 이 수업이라도 안 한다면 매주 일요일에 아마 동네 뒷산이나 올라갔다가 내려와서, 막걸리 마시고 비틀거리고 다니면서 민폐나 끼치고 있을 거예요"라거나

"여러분들에게 수업이라는 명분으로 뭘 가르쳐드린다고는 하지만 사실 수업 준비, 수업하는 과정에서 제가 더 많이 배웁니다. 여러분들의 노력과 열정을 곁에서 지켜보다보면, 저도 덩달아 열심히 살게 됩니다"라고 하는 경우가 많다.

그리고 가끔은

"제가 전에 수업하면서 이 수업 덕분에 에리얼을 살리게 되었고, 또 어느 해에는 토토라는 길고양이가 갈 곳이 없을 때, 이 수업 듣는 육지현 학생이 토토를 입양해서 지금도 잘 키우고 있거든요. 그러니까, 제가 받는 게 더 많아요. 전 이 수업에 뼈를 묻어야 합니다. 항상 제가 더 감사한 마음입니다"라고도 말한다. 첫 번째는 농담이지만 두 번째, 세 번째 말은 진심이다.

에리얼과 당근이_최예은 님 제공

해피 투게더

모든 것을 쏟아부었는데, 머루는 떠났다.
체력도 바닥나고, 충격에서 벗어날 수 없었다.

모든 동물환자들을 살리고 싶은 것이 수의사 된 자의 바람이겠지만, 이 아이는, 600그램의 작은 체구로 격리실에 입원했던 머루는 회복되지 못하고 끝내 사망했다.

나는 〈낭만닥터 김사부 3〉이 보고 싶었다. 내가 김사부를 존경하는 것을 아는 사람들이 진작부터 좋아하는 드라마를 왜 안 보느냐고 물어왔지만, 도저히 그 드라마를 볼 수가 없었다. 주인공은 환자를 포기하지 않고 끝까지 최선을 다해서 살려내는 뛰어난 능력을 가진, 감히 내가 멘토라고 생각하는 분이었고, 나는 차마 그분을 뵐 수가 없었다.

뭐 하나 제대로 해내는 것 없이, 그저 하루하루 예방접종이나 기생충 예방 같은 간단한 진료를 하면서 적당히 비겁하고 적당히 외면하는, 수의사 면허를 딴 지는 오래되었지만 아직도 기본을 갖추지 못한 수의사라고 생각하기 때문이다. 그래서, 수의사가 된 지는 한참 되었지만 언제나 수의사가 되고 싶었다.

병원을 이전하던 무렵부터 이어오던 이런 자괴감, 부끄러움 같은 생각들이 최근에 더 심해졌고, 이제는 좋아하던 드라마의 최신 시리즈를 보지 못하는 지경에까지 이른 것이다.

머루의 입원은 병원 이전 후 첫 입원이었다. 이전한 지 1년이 지났지만 그동안 한 번도 입원을 받지 않았는데, 첫 입원이 범백혈구감소증 환자의 격리실 입원이 된 것이다. 머루의 입원 후, 접종이 완료되지 않은 모든 환자들은 병원에 들어오지 못하게 하고, 최근 추가 접종을 받지 않은 고양이 환자들도 다른 때에 오도록 양해를 구했다. 범백혈구 감소증의 전염력이 워낙 강하기 때문이었다.

다른 때에는 입원 환자가 있어도 오전에 수술을 하고 오후에 일반 진료를 하면서 입원 환자를 돌보는데, 이번에는 머루의 상황이 급격하게 나빠져서 예정된 수술 일정을 모두 취소했고, 응급 수혈을 하면서 머루의 치료에 전념했다.

범백혈구감소증은 파보바이러스에 의해서 발병하는 전염성 장염이다. 초기에는 식욕부진, 설사, 구토 등의 증상을 보이다가 점점 설사가 심해지고 혈변, 수양성 설사 등의 증상을 보이는 단계로 악화된다. 탈수, 빈혈, 전해질 불균형 등으로 사망하는 어린 고양이들에게 가장 위험한 전염성 질병 중 하나이다.

다행스럽게도 머루는 치료에 반응을 잘해서 구토증상을 보이지 않았고, 설사도 초기에 잡혀서 수양성 설사나 혈변이 나타나지는 않았다. 빈혈 증상이 심해졌지만 다행히 혈액은행에서 간신히 하나 남은 혈액을 구해서 수혈을 할 수 있었고, 이제 몸에서 피를 만들어내는 단계까지 영양 공급을 하면서 현상 유지를 잘해주면 치료에 성공할 수 있을 것이라고 생각했다.

"네, 머루 보호자 님. 믿고 맡겨주셨는데 머루가 무사히 퇴원했으면 좋겠습니다. 머루는 수혈해준 피가 기능을 잘해주면 희망이 있을 것 같습니다. 이건 약간 다른 이야기인데요. 혹시 〈낭만닥터 김사부〉라고 아시나요? 드라마인데요. 제가 거기 나오는 주인공을 존경합니다."

"그런데 제가 수의사로서 너무 부끄럽고 실력도 부족해서 드라마를 못 보고 있었거든요. 하지만 이번에 머루가 치료되고 무사히 퇴원하게 된다면, 저도 집에 가서 웃으면서 그 드라마를 볼 수 있을 것 같습니다."

머루 보호자에게 어떻게든 최선을 다하겠다고 한다는 것이 드라마의 기호와 멘토까지 언급하게 되어서 아차, 하는 생각이 들었다. 생명이 경각에 달린 중환자의 보호자에게 드라마 볼 생각을 말하다니.

그런데 전화기 속의 머루 보호자는 나의 다소 이상할 수 있는 멘트에 진지하고 간절하게 대답해주셨다.

"네, 선생님! 저는, 저희는 꼭 믿습니다. 선생님은 다음주 금요일이면 댁에서 그 드라마를 꼭 보고 계실 거예요. 선생님, 저희 머루 꼭 잘 부탁드립니다."

그런데 그 다음주 금요일에, 나는 끝내 그 드라마를 보지 못하게 되었다. 머루 보호자에게 머루의 유골을 전달해드리고 있었다. 화장을 마치고 스톤 형태로 돌아온 유골이었다.

슬프고 참담했다.

이런 상황에서 비통해하는 보호자를 위로만 해도 부족한데, 수의사로서, 동물병원 운영자로서 병원비를 청구해야 한다는 것에 너무나 마음이 무거웠다. 입으로는 죄송하다는 사과와 기운내시라는 위로의 말씀을 드리면서, 손으로는 몇백만 원이 적힌 청구서를 내밀고 있었다.

하지만 머루 보호자는 어쩌면 범백과의 전투에서 패배한 패장이라고 불릴 수 있는 나에게, 머루를 위해서 애써줘서 고맙다고, 최선을 다해줘서 감사하다고 말씀해주셨다.

머루가 새벽에 사망한 날, 그날 새벽까지 며칠 동안 잠을 제대로 자지 못한 피로 때문이기도 했지만, 환자를 지키지 못한 무력감과 패배감, 자괴감 같은 감정들에 짓눌려서 도저히 예정된 수술을 할 수 없었다. 수술을 취소하고 멍한 기분으로 앉아 있었다. 그 노래의 노랫말들이 이번에도 나를 아프게 때리며 부딪쳐오고 있었다.

네가 여기 있었을 때
너는 정말 아름다웠고
부드러운 살결을 가진
세상을 날아다니는 천사 같았지

나는 내가 특별한 능력을 가졌길 바랐지만
난 바보 같았고 똥멍청이였어
그래서 나는 너를 지키지 못했고
너는 우리 곁을 떠나게 되었지
난 무능력했고 똥멍청이였어

–라디오헤드, 〈크립Creep〉에서

천사와 같던 머루

이제 와서 아무 소용없는 생각이지만, 어린 나이에 큰 병에 걸린 머루를 지켜주지 못한 무능한 수의사라는 생각에 너무 괴로웠다.

어디선가 전화가 왔다. 보통은 오전에 일반 진료를 하지 않고 수술만 하기 때문에, 다른 날 같았으면 못 받았을 전화라고 생각하면서 전화를 받았다.

"저, 선생님. 지금 고양이가 차에 치여서 곧 죽을 것 같습니다. 좀 심하게 치였는데… 아직 숨은 쉬고 있어서요. 어쩌면 가다가 죽을 수도 있겠지만… 죄송하지만, 이 고양이가 고통스럽지 않게… 세상을 떠날 수 있게 도와주실 수 없을까요? 정말 죄송합니다."

전화를 거신 분은 울먹이는 목소리로 연신 죄송하다는 말을 반복하고 있었다. 교통사고가 난 상황이라면 우리 병원은 작은 1인 병원이라 적합하지 않고, 큰 병원에 데려가서 치료를 받으시라고 말씀드리겠지만, 지금은 그런 상황이 아닌 것 같았다.

"아, 네. 지금 그 아이를 데리고 오세요."

너무 슬픈 마음이었는데, 더 슬퍼질 준비를 해야만 했다.

종이상자에 담겨온, 교통사고를 당했다는 고양이는 몸무게 600그램의 작은 새끼 고양이였다. 이 새끼 고양이가 병원 문턱을 넘는 시점에 숨이 붙어 있었을지는 알 수 없었지만, 머리가 으깨진 상태로 사고

201

후에 숨을 쉬었다는 것도 믿기지 않는 심각한 상태였다.

"안타깝지만 이 아이는 이미 사망했습니다. 사망 시점은 알 수 없지만, 아마 오시는 도중이나 병원에 오자마자 사망한 것 같습니다."

"처음 차에 치었을 때부터 상태가 좋지 않았어요. 그래도, 어차피 죽더라도, 좀 편하게 보내려고 흑… 결국 이렇게 되었네요. 그래도 이 아이를 봐주셔서 정말 감사합니다. 지금 차 운전하다 치신 분도 너무 충격을 받으셔서… 너무 슬퍼하세요."

"아, 고양이 치신 분이 같이 오셨어요? 지금 밖에 계신 분인가요? 전 교통사고 내신 분이 고양이를 병원에 데려오신 경우는 처음입니다. 대부분 그냥 나 몰라라 하고 가시거든요."

"아니에요. 저분이 정말 모르고 그러신 거고, 지금 정말 같이 슬퍼하며… 같이 오신 거예요. 이 고양이… 제가 주차장에서 밥 주던 아이들이 있는데, 그중 한 마리예요."

"네, 정말 안타깝네요. 지금 한창 귀여운 때인데……."

마음속으로 이 아이가 머루와 같은 또래이고, 몸무게도 머루가 입원했을 때와 같다는 것이 떠올랐다.

"정말정말 안타깝네요."

"저… 선생님. 제가 이 아이를 어떻게 보내야 할지 모르겠어요. 제가… 주차장에서 사람들이 밥 주는 거, 뭐라고 하는 거 눈치보면서 겨우 키우던 아이인데… 힘들게 살다가 이렇게 죽다니… 흑흑 흑흑."

"그러셨군요. 그래도 이렇게 병원에 데려오기가 힘드셨을 텐데요. 잘 데리고 오셨습니다. 아이는 병원에서 보내드리겠습니다. 그런데 병원에서 사체를 처리하는 것이, 단체 화장이라는 표현을 하기도 하지만 사실은 의료 폐기물로, 조직 적출물 같은 것과 함께 소각하는 것입니다. 생각하시는 화장과는 다릅니다. 이 정도라도 괜찮으시다면……"

"그러면 의료 폐기물로… 소각이요?"

"네, 애써서 돌보시던 귀여운 아이를 폐기물로 소각하게 되는 것이 너무 마음 아프실 거라 생각합니다. 사실 의료 폐기물로 소각하는 것도 비용이 들긴 하지만, 그건 제가 부담하겠습니다. 아이가 체중이 적게 나가서 비용이 크진 않지만, 지금까지 아이 돌보느라 고생이 많으셨을 텐데요. 저희 병원이 작고 영세해서 길고양이 돌보시는 분들에게 아무 도움도 못 드리지만, 이 정도라도 해드리고 싶습니다. 그런데 이렇게 생색내듯 말을 하지만, 결국 폐기물로 소각하는 것이라서 죄송합니다. 저는 고작 이 정도입니다."

"아이고, 선생님 아닙니다. 흑흑, 여태껏 사람들에게 밥 주지 말라는 그런 얘기만 듣다가, 아이가 죽는 마당에라도 이런 말씀을 들어서 제가 너무 감사합니다. 그리고 저는 의료 폐기물로 소각되는 것이 의미가 없다고 생각하지 않습니다. 애들이 눈칫밥 먹으면서 살다가, 그냥 죽었으면 쓰레기봉투에서 다른 쓰레기들하고 섞여서 쓰레기 하치

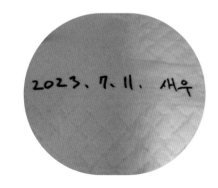

세상에 남길 사진이 이것뿐인… 새우

장으로 가는데, 이렇게 병원에 와서 의료 폐기물이 될 수 있다니 얼마나 다행입니까. 선생님 마음도 너무 감사하고 큰 위로가 됩니다."

순간, 뭔가 큰 울림에 얻어맞은 느낌이었다. 고작 의료 폐기물로 소각되는 것이 큰 위로가 된다니. 아기 고양이의 사체를 수습하고 냉동고에 넣기 전에 지니 선생님에게 물었다.

"이 아이, 떠나기 전에 이름이라도 있었으면 좋겠는데요. 떠오르는 이름이 있나요?"

"새… 우."

작은 목소리로 지니 선생님이 대답했다. 의료 폐기물로 적출물들과 소각될 새우는, 그날 새벽에 사망해서 장례 절차를 기다리고 있던 머루와 같은 냉동고에 안치되었다.

그날 하루는 몹시 길었다.

새로운 날이 밝았다. 이제 일상으로 돌아가야 했다.

새벽에 일어나서 정해진 루틴들을 수행하고 출근을 했다. 오전에는 수술을 하고 오후에는 일반 진료를 하는, 겉보기에는 평상시와 같은 하루를 보내고 있었지만, 이상하게 마음 한구석에 노기가, 분노가 가득했다. 우울했다.

1년 반 전에 병원을 이전하던 무렵부터 이런 기분에 휩싸인 것 같았는데, 오늘은 그것과 다른 좌절과 분노에 사로잡혀서 팽팽하고 날선 상태에서 하루를 보내고 있었다.

"저, 원장님. 찾아오신 분이 있는데, 잠시 나와보시겠어요?"

김 부장님이 조심스럽게 알려주었다. 진료실에서 나가보니 어제 교통사고가 난 아기 고양이 새우를 데리고 오셨던 분과, 차를 운전해서 사고를 냈다는 운전자 분이 같이 오셨다. 어제의 황망하고 흐트러진 모습과 다르게 차분하고 정돈된 모습이었다.

"원장님, 어제 정말 감사했습니다. 어려운 상황에서 도와주셔서 제가 어떻게 그냥 있을 수가 없어서 간식거리라도 조금 사왔습니다. 얼마 안 되지만 직원 분들하고 같이 드세요."

"아니, 제가 뭘 한 게 없는데요. 이렇게 다시 오시다니, 제가 정말 더 감사드립니다."

"아무것도 아니라고 하시지만, 저는 그런 말씀해주시는 분… 처음이었어요. 한 번도, 그런 말을 들어본 적이 없었어요. 원장님 말씀이 정말 큰 위로가 되고 감사했어요. 정말 감사합니다."

간식은 상자 두 개에 담겨 있었고, 각 상자에는 나와 병원 의료진(?)에게 전하는 감사 멘트가 적혀 있었다.

"자, 다들 모여보세요. 이거, 어제 그 아기 고양이 새우 데려오신 분이 주신 거예요. 이렇게 정성스러운 멘트를 적어주시다니 정말 감사하네요. 그런데 이게 다 뭐죠? 종류가 너무 많아서 모르겠네요."

새로 입사한 지니 선생님이 간식 이름을 하나하나 알려주었지만 도통 모르는 이름들이었다.

"아무튼 맛있게 먹읍시다. 그저 작은 공감을 표현했을 뿐인데 위로가 되셨다니, 그게 크게 느껴지셨다니 평소에 얼마나 힘드셨을까요."

다른 수의사들도 그런지는 모르겠지만, 수의사로 사는 기간이 길어질수록 딱한 처지의 생명을 잘 살려내지 못하고, 의학적 지식이 부족하고, 경제적으로 무능력하다는 생각을 많이 하게 되었다. 그러면서 이런 내가 존재할 가치가 있는 것인지, 한 사람의 수의사로서 역할을 하는지, 쓰임이 있는 것인지에 대한 고민과 좌절의 시간이 늘어만 갔다.

그러다가, 이번에 큰 마음을 먹고 모든 것을 쏟아붓고도 머루를 살리지 못해서 한동안 회복되지 못할 내상을 입었다고 생각했다. 일어서지 못할 것이라고 생각했는데, 그분의 감사하다는 말씀에, 위로가 되었다는 말씀에 내가 큰 위로를 받았다.

그 금요일에, 머루의 유골을 전하면서 머루 보호자에게 새우의 얘기를 했다. 두 아이 다 우리 곁을 떠났지만 돌봐주는 분이 있었고, 불행한 상황에서 할 수 있는 최선을 다하신 거라고, 단지 내가 부족했던 것이라고. 그리고, 죄송하고 면목없지만, 다시 힘을 내보겠다고.

그리고 마음속으로 말씀드렸다.

'언젠가는, 제가 새우와 같은 처지에서 머루와 같은 병에 걸린 아이를 꼭 치료해드리겠습니다.'

짧은 생을 서로 다른 곳에서 살다

함께 우리 곁을 떠난 새우와 머루가

고양이 별에서 함께 행복하기를

각자의 위치에서 두 아기 고양이를 위해서 노력했던

보호자 님들도 행복하시기를 바랍니다.

니가 사는 그 집

니가 사는 그 집

그 집이 내 집이었어야 해

니가 타는 그 차

그 차가 내 차였어야 해

모두 다 내 것이었어야 해

모두 다 내 것이었어야 해

－박진영, 〈니가 사는 그 집〉에서

'거대 식도증으로 죽을 고비를 넘긴 고양이', '교통사고로 뒷다리가 부러져 옴짝달싹 못하던 새끼 고양이', '양수가 터져 꼼짝하지 못했던 어미 고양이'. 모두 위기 상황에 처해 있다가, 동물자유연대라는 단체의 '쓰담쓰담'이라는 치료비 지원 사업의 지원으로 치료를 받고 행복하게 제2의 삶을 살게 된 고양이들이다.

쓰담쓰담 게시판에 소개되는 동물들은 처음 발견되었을 당시에는 처참하고 고통받는 모습이지만, 치료를 받고 회복되어서 임시 보호소나 동물자유연대 보호소에서 생활하기도 하지만, 좋은 가족을 만나가족의 일원이 되어서 행복하게 지내게 되기도 한다. 다른 동물보호 단체에서도 이와 비슷한 치료비 지원이나 도움을 주는 활동을 하는 것으로 알고 있고, 이런 도움들이 모여서 많은 동물들이 행복하게 새 삶을 살게 된다.

"아, 이거 뭐야! '좋아요' 29개라니! 30개면 몰라도. 지니 쌤, 언제쯤 난 좋아요 40개를 넘어보지?"

"원장님, 원장님도 인스타 좋아요 개수 신경쓰고 그러세요? 안 그러실 줄 알았는데요."

"지니 쌤이 뭘 잘 모르시는데요. 제가 이런 거 무척 민감해요. 인스타 좋아요, 브런치 라이킷, 이거 누가 누르면 하나하나 소중하게 확인하고 그래요. 목표하는 개수도 있어요. 인스타 40개, 브런치 20개."

"브런치도 세시는군요. 하하하!"

"네, 부끄럽지만 거의 실시간으로! 확인합니다. 그런데 같은 사진을 올려도 반응이 다 다른 것은 왜 그럴까요?"

한가한 오후 시간에 인스타그램에서 좋아요를 많이 받을 궁리를 하고 있었다. 팔로워도 몇 명 없는 인스타그램을 열어놓고 사진을 이리저리 넘기다가, 동물자유연대에서 올린 쓰담쓰담 관련 피드가 눈에 띄었다. 단체의 지원을 통해서, 힘들었던 과거의 고통을 딛고 건강과 행복을 찾은 내용이었다.

흐뭇한 미소 대신, 휴대전화를 내려놓고 노래를 틀었다.

〈니가 사는 그 집〉… 화가 났다.

그 전화를 받은 후부터, 나는 위기 상황의 동물들을 구조해준 내용을 담은 '쓰담쓰담' 관련 스토리를 볼 수가 없었고, 어쩌다 SNS에서 마주치면 너무 화가 났다. 노래를 들으며 분노했다. 원래대로라면 그 쓰담쓰담의 스토리에 당근이가 소개되고, 그 인스타 피드 속에서 깡총깡총 뛰는 당근이의 모습을 보면서 즐거워해야 하는데, 이제 쓰담쓰담 관련 피드조차 보지 못하게 되었다.

그 아침에 전화가 왔다.

"원장님, 갑자기… 당근이가 밤 사이에 갑자기 죽었어요. 어제까지 정말 아무렇지도 않았는데, 밤 사이에 갑자기 흑……."

임시 입양 후 3일이 지난 이른 아침이었다. 사인은 알 수 없었다. 죽음의 문턱에서 살아난 당근이는 3일간 에리얼과 함께 즐겁고 행복한 시간을 보내고, 우리 곁을 떠나게 된 것이다. 거짓말처럼 왔다가 거짓말처럼 떠난 것이다. 다 내 탓인 것 같았다.

그날 이후, 쓰담쓰담 사업에 관한 게시물을 보게 되면, 그 안에서 소개되는 사진들을 보면 화가 났다. 분명 그 사업은 좋은 사업이고 그 동물들의 구조, 치료과정을 담은 소중한 스토리의 기록인데 볼 수가 없었다. 너무나 충격적이고 비통한 죽음이 생각나서 화만 났다.

그 아이들의 새 보금자리, 새로 찾은 행복

당근아, 그게 다 네 것이어야 했는데, 모두 다 네 것이어야 했는데

뭐가 잘못된 건지. 너의 회복은 진짜였는지

화면 속의 행복한 동물들의 모습 그거 원래 니 자리잖아

어느 새 해가 저물고 진료실 문으로

니가 아닌 다른 고양이가 들어오고

너에게 짓던 그 환한 미소로

나는 그 어린 고양이를 반갑게 맞이하고 있어

난 정말 행복한지 뭔가 잘못된 건 아닌지

넌 이게 맞는 것 같은지 내 미소는 진짠지

지금 내 앞에 그 고양이의 자리 그거 원래 니 자리잖아

그 새끼 고양이가 사는 그 집 그 집이 네 집이었어야 해

그 고양이가 타고 온 그 차 그 차를 타고 네가 왔어야 해

모두 다 네 것이어야 하는데 모두 다 네 것이었어야 하는데

난 아직 니가 살아 있는 것 같은데 아직도 정말 살아 있는 것
같은데

미안해

행복해

─박진영, 〈니가 사는 그집〉을 개사함

꾹꾹이를 하는 당근이의 모습은 영정사진이 되었다

생색 안 난 퀵서비스

"원장님, 오늘 저녁에 검사 예약되어 있는 동이 보호자 님이 전화주셨는데요. 실수로 금식을 안 시키고 사료를 줬다고 하시는데요. 어떻게 말씀드릴까요?"

김 부장님이 손님의 전화를 홀드시켜놓고 나의 대답을 기다리고 있었다.

새로운 장소로 병원을 이전하면서 수목금 야간진료를 시작했다. 월요일에서 토요일까지 주 6일을 근무하지만, 악화되어가는 병원의 재정 상황을 개선하기 위해서 야간진료를 추가한 것이다. 하지만 그랬는데도 병원의 살림살이는 크게 나아지지 않았고, 김 부장님과 나의 삶의 질만 크게 낮아졌다.

병원을 유지하기 위해서는 수익을 내야 하는데, 어떻게 된 영문인지 아무리 열심히 일을 해도 나가는 돈은 너무나 많았고 수익이 부족했다. 고민 끝에 주 3일 야간진료를 시작했지만, 3일의 야간진료로도 현재의 상황을 바꿀 수 없었기 때문에 또 더 일을 할 수밖에 없었다. 이제는 화요일 저녁에도 비공식(?) 야간진료를 추가하기로 했다.

화요일 저녁에 예약 검사 진료를 하기로 결정했을 때, 김 부장님은 절망하고 분노했다.

"자기는 체력이 좋아서 그런지, 하고 싶은 일을 해서 그런지 몰라도 나는… 힘들어. 화요일 저녁까지 야간진료하는 건 정신적으로도 그렇고, 체력적으로도 너무 힘들단 말이야. 내가 아침에, 7시 전에 병원에 도착해서 진료, 수술 준비하고 하루 종일 일하고, 수목금 야간 근무까지 하면 얼마나 힘든지 알아?"

"게다가 나는 퇴근하면 또 집안 살림하고, 비누도 돌봐야 하는데. 그런데 화요일에도 야간 근무를 하라니… 너무 기가 막혀. 이렇게 일을 한다고 월급을 한 푼이라도 모으게 해주면 보람이라도 있지. 다른 사람들은 점점 워라밸을 따지면서 주 4일 근무를 하네 마네 하는데, 우린 일하는 시간만 점점 더 늘어나고 이게 뭐야!"

나는 우물쭈물하면서도 단호하게, 말도 안 되는 궤변을 늘어놓았다.

"다른 방법이 없잖아. 지금은 어쩔 수 없어. 주 7일 다 야간 근무를 하는 것도 아니니까 나름의 워라밸은 있는 거라고 생각해야지. 조금 치우치긴 했지만 나름의 밸런스는 있는 것이라고 생각하고… 상황을 보면서 조금씩 조정해보겠지만, 지금은 어쩔 수 없어."

힘겨움을 호소하던 김 부장님 역시 다른 방법이 없다는 것을 알기 때문에 이내 체념했다.

많은 사람들이 동물병원을 하는 수의사들은 눈먼 돈을 많이 버는 고소득 직군이라고 생각하는데, 김 부장님은 그런 재주가 없는 무능력한 수의사 남편을 만나서 한평생 고생만 하고 있는 것이다.

"동이가 사료를 먹었다고요? 아, 그럼 안 되는데. 꼭 금식을 해야 하는 혈액 검사를 해야 해서 오늘은 검사가 어렵겠네요. 보호자 님께 오늘은 검사가 안 되고, 오늘 예약 진료는 취소하고 다른 날로 예약하셔야 한다고 말씀드리세요. 다음엔 꼭 금식해야 한다고."

화요일 야간진료는 시간이 많이 걸려서 평소에 진행하지 못하는 검사 같은 것을 진행하기 때문에 보통 한 환자의 예약만 받는다. 그래서 가끔 이렇게 예약이 취소되는 날에는 뜻밖의 슬픈(슬프고도 기쁜) 조기 정시(?) 퇴근을 하게 된다.

"오늘, 갑자기 예약이 취소되었네요. 하지만! 좌절하지 말고! 어차피 우리가 야간진료 전에 저녁식사를 하고 일을 하니까, 오늘은 밖에서 식사하고 퇴근합니다. 나하고 김 부장님, 그리고 지니 쌤이 같이 식사를 하니까… 음, 이게 중역 회식이네요. 중역 회식! 메뉴는 보쌈집!"

순발력을 발휘해서, 몇 주 전부터 내가 먹고 싶었던 보쌈 집에 자연스럽게 갈 수 있는 일정을 잡았다. 오늘은 평소에 먹지 못하던 메뉴를 여러 가지 주문해서, 천천히 음미하면서 먹을 것이라고 너스레를 떨면서 병원 중역진들(?)과 함께 보쌈집으로 향했다.

"오, 이 물막국수는 마치 평양냉면 같네요. 그런데 참기름을 많이 넣어서, 아쉽네요. 다음에는 참기름을 넣지 말아달라고 부탁드려야겠어요. 여기 족발도 있는데 족발을 따로 먹을까요? 사실 전에 여기 혼자 와서 점심을 먹는데 다 먹어보고 싶었어요. 오늘 기회를 딱 잡았네요."

보쌈집에 도착해서 먹고 싶던 메뉴를 한 상 가득 시키고 얼추 처음 나온 메뉴를 다 먹어갈 무렵, 어떻게든 추가 메뉴를 주문하려고 김 부장님과 지니 선생님을 설득하며 고군분투(?)하고 있는데 어디선가 전화가 왔다. 이승현 수의사, 내 수업을 들었던 학생 출신의 수의사, 이제는 어엿한 메디컬 센터의 원장님이 된 이승현 원장이었다.

"원장님, 안녕하세요. 잘 지내셨나요? 바쁘실 텐데 전화드려서 죄송합니다. 혹시 여분의 산소 레귤레이터가 있으면 며칠 빌릴 수 있을지 여쭤보려고 전화드렸습니다. 저희 입원 환자의 상태가 안 좋아져서 산소를 좀 줘야 하는데, 여분의 산소통을 추가로 써야 할 것 같습니다."

"네, 저희가 지금 안 쓰는 산소용 레귤레이터가 있기는 한데요. 그곳 장비에 맞을지 모르겠네요."

입가에 묻은 쌈장을 닦으면서 잠시 잊고 있었던, 내가 임상수의사라는 현실을 떠올렸다.

얘기를 들어보니 상황이 다급한 것 같았다.

"아, 네. 그러면 부탁드립니다. 퀵서비스로, 착불로 부탁드립니다. 감사합니다!"

급하게 시작했던 중역 회식은 그렇게 허무하게 끝나게 되었다. 추가 메뉴를 주문하려던 나의 계획은 틀어졌고, 추가 메뉴는커녕 이미 나와 있는 물막국수의 국물도 다 마시지 못하고 서둘러서 자리에서 일어나야 했다.

"여기는 다음에 또 와야겠어. 다음에 오면 족발도 시키고, 물막국수에는 참기름 빼고 천천히 먹을 거야. 그런데… 퀵서비스는 여러 군데 들렀다 가면 시간이 많이 걸릴 텐데. 지금은 상황이 급하니 내가 들고 직접 가야겠어. 아무래도 그게 빨라. 마음도 편하고."

215

"그래요, 원장님. 거기 병원 오픈하고 한 번도 안 가셨잖아요. 간 김에 병원 구경도 하고 오시면 되겠네요."

병원으로 돌아와서 부탁받은 물건을 챙겨 나왔다. 이 원장의 병원은 강남 번화가에 위치해 있었고, 지하철 코스가 애매하게 돌아서 가는 곳이어서 시간이 제법 걸리는 것으로 검색되었다. 퇴근 시간에 지하철을 탄 것이 무척 낯설었고, 폭염주의보가 발효된 날씨에 병원까지 서둘러 간 후라서 지하철 한쪽에서 땀을 비오듯 흘리고 있었다.

스마트폰의 배터리가 10퍼센트밖에 남지 않았다. 평소라면 이런 끈적임과 후텁지근한 느낌, 배터리 부족에서 오는 불안감 때문에 살짝 짜증이 날 수도 있겠지만, 낯선 곳으로 생명을 살리는 일에 일조하러 가는 길이라고 생각하니, 새삼 생명을 살리는 수의사가 된 듯한 느낌(?)도 들고, 어딘가 낯선 도시로 여행을 떠나는 듯한 기분도 들었다.

'이 원장님 병원에 가면, 접수대에 퀵서비스 기사인 척하고 물건만 주고 오는 거야. 물건만 딱 주고. 그거 가지고 갔다고 질척거리면서 병원 여기저기 기웃거리지 말고, 암튼 음료 제공도 절대 받지 않고, 폼나게 그냥 오는 거야. 나중에 이 원장님한테, 아이는 잘 살리셨어요?라고 물어보고, 무사히 살았다고, 덕분에 잘 살렸다고 하면 카톡에 '훗훗', 이렇게 웃는 소리를 적어야지. 크크크.'

혼자서 막국수 국물을 들이켜듯이 말도 안 되는 상상에 사로잡혀 있는 사이에 지하철은 목적지에 도착했다.

'그런데 퀵비를 물어보면… 음, 퀵비가 문제구나. 에이 그냥 선불로

받았다고 해야겠다.'

이승현 원장의 병원에 도착했다. 2층으로 된 병원은 제법 큰 규모로 보였고, 2층에는 동물메디컬센터라는 간판이 밝게 빛나고 있었다. 좌우의 입꼬리를 올리고, 평소에 짓지 않던 미소를 싱긋 짓고 병원에 들어갔다. 입으로는 나지막이 '선불로 받았습니다'를 연습하면서.

병원의 로비 입구 좌측으로 수의사들의 프로필이 쭉 걸려 있었다. 가장 높은 곳에 실제보다 잘생겨 보이는 이승현 원장의 프로필이 붙어 있었다. 로비에는 큰 강아지를 안고 한 손님이 앉아 있었다. 강아지는, 만면에 미소를 띠고 큰 짐꾸러미를 들고 들어온 나를 보며 두려워 떨기 시작했고, 손님은 그 상황에 약간 당황한 것 같았다. 그런데 카운터에 사람이 없는 것 같았다. 가까이 다가가서 카운터 너머를 넘겨봐도, '싱긋 미소' 인사를 받고, '선불로 받았습니다'라는 말을 들어줄 사람이 있지 않았다. 계획한 콘티에서 벗어난 당황스러운 순간이었다.

그때 카운터 좌측의 문이 열리면서 수의사로 보이는 사람이 나와서 내게 다가왔다. 서둘러서 내려갔던 입꼬리를 다시 올리고, '싱긋' 인사를 하고, '퀴비는 선불로 받았습니다'라는 말을 하려는 찰나에, 그 수의사 분은 눈도 마주치지 않고, 퀴비도 물어보지 않고 "주세요"라는 말만 남기고, 순식간에 물건과 함께 나왔던 문으로 사라졌다.

조커 미소를 띠고 병원 문을 나와서, 왔던 방향과 반대로 서울을 거슬러 올라가서 집으로 향했다.

217

잊지 못할 김붕도

"실례하겠습니다!"

누군가 병원 문을 두드리고 있었다. 진료시간 전이라 조명이 다 꺼져 있는데도 문을 두드리는 것이 이상하다고 생각하면서 병원 문을 열었다. 동물을 데리고 오지 않은, 한 여자 분이 서 있었다.

"원장님, 안녕하세요. 여기서는 원장님이라고 불러야 하는 거죠? 아, 동물병원은 이렇게 생겼군요."

병원 문을 들어서면서 낯선 세상에 첫 발을 들여놓는 듯한 탄성을 지르는 모습을 보면서, 나는 이분의 용건보다도 이분이 방문한 첫 동물병원이 이렇게 누추해서 미안하다는 마음이 먼저 들었다. 어디선가 본 듯한, 안면이 있는 얼굴이었다.

"저, 어떤 일이시죠? 지금은 진료 시간이 아니고, 제가 볼일이 있어서 일찍 나와 있는 시간입니다."

"저 모르세요? 저기 청소년 수련관 수영장 같이 다니시잖아요. 매일 수영복 입고 보다가, 옷을 입고 만나니까 못 알아보시네요."

"아! 정말 죄송합니다. 제가 못 알아뵀네요. 말씀처럼 옷을 입고는 처음 뵈니까, 그리고 수영모자도 안 쓰시니까 정말 못 알아봤습니다."

"이그, 그럴 수도 있죠. 그래도, 쪼끔은 서운하네요. 수영 끝나고 바로 출근하셨을 거라고 생각하고 온 거예요. 마침 계셔서 다행이네요. 제가 오늘 위쪽 골목의 공사 현장에서 고양이 새끼를 주웠거든요. 거기서 못 살 거 같아서 데리고 왔어요. 여기서 고양이도 받아주고 그러죠? 그냥 두면 안 될 것 같더라고요."

그러고보니 그 수영장 회원 분의 겨드랑이에 갈색 신발 상자 하나가 끼어 있었다.

"병원에서 고양이를 그냥 받지는 않습니다. 그리고 이 고양이가, 엄마가 있는 고양이일 수도 있습니다. 엄마가 외출한 상태일 수 있거든요. 정말 위험한 상황에 처해 있고 구조가 필요한 상황일 수도 있지만, 엄마가 있는 고양이를 유괴해서 온 상황일 수도 있습니다."

"유괴라뇨. 말씀이 좀 그렇네요. 사람들이 여기 오면 고양이도 다 받아준다고 그러던데요. 굉장히 칭찬들을 많이 해서 데려왔는데… 그게 아닌가보네요."

"어떤 얘기를 들으셨는지는 몰라도, 구조한 고양이는 구조하신 분이 돌보셔야 합니다. 저희도 요즘 데리고 있는 아이들이 많아서 어떻게 해드릴 수가 없는 상황입니다. 일단 제가 아이를 한 번 보겠습니다. 진료실로 들어오세요."

진료실 탁자 위에 신발 박스가 놓였고, 뚜껑을 열어보니 작은 아기 고양이가 들어 있었다. 고양이를 살펴보니 다행히도 건강에는 큰 이상이 없는 상태였다.

"이 고양이 건강상태가 그렇게 나빠 보이지는 않습니다. 지금까지는 엄마 고양이가 잘 돌보고 있던, 돌봄을 잘 받던 고양이인데요. 정말 만약의 경우에 엄마가 바로 직전에 큰 사고를 당했을 수도 있지만, 잠시 외출했을 가능성도 커보입니다."

"그걸 어떻게 알아요? 난 그냥 고양이가 있어서 불쌍해서 데리고 왔는데요."

"네, 물론 위험에 처한 상황, 위험이 시작된 상황일 수도 있습니다. 그건 모르는 거니까요. 그래서 이런 경우에는 고양이를 바로 구조하는 것이 아니라 조금 떨어진 곳에서 지켜보시도록 말씀드립니다. 계속 지켜봐도 엄마가 돌아오지 않거나, 새끼 고양이가 명백하게 위험한 상황에 처하게 되면 그때 구조를 하시도록 말씀드립니다. 그러니까 이 아이도 데리고 온 곳에 다시 데려다주시고, 엄마가 오는지 지켜보시는 것이 좋을 것 같습니다."

"계속 지켜보라고요? 어떻게 그래요. 아휴, 저는 시간이 없어요. 그냥 좀 받아주면 안 되나요? 지금 바쁜데요."

"고양이를 받는 게… 생각보다 간단하지 않습니다. 평생을 책임져야 할 수도 있거든요. 맡기시는 분들은 간단하게 생각하지만, 갈 곳 없는 동물을 한 마리라도 책임지고 돌봐보시면, 그게 결코 쉽지 않은 일이라는 걸 아시게 될 거예요. 일단 이 아이는 빨리 원래 있던 곳에 데려다놓으시고, 지켜보세요."

"아이, 바쁜데… 할 수 없죠. 일단 원래 장소에 데려다놓고 보라는 거죠? 알겠어요. 그런데 왜 사람들은 여기 데려가면 뭔가 해줄 것처럼

220

얘기해서 사람을 왔다갔다하게 하는지 모르겠네요!"

"꼭 처음 발견하신 곳에 데려다주시고, 어미가 오는지 좀 지켜봐주세요. 꼭이요!"라고 신신당부했다.

그분은 약간 찡그린 표정으로 고양이가 든 상자를 다시 옆구리에 끼고 병원 문을 나섰다. 모질고 매몰차게 고양이를 거절한 모양새여서 내 맘도 찜찜하고 씁쓸했다. 하지만 진심으로 갈색 상자 안의 아기 고양이가 엄마 고양이와 무사히 다시 만나고, 그 아이 주위의 환경이 가혹하지 않고, 행복하게 살기를 기원했다.

"자기야! 나 왔어. 오늘 일찍 나왔네. 자기 잠깐 나 좀!"

평소보다 늦게 출근한 김 부장님이 평소에는 내지 않던 콧소리를 섞어서 나를 불렀다.

"뭐야, 안 하던 소리를 하고. 우리 쇼윈도 부부 아냐? 그럴 기분이 아냐. 나 지금 조금 우울해."

크게 대답하며 자리에서 일어나려는데, 김 부장님이 먼저 진료실 문을 열고 들어왔다.

"헉! 이런!"

진료실에 들어서는 김 부장님을 보고 외마디 비명을 질렀고, 그 비명은 신음소리로 이어졌다.

"아, 윽, 이럴 수가. 아니 설마!"

"왜? 어디 아파? 우울하다니? 무슨 얘기야. 왜 이렇게 놀라는데! 나

얼굴에 뭐 묻었어?"

"아니… 그게 아니고."

진료실에 들어서는 김 부장님의 품에 갈색 상자가 안겨 있었던 것이다.

"별일 아니면 잠깐만 봐봐. 보여줄 것이 있어."

김 부장님이 진료실 탁자 위에 신발 상자를 올려놓았다.

"내가 먼저 맞춰볼게. 이 상자에 고양이가 있지?"

"어, 맞아. 어떻게 알았어?"

"그리고 이 고양이, 턱시도 아기 고양이, 아주 어리지?"

"헐! 원장님 아는 고양이야?"

상자를 열어보니 아까 그 고양이였다.

"맞네. 아는… 아는 고양이라고 할 수 있지. 이 고양이 어디서 발견했어? 어디 공사 현장 같은 곳이었어?"

"아니, 요기 병원 오다가 골목 지나오는데 상자에서 고양이 소리가 들리길래. 열어보니까 새끼 고양이가 있는 거야. 상자에 담긴 거면 누가 버린 고양이라서 데리고 왔지. 그냥 있으면 죽으니까."

"병원 근처 골목이라고? 누가 지켜보는 사람도 없었고?"

"사람은 아무도 없었고, 쓰레기더미 쌓여 있는 전봇대 아래에 놓여 있었어."

고양이를 데려왔던 그분은 나의 신신당부를 지키지 않고, 병원을 나서자마자 병원 근처에 고양이가 들어 있는 상자를 두고 간 것이었다.

김 부장님에게 아침에 있었던 일을 설명해줬다. 얘기를 들은 김 부장님은 내가 1억 원 정도 되는 장비를 몰래 구입하는 현장을 발견한 것처럼 분노했다.

"아니, 고양이가 불쌍해서 데리고 왔다는 사람이 어떻게 그럴 수가 있지? 그대로 두면 죽는 건데… 정말 화가 난다. 화가 나."

"나도 어이없고 화가 나네. 어쩌면 그분이 부장님 출근 경로를 알고 그 길에 맞춰서 두신 게 아닐까?"

"아, 말도 안 되는 소리 하지도 마! 그나저나 이 고양이를 어떻게 하지? 그분한테 데려가라고 할 수도 없고. 그럼 또 버릴 거잖아. 어딘지도 모르고."

"그래. 그분한테 연락하는 건 좀 아닌 것 같아. 그런데… 어쩌면 이것도 인연? 뭐 그런 거 아닌가? 운명?"

신발 상자에 담겨 두 번 버려질 뻔한
청풍 김 씨 김붕도

"운명 같은 소리 하고 있네. 지금 우리가 길순이, 잭, 마리솔, 소운이, 비누, 크림이, 샘, 이렇게나 데리고 있어. 또 얼마 전에 벽 틈에 있던 고양이까지 개도 계속 데리고 있을 텐데, 그럼 몇 마리가 되는지 알아?"

"중요한 사실은 우리가 동물병원을 하고 있고, 동물들을 집과 병원에 꽤 많이 데리고 있는데, 돈을 받으면서 입원시키거나 하는 동물은 한 마리도 없다는 거야. 우리는 뭐 불쌍한 거 모르나? 그러고 나서, 불쌍한 고양이 한 마리 구해서 데려갔는데 매정하게 거절했다는 얘기나 들을 거 아니야."

"그런데 아까는 기분이 좋아 보이던데 갑자기 이렇게 화를 내지? 다중인격자야?"

"아깐 그렇게 다시 버려진 앤지 몰라서 그랬지. 애도 귀엽고! 아, 몰라. 짜증나."

"아무튼, 김 부장님! 분명히 해두는데, 나는 분명히 거절했고, 이 고양이는 부장님이 데려온 거야, 부장님이."

"아, 몰라. 암튼 배가 고파 보이니까. 우선 분유라도 먹이기는 하겠지만. 아, 난 몰라……."

상자 속에 있던 고양이를 꺼내서, 그 사이 출근한 조 선생님과 김 부장님이 분유를 먹이고 보살피기 시작했다. 고양이 전문가인 조 선생님과 김 부장님, 두 분이 보살핀다면 이 고양이는 무사히 잘 자랄 것이다.

"음, 김 부장님이 데리고 오셨으니 제가 특별히 이름을 지어드릴게요. 이 아이의 이름은 김붕도예요. 요즘 제가 보고 있는 드라마 〈인현

왕후)의 남자 주인공 이름이에요. 그 드라마에서 김붕도 님이 학식은 물론 무예도 출중한데, 얘 얼굴을 보니까 딱 김붕도 님의 어린시절 같아요. 훤칠한 대장부로 잘 자라고, 어디 입양도 갔으면 좋겠네요. 얘는 이제 청풍 김 씨 김붕도예요!"

"내가 데려온 거 자꾸 강조하지 마. 나 지금 저기압이야. 아, 나인이도 입양을 못 가고 있는데, 얘는 갈 수 있을까."

"김 부장님, 이 시점에 내가 위로되는 말을 해줄게."

"뭔데, 또 뭐 쓸데없는 소리를 하려고?"

"믿기 어렵겠지만, 지금까지 입양을 못 보낸 경우는 없었어. 어떻게든 다 갔으니까 이번에도 잘 될 거야."

"이그 그걸 말이라고 해. 이젠 없어! 보낼 데가!"

김 부장님은 분노와 좌절 모드를 반복하고 있었지만, 김붕도는 이런 김 부장님의 기분 따위는 아랑곳하지 않고, 하루 종일 김 부장님의 품속에서 평안하게 먹고 자며 뒹굴고 있었다.

기적을 일으킨 흰 고양이

병원에는 길순이와 잭 스패로우, 마리솔과 소운이가 있었고, 집에는 흰둥이와 크림이, 샘이 있었다. 최근에는 나인이라는 고양이도 같이 살게 되었다. 나인이는 벽 속에서 3일 정도 갇혀 있다가 구조된 고양인데, 구조 당시엔 상태가 너무 좋지 않았지만 이제는 많이 회복되어서 입양처가 있으면 입양을 갈 수 있는 상태다.

나인이라는 이름은 어느 드라마에서 아홉 번의 시간여행을 통해서 미래를 바꾸려고 노력하는 것처럼, 누군가의 선택으로 구조된 이 아이의 미래가 드라마틱하게 바뀌고, 아홉 개의 생명을 가진 강인한 고양이로 자라달라는 바람을 담아서 지은 것이다. 그런데 이번 김 부장님의 선택으로 김붕도가 새로 들어오게 되었고, 데리고 있는 동물들이 '나인' 마리가 되었다.

아기 고양이를 입양하는 많은 보호자들이 아갱이가 집에 오면, 기존에 집에 있던 큰 고양이에게 작고 연약한 아기 고양이가 괴롭힘을 당할 것을 우려한다. 전문가로서, 그런 걱정에 항상 드리는 말씀이 있다.

"전혀 걱정 마십시오. 아마 작은 고양이가 계속 따라다니면서 들이대고, 큰 고양이는 귀찮아서 도망 다닐 거예요. 물론 가끔 구석에서 한두 대 쥐어박기도 하겠지만, 대개의 경우 작은 고양이가 주눅드는 경우는 없습니다."

김봉도는 나의 이런 상담 내용에 200퍼센트 부합하는 고양이였다. 아직 사료도 먹지 못할 월령이었지만, 집이나 병원에서 김봉도의 행동에는 거침이 없었다. 곳곳을 돌아다니며 모두에게 들이대고, 하루 종일 폭주 모드에 낮이고 밤이고 물어뜯고 깨물면서 주변 생명체를 괴롭혔는데, 특히나 생명의 은인인 김 부장님에게 집착해서 괴롭혔다.

"아, 나 어젯밤에 한숨도 못 잤어. 김봉도가 너무 울고 보채서 옆에 데리고 있었더니, 계속 긁고 물면서 앵앵거리고. 잠을 잘 수가 없어. 마루에 있는 케이지에 넣으면 가만히 있지를 않고. 자긴 어떻게 그렇게 잘 잘 수가 있어? 하루 이틀도 아니고 나는 미치겠는데. 얘 버린 분은 우리가 이러고 있는 거 모르겠지."

언제나 천진난만한 즐거운 김봉도 군

"아냐, 자면서 나도 다 들리지. 그런데, 김붕도가 이상하게 나는 좀 봐주는 것 같아. 그리고 그분은… 수영장에서 가끔 마주치는데 조금 뾰로통한, 그런 분위기야. 고양이를 데려갔는데 내가 거절했다고 생각하시는 것 같아. 그분은 우리가 그 고양이를 데려와서 이렇게 엄청 고생하고 있는 건 꿈에도 모르시겠지."

"상황이 웃기고 슬픈 것 같아. 나는 그냥 모질고 나쁜 사람이 되었는데, 뭐랄까, 보호자 앞에서 고양이한테 물려 비명을 지를 정도로 아파 죽겠는데, 피가 한 방울도 안 나는 그런 상황? 붕도가 활발하고 씩씩하게 지라는 건 좋은데, 노망 난 흰둥이는 괴롭히지 않았으면 좋겠어."

김붕도는 하루가 다르게 폭풍 성장을 했고, 될 것 같던 입양이 몇 차례나 불발되었다.

"선생님, 죄송하지만 부탁드릴 것이 있습니다."

늦은 저녁에 수의학개론 수업을 들었던 수의대 학생에게서 연락이 왔다. 지금 고양이 한 마리를 데리고 우리 병원으로 오고 있는데 꼭 살려줬으면 좋겠다는 얘기를 전했다.

"네? 고양이가 어디가 아픈가요?"

"저, 그게 이 고양이가 좀 불쌍한 아이예요."

"예, 말씀하세요. 어디가 아픈데요?"

"저, 제 친구가 회사 연구소에 다니는데요. 실험을 하기 위해서 고양이를 데려왔대요."

"고양이를요? 어디서요?"

"어느 개소줏집에서요. 고양이탕 같은 거? 보양식 같은 거 만드는 용도로 데리고 있던 고양이를 사왔는데요."

"개소줏집에서 실험용 고양이를 사왔다고요? 말도 안 돼요. 세상에나. 그 고양이는 상상할 수 있는 최악의 상황에서 상상도 할 수 없는 더 끔찍한 나락으로 떨어졌네요. 그래서요?"

"네… 그래서 친구가, 어차피 죽여서 실험을 해야 해서요. 안락사시킬 수 있는 약을 과량으로 주사를 했는데요. 어차피 죽을 아이라고 생각하고, 포대자루 안에 담겨 있는 고양이를 꺼내지 않고 그냥 자루 밖에서 주사를 했답니다."

"음……."

"고양이가 주사를 맞고 죽었다고 생각하고 실험하려고 꺼냈는데요. 친구가 보기에 그 고양이가 아직 죽지 않고 숨은 쉬고 있는데, 보기에 임신을 한 것 같아서 마음이 아팠나봐요. 임신을 하기도 했고, 또 고양이 얼굴을 보니까 너무 예쁘게 생겨서 도저히 그 실험을 할 수가 없었대요. 무엇보다, 새끼들도 다 죽이는 게 너무 힘들었나봐요."

"그건 너무 다행스러운 생각입니다. 하지만 이미 치사량을 주사했다는 거 아니에요?"

"네, 그런데 아직 고양이가 의식이 없는 상태에서도 숨은 끊어지지 않았고, 그래서 제게 도움을 청하는 연락을 한 거예요. 그런데 저도 아직 학생이고 임상 경험은 없어서요. 선생님이라면 이 아이를 도와주실 수 있을 것 같아서 연락드렸습니다."

"이 경우에 제가 적합한 수의사는 아니지만 정 갈 곳이 없다면 빨리 데리고 오세요. 그리고 어떤 약을 얼마나 주사했는지 알려주세요."

지옥 같은 상황에서 더 끔찍한 나락으로 떨어진 고양이가 맞았다는 주사는, 분하고 원통하게도, 약효를 역전시킬 수 있는 해독제가 없는 주사제였다. 맞았다는 용량도, 보통 고양이 열 마리도 충분히 죽일 수 있는 정도였다. 아마도 고양이는 오는 도중에, 아니면 도착 직후에 사망할 것 같았다.

고양이가 도착했다. 죽은 듯이 간신히 숨만 쉬고 있는, 흰색의 예쁜 고양이였다. 전해 들은 대로 임신을 한 듯 배가 많이 불러 있었다.

"아니, 이런 아이를 개소줏집에서… 데려왔다고요? 우선, 산소 주고, 라인을 잡아야 합니다. 카테터, 카테터 잡고, 상황 봐서 검사할 수 있도록 혈액 채혈하고, 체온계, 담요!"

해줄 수 있는 것은 없었지만, 기본적인 처치들을 하면서 분주하게 움직였지만, 정작 고양이가 맞은 주사제에 대한 해독제는 줄 수 없었다. 수액 처치를 하고 산소를 주고, 호흡을 할 수 있도록 도와주고, 체온 유지를 돕는 것이 해줄 수 있는 전부였다.

"이 고양이에게 해줄 수 있는 것은 다 해줬습니다. 다른 큰 병원에서라면 뭔가 다른 처치를 해줄 수 있을지도 모르겠지만, 저희 병원에서는 이게 다입니다. 다행스럽게도 아직 살아 있네요. 절망적인 상황이긴 하지만, 이제 기다려 봅시다."

다음날 아침, 하룻밤이 지났는데도 하얀 고양이는 아직 살아 있었다. 점심 무렵에는 어쩌면 이 고양이가 살 수도 있을 것이라고 조심스럽게 생각하기 시작했다. 그리고 오후, 하얀 고양이는 낮게 "아웅" 소리를 내면서 깨어났다. 기적 같은 일이었다.

깨어난 고양이는 몸 여기저기를 핥으며 그루밍을 하기 시작했고, 가끔 고개를 들어서 우리들 모두에게 눈인사를 해주었다. 의외로 불안해하지 않고, 평온한 모습이었다. 놀란 가슴을 안고 늦은 밤에 진료를 도와줬던 김 부장님도 이제는 안심한 모습이었다.

"저 고양이는 낯선 곳에 왔는데도 전혀 불안해 보이지 않네요."

"아직 약 기운이 남아서 그럴 수도 있어. 또 저 아이가 있던 환경이 너무 끔찍한 곳이어서 이런 병원 환경이라도 전에 비해서는 천국같이 느껴질 수도 있을 것 같아."

고양이를 데리고 온 학생에게 고양이가 깨어났다는 연락을 했다.

"선생님, 어떻게… 이럴 수가 있죠? 전 이 고양이 죽었다고 생각했거든요. 선생님, 정말 대단하세요. 해독제도 없었다면서요. 아무튼 선생님 아니셨으면 이 고양이는 죽었을 거예요."

학생은 연신 내게 감사 인사를 하면서, 내가 살면서 들어본 중에 최고의 찬사를 듣게 해주었다. 기분이 좋긴 했지만, 그 학생의 인사와 찬사는 너무 과분했다.

며칠 후, 더 하얗고 아름다워진 고양이는 건강한 상태로 퇴원을 하게 되었다.

"다행스럽게도 뱃속의 태아들도 다 건강한 것 같습니다. 그런데, 이 고양이는 이제 어떻게 되나요? 설마… 실험실로 다시 가나요?"

"네, 안타깝지만 그럴 것 같아요. 하지만, 친구가 이 아이가 다시 살아났는데 어떻게든 실험은 안 시키겠대요. 어렵긴 하겠지만 고양이를 지키도록 노력하겠다고 했어요. 선생님, 정말 너무 감사합니다."

"아니에요. 제가 한 게 별로 없어요. 그냥 수액 처치 정도만 한 건데, 한 것도 별로 없이 생색만 너무 크게 나는 것 같아요. 어떻게든 그 고양이가 실험실에서 벗어났으면 좋겠네요. 그럴 수 있도록 옆에서 친구로서 도와주세요. 이 고양이가 다시 실험용으로 쓰이게 된다면 저도 정말 괴로울 것 같아요."

"네, 선생님! 저도 노력해보겠습니다. 진짜, 선생님이 아니었으면 이 아이는 죽었을 거예요."

하얀 고양이를 데리고 학생과 학생의 친구는 병원을 떠났다.

하얀 고양이가 병원에서 건강을 회복하고 퇴원하기 전에, 바로 윗칸에서 장난을 치고 있는 김붕도를 보면서 묘한 감정이 일었다.

"김 부장님, 저 두 아이를 보고 뭐 드는 생각 없어요?"

"뭐요? 김붕도가 오늘 밤에 또 얼마나 괴롭힐지 그게 좀 두렵네요."

"아니… 이 고양이가 건강원에서 고양이탕 용으로 잡혀 있던 것도 기가 막힌데, 건강원보다 더 끔찍한 상황으로 팔려가서, 자루 안에 있는 채 이름 모를 주사를 맞고 죽임을 당한 후에 끔찍한 실험을 당했다고 생각해봐. 그러다 극적으로 살아났잖아. 정말 극적으로……"

"그렇죠. 건강원보다 더 끔찍한 상황을 누가 상상이나 하겠어요."

"이 고양이를 보니까… 지금이 최악의 상황인 것 같은데 더 나쁜 상황이 닥칠 수도 있고, 설령 더 나쁜 상황이 오더라도 극적으로 벗어날 기회가 있을 수도 있다는 생각이 들어. 말도 안 되는 상황에서 정말 기적 같은 기회가, 그런 기회가 올 수도 있다는… 그런 생각 말이야. 뭔가 와닿는 것 같지 않아?"

"그럼… 우리 사이가 더 나빠지는 거야? 그럴 수도 있는 거야? 그런 말 마! 알아둬. 우리 부부 사이는 이미 최악의 최악이라는 거!"

"아이고, 여기서 부부 사이가 왜 나와! 감동 파괴 좀 하지 마. 그런데 이 고양이는 별로 한 것도 없고 아주 조금 도와준 정도인데 갑자기 확 좋아졌어. 정말 다행스럽게도 말이야. 그런데 이 고양이 맡긴 수의대 학생과 그 친구 분이 너무 고마워해서 민망할 지경이야. 수액처치 조금 한 것밖에 없는데 나더러 명의라고 한다니까…… 고양이가 거의 스스로 좋아졌는데, 진짜 별로 한 일도 없이 생색만 크게 내게 생겼어, 후후후. 그리고 김봉도는 말이야. 데려오신 분에게는 못 받아준

개소줏집에서 실험실로 팔려왔다가
극적으로 살아난 임신한 흰 고양이

다고 거절해서 인심은 인심대로 잃고 모진 수의사가 되었는데, 결국 김붕도는 우리가 거두고 고생(?)만 실컷 하고 있고… 입양처는 없고. 그분은 이런 사실조차 모르잖아. 어이가 없지……"

"김붕도와 하얀 고양이 상황을 잘 섞어서 반으로 딱 나누면 뭔가 균형이 맞을 것 같아. 이 두 아이 경우처럼, 일시적으로 손해를 본 것 같아도 나중에 이득을 보는 경우도 있으니까. 어차피 '생색의 총량은 보존'되는 것 같아."

"그런데 원장님, 내가 김붕도 발견한 골목이 평소에 내가 그쪽으로 안 다니는 골목인데, 그날따라 내가 그 쪽으로 갔단 말이야. 참 신기하기도 하고 인연이 되라고 그런 건지."

"아, 그랬어? 그럼 김붕도는 부장님하고 천생연분? 그런 것 같은데! 내 생각에는 다른 골목으로 왔더라도, 눈을 감고 다녔더라도 아마 김붕도는 부장님 눈에 띄었을 거야. 그러니까 그냥 받아들여, 천생연분."

"아냐, 천생연분은 무슨, 날 이렇게 괴롭히는데. 얘도 빨리 입양보내야 해."

"그런데, 부장님… 그 하얀 고양이가 보통 외모의 코숏이었어도, 그 실험실에서… 결국 계획했던 실험을 겪지 않을 수 있었을까?"

"음, 그렇죠. 얘가 이렇게 하얗고 오드 아이를 가진 예쁜 아이가 아니었으면, 그냥 예정된 실험을 당하지 않았을까?"

"안타깝네. 동물실험을 하는 상황에서 극적으로 살아난 것은 정말 다행인데. 그럼 결국, 이런 일에도 외모지상주의란 말인가?"

너무 이롭니다 1

"원장님, 식사하세요! 왜 안 오세요. 지금 드셔야 해요!"

김 부장님이 2진료실, 양양이 방 탁자 위에 햇반과 반찬을 펼쳐놓고 아까부터 목놓아 나를 부르고 있다.

야간진료 시간을 앞두고 간단하게(?) 저녁식사를 하는 시간이다. 사실 아까부터 너무 배가 고파서 당장 저녁식사를 하자고 재촉하고 싶은 심정이었지만, 차트(진료 기록) 정리가 밀려서 바로 식사를 할 수 없는 상황이다. 지금 정리하지 않으면 최근들어 시작된 기억 상실에 가까운 기억 능력 저하 때문에 진료 내용을 정리할 수 없기 때문이다.

서둘러서 차트 정리를 하고 2진료실로 향했다.

"기다리시게 해서 죄송합니다. 먼저들 드시지 그랬어요."

"어떻게 먼저 먹어요. 같이 드셔야죠. 오늘 오후에 바쁘셨나봐요."

"오늘 오후에… 바빴죠. 바빴어요. 그러고보니 오늘 점심도 못 먹었네요."

"원장님, 어제도 점심 거르셨다고 하시더니 오늘도 못 드셨네요."

"네, 어제도 못 먹었네요. 점심 먹는 시간이 꼴랑 5분도 안 걸리는데, 그 시간을 못 내서 점심을 못 먹다니. 남들이 들으면 제가 엄청 돈을 많이 번다고 생각할 거예요. 사실은 대출금이 계속 늘고 있는데 말이에요."

"그러게요. 오늘처럼 이렇게 바쁜 날에 병원에 오신 분들은 병원이 무척 잘되고, 원장님이 돈을 잘 번다고 생각하실 거예요. 저라도 그렇게 생각하겠어요."

"이크, 원장님이 수술을 하루에 두 케이스 하면 돈을 벌 수 있을까. 지금처럼 해서는 평생 동물병원 해도 돈을 벌기는커녕 장비 리스비나 대출을 갚지도 못하고 늙어 죽을 거예요."

김 부장님이 쯧쯧대며 말을 이었다.

"하루에 수술을 두 케이스 하면 일반진료는 어떻게 해. 오후에는 일반 진료를 해야지."

사랑이는 푸들 종의 강아지로 가끔씩 피부병이 심해지거나 귓병이 심해진 경우에만 병원에 왔다. 사랑이의 보호자는 사랑이의 피부가 안 좋아지면 가지고 있던 연고를 발라주거나 하다가, 상태가 더 나빠졌을 때 병원에 데려오곤 했다. 병이 생기고 난 후 한참 뒤에 뒤따라가는 느낌의 치료를 했던 기억 외에는 다른 기억이 없는 강아지였다.

사랑이가 내원하면 피부병이나 귓병 치료를 하면서, "사랑이 보호자 님, 사랑이 나이가 더 들기 전에 중성화 수술을 시키기 바랍니다. 강아지들이 자궁에 질병이 생기는 경우가 많은데, 그걸 제때 발견하지 못하는 경우가 많습니다. 훗날 자궁축농증이 생기거나 하면 수술 전에 사망할 수도 있으니까요. 저희 병원이 아니더라도, 꼭 수술시켜 주세요"라고 매번 당부 말씀을 드리곤 했다.

오늘 오후에 이제 10살이 된 사랑이가 병원에 왔다. 최근 식욕이 조금 줄었고 활력도 약간 줄었다고 하였다.

"사랑이 식욕과 활력이 '조금' 줄어든 것이 맞나요?"

"네, 최근에 날이 더워서 그런지 식욕도 그렇고 활력도 '조금' 줄었어요."

고백하건대, 수의사들은 보호자들의 말을 믿지 않는다. 대부분은 동물들의 증상이나 상태에 관해서 정확하게 설명하시지만, 경우에 따라서 사실과 다르거나, 믿고 싶은 방향으로 얘기하는 경우가 있을 수 있기 때문이다. 그래서 증상을 들으면서 머릿속에 입력된 '조금'이라는 단어 뒤에 괄호를 치고, 그 안에 물음표를 그려 넣었다.

수의내과학의 권위서인 『에팅어 수의내과학』 첫 페이지의 첫 줄에는 '병력 청취와 신체검사가 가장 중요한 진료의 시작점이다The art of practicing medicine will always begin with two essential components; the history and physical examination'라고 나오고, 뒤 이어서 '병력 청취는 팩트를 파악하는 것The elements of the history: Obtaining the facts'이라고 적혀 있다.

수의사들에게 이 『에팅어 수의내과학』은 마치 『수학의 정석』 같은 책이다. 학생들의 수준에 따라서 『수학의 정석』 전 범위를 공부해서 통달한 학생이 있기도 하고, 제일 앞부분의 집합 부분만 반복하는 학생들이 있는 것처럼, 어떤 수의사는 『에팅어 수의내과학』의 전 범위를 다 꿰고 있기도 하고, 어떤 수의사는 앞부분만 반복해서 보다가 포기하기도 한다.

내가 가지고 있는 그 교재는 다른 책들과 마찬가지로 새 책의 상태로 꽂혀서, 진료실의 '잇서빌러티'를 올려주는 역할만 담당하고 있었다. 나는 부끄럽게도 그 책의 내용에 대해서는 잘 알지 못하는 상태이다.

보호자에게 질문을 끝내고, 최근에 '식욕과 활력이 조금(?) 줄어든 사랑이'의 신체검사를 시작했다. 피부와 귀 상태가 좋지 않았고, 치석과 치주염이 있는 상태였다. 체중이 줄었고, 외음부가 부어 있었다.

"사랑이 상태를 보니까 여러 군데가 안 좋은데요. 치아 상태도 안 좋고, 피부도 안 좋고 그렇습니다. 그중에서 식욕과 활력이 줄어드는 원인이 될 것 같은 것은 치아 쪽인데요. 치아가 안 좋기는 하지만 음식을 못 먹을 정도는 아닌 것 같습니다. 그런데 지금 사랑이 외음부가 커져 있는데, 최근에 생리를 했나요?"

"최근은 아니고 두 달쯤 전에 끝났어요. 이번에는 다른 때보다 조금 일찍 끝난 것 같았어요."

"네, 그렇군요. 우선 몇 가지 검사를 해봐야 할 것 같습니다. 원래 동물병원에서 제일 돈이 많이 들고 검사를 많이 해야 하는 상황이, 식욕 활력이 떨어진 경우입니다. 어디가 아픈지 알 수가 없으니까 검사를 광범위하게 해서 아픈 부위를 찾아내야 하거든요. 사랑이도 사실 해봐야 하는 검사가 많지만, 우선 엑스레이와 초음파 검사를 해봐야 할 것 같습니다. 먼저 자궁 상태를 검사해서 자궁에 이상이 있는지 없는지를 확인해보는 것이 좋겠네요."

"왜요? 자궁이 안 좋은가요?"

"아닙니다. 지금 자궁이 원인이다,라고 말씀드릴 수는 없지만, 중성화 수술을 하지 않은 경우에는 최우선적으로 자궁에 이상이 있는지를 확인하고 있습니다."

"아이고, 자궁이 안 좋으면 어떻게 하나요?"

"아뇨, 아직은 자궁이 문제라는 것은 아니고, 우선 먼저 확인을 해보자는 것입니다. 중성화 수술을 하지 않은 암컷 강아지들은 몸 상태가 안 좋을 때, 자궁에 질환이 있는지 확인을 하거든요. 그래서 중성화 수술을 시키는 것을 항상 강조해드리는 것입니다."

"네, 그럼 해주세요. 애는… 여태껏 안 아프고 잘 살다가 갑자기 왜 이러는지 모르겠어요."

엑스레이를 찍고 초음파 검사를 진행했다. 초음파 영상으로 사랑이의 뱃속에 기다란 튜브 형태의 구조물이 꽉 차 있고, 그 구조물 내부에 혼탁한 액체가 있는 것을 확인했다. 튜브 형태의 구조물은 자궁으로 추정되고, 내부의 액체는 고름이 찬 것으로 보였다. 자궁에 농이 차는 질환인 자궁 축농증이 강하게 의심되는 상황이었다.

"사랑이는 지금 자궁 축농증인 것 같습니다. 100퍼센트 확진할 수는 없지만, 거의 90퍼센트 이상 자궁 축농증으로 보이는 상황입니다."

"네? 그러면 어떻게 하나요? 왜 이런 병에 걸린 거죠?"

"암컷 강아지들에게 자궁축농이 많이 생기거든요. 그래서 미리 중성화 수술을 시키도록 강조 말씀을 드리는 것이고요. 전에도 계속 말씀드렸었는데… 안타깝네요."

"그러면 지금이라도 수술하면 되겠네요. 그럼 똑같은 거 아닌가요?"

"아, 그건 그렇지 않습니다. 자궁축농증 환자의 수술이 개복을 하고 자궁과 난소를 제거한다는 점에서는 일반 중성화 수술과 같지만, 수술 부위만 같고 수술의 위험성이나 수술의 난이도로 봐서는 같은 수술이라고 할 수 없습니다. 수술 전, 중, 후의 사망률도 꽤 되는 질환입니다. 그리고 사랑이는 나이도 더 들었고요."

"수술을 안 하면 어떻게 되나요?"

"수술을 안 하면 이대로 사망할 가능성이 높습니다. 반드시 수술을 시키셔야 합니다."

"네, 그러면 생각을 좀 해보고 할게요. 오늘은 우선 그냥 주사라도 좀 놔주세요."

"보호자 님, 사랑이는 지금 바로 수술을 시키셔야 합니다. 지금 고름이 가득한 저 자궁이 파열되면 바로 사망합니다. 지금 바로 수술시키셔야 하는데, 상태가 너무 불안정해서 바로 수술에 들어갈 수 없고, 어쩌면 수액 처치 같은 것을 해서 안정화시킨 후에 수술에 들어갈 수도 있습니다. 어쨌든 이런 조치들을 바로 지금 시작해야 합니다. 가족분들과 전화로 상의는 하시되, 아이에 대한 조치는 바로 시작하면서 상의를 하셔야 합니다."

"아… 얘가… 수술비도 많이 들 거 아니에요."

"네, 아마 수술비나 검사비, 입원비가 많이 들 것 같습니다."

"얘가… 지금 많이 고통스럽겠죠?"

"네? 아… 그럴 수도 있겠지만, 혹시라도, 설마… 사랑이를 포기하시려는 것은 아니시죠?"

방금 보호자가 말한 '고통스럽겠죠?'라는 말은 내가 동물병원을 하면서 가장 듣기 싫은 말이었다. 보호자가 이런 말을 하는 것은 대개의 경우 비용이 부담스러워서 치료를 포기하고, 동물을 안락사시켜달라는 말을 하기 직전이기 때문이다. 어쩐지 그 말이 나올 것 같다고 생각한 불안한 타이밍에, 역시나 그 말이 나오고야 말았다.

"아뇨, 그냥… 요즘 살기도 어려워서……."

사랑이 보호자의 눈이 흔들리며 많은 것을 생각하는 기색이 역력했다. 잠시 후, 사랑이 보호자는 체념하듯 말을 이었다.

"에휴, 그래도 10년을 같이 살았는데… 그냥 수술시켜주세요. 이럴 줄 알았으면 진작에 중성화 수술을 시켜줄 걸 그랬어요. 그랬으면 비용이 좀 덜 들었겠죠?"

"네, 비용도 훨씬 덜 들었을 테고, 마취나 수술 위험도 훨씬 덜한 상태에서 수술을 했을 겁니다. 유선종양 발생 확률도 줄었을 거고요. 그런데… 사랑이 보호자 님, 죄송하지만 사랑이는 지금 저희 병원에서는 수술이 어렵고요. 다른 병원에서 수술을 시키셔야 할 것 같습니다."

"왜요? 여기서는 수술 안 하시나요?"

"아니요. 수술을 하는데요. 지금은 일반 진료를 하는 시간이고, 진료를 기다리는 다른 분들이 계셔서 바로 수술을 할 수가 없습니다. 그런데 사랑이의 상태가 제가 수술을 할 수 있을 때까지 기다릴 수 없는 상황이라서요. 다른 병원으로 빨리 가시기 바랍니다. 죄송합니다."

사랑이는 인근 동물병원으로 갔고, 무사히 수술을 받았다는 소식을 전해 들었다.

'지금 고통스럽겠죠'라는 얘기를 들었던 동물환자로서는 다행스러운 결말이었다.

나는 예의 '지금 이 아이가 고통스럽겠죠'라는 말을 싫어한다. 이 말은 환자가 소생의 가망이 없고 치료가 불가능한 말기 질병에 시달리면서 고통스러워하는 안타까운 경우에, 혹은 키우는 동물을 정말로 아끼고 사랑하지만 어떻게 해도 치료비나 수술비를 마련할 방법이 없는데, 질병에 시달리는 동물이 고통스러울 것을 걱정하는 경우에 쓰는 말이다. 그런데 가끔은 치료나 수술을 하면 충분히 살 수 있는 질병인데 그렇게 곤궁해 보이지 않는 상황에서, '그 동물에게 쓸' 돈이 없어서, 안락사를 그냥 언급하기는 좀 그래서(?), 그냥 먼저 한번 예의상으로, 혹은 안락사를 나름 정당화하기 위해서 언급하는 말인 경우도 있기 때문이다.

이런 경우 병에 대한 설명을 듣고, 치료비가 얼마나 드는지를 묻고, 그 비용이 꼭 들어야 하는지, 다른 방법이 없는지를 확인하고, 이어서 '이 아이가 고통스럽겠죠'라는 말을 꺼내게 된다. 그래서 그런 순서에 입각해서, 바로 이어서 멀쩡한 환자를 안락사시켜달라는 보호자를 만나면 너무 슬프고 안타깝다.

오래전에 깜돌이라는 고양이 환자가 병원에 온 적이 있었다. 깜돌이가 며칠 전부터 대변을 못 본다고 데리고 내원하셨다. 화장실에 들어가서 대변을 보려고 노력은 하지만, 변은 못 보고 그냥 나오는 변비 증상이라고 하였다. 깜돌이는 평소에 거의 병원에 오지 않던 고양이였다. 깜돌이 보호자는 깜돌이가 얼마나 건강한 고양이인지, 이번에 생긴 변비 증상만 없었으면 평생 병원에 올 일이 없을 고양이라는 점을 길게 설명하고 난 뒤, 변을 무르게 하는 처치를 해줄 것을 당부했다.

병력 청취를 하면서 보호자의 의견에서 팩트를 추리기 시작했다.

"깜돌이 보호자 님, 혹시 깜돌이가 소변은 잘 보나요? 변비라고 생각하시지만 어쩌면 아이가 소변을 잘 못 보는 경우일 때도 많거든요. 우선 깜돌이의 행동은 머릿속에서 다 지우시고, 화장실 청소하신 것만 기억해주세요."

"네. 그런데 분명히 대변 못 봐서 끙끙거리는 소리를 냈거든요."

"변비 가능성도 물론 있지만 확인이 필요해서 그렇습니다. 먼저, 최근 3일 사이에 화장실 치우실 때 변이 없었나요? 너무 죄송하지만 제가 여쭤보는 것만 대답해주세요."

"네? 변이요… 변은 있었습니다. 그런데 변 양이 평소보다 적은 것 같았어요. 그리고 얘가 끙끙거려서… 전에도 이러다 변을 보고 좋아진 적이 있었어요. 변이 뱃속에 쌓여서 이럴 수 있지 않을까요?"

"아, 알겠습니다. 그럴 수도 있겠지만, 조금 중요한 부분을 확인해야합니다. 혹시 최근에 소변 양, 감자의 크기가 작아졌나요?"

"아, 네… 소변 양이 적어졌어요. 그리고 최근에 소변을 갑자기 아무데나 보기도 하고, 식욕도 줄어든 것 같아요."

"아, 식욕과 소변의 문제도 있었군요. 어쩌면 깜돌이는 대변보다 소변을 보는 과정에 문제가 있을 수도 있겠네요. 변비라고 생각하시고 병원에 오셨는데, 사실은 소변을 못 보는 경우가 꽤 많거든요. 우선 엑스레이와 초음파 검사를 해서 방광 주변과 방광 내부, 대장의 상태를 좀 봐야 할 것 같습니다."

"그 검사를 꼭 해야 하나요? 그냥 변비약만 먹으면 안 될까요?"

"죄송하지만 안 됩니다. 제가 보기에 대변의 문제보다 소변의 문제일 가능성이 높고, 배뇨 관련 문제는 초기에 치료하지 않으면 문제가 훨씬 커질 수 있습니다."

어쩌면 정말로 사정이 어려울 수도 있는, 변비약만 처방해달라는 보호자의 부탁을 단칼에 거절하고 엑스레이와 초음파 검사를 진행했다. 방광 내벽이 울퉁불퉁하면서 부어 있었고, 방광의 내부에 슬러지라고 하는 찌꺼기가 보이는 상태였고, 직장에 변은 많지 않았다. 전형적인 방광염 상태였다.

"깜돌이 보호자 님, 검사를 해보니 깜돌이는 변비는 아닙니다. 지금 방광에 염증이 있는 상태입니다. 그래서 소변을 보려고, 방광에 소변이 없는데도 방광이 불편하고 잔뇨감이 있으니까 화장실에 가서 소변을 보려고 그랬던 겁니다."

"소변이었다고요? 변비가 아니고요? 그럼 변이 왜 줄었을까요?"

"아마 식욕이 줄어서 먹는 양이 줄어서 그랬을 것 같습니다. 지금 깜돌이가 자궁 상태도 안 좋거든요. 여기 영상에 보시면 방광에서 소변이 나가는 부분을 누르고 있는 것이 보이시나요? 이게 자궁으로 추정되는데요. 원래는 이렇게 크지 않은데 이렇게 커지면서 소변이 나가는 것을 방해하고, 그래서 방광염이 생긴 것 같습니다. 자궁이 원인일 것 같습니다. 자궁이 안 좋아지면서 식욕도 줄고, 방광도 안 좋아졌을 가능성이 있습니다."

"그럼 어떻게 해야죠? 돈이 많이 드나요?"

"방광염 처치가 필요하지만, 우선 급한 것은 자궁 상태입니다. 자궁 축농증 초기인 것 같은데요. 수술을 시키셔야 합니다. 고양이의 자궁 축농증은 흔하지 않은데… 진작 중성화 수술을 시키셨으면 좋았을 텐데요. 발정기 때 힘들지 않으셨어요? 깜돌이도 힘들어했을 텐데요."

"그냥, 돈도 많이 들 것 같고 해서… 그냥 있었어요. 최대한 돈이 안 들게 치료할 수는 없나요? 수술은… 안 될 거예요."

"안타깝지만 이 아이는 수술을 꼭 시키셔야 합니다. 오늘은 우선 제가 방광염에 대한 처치를 해드리겠습니다. 하지만 근본적인 치료가 아니니까, 혹시 깜돌이 상태가 좋아지더라도 절대 안심하지 마시고 어떻게든 수술을 시키셔야 합니다. 그냥 두시면 아이가 사망할 수도 있습니다. 혹시 비용이 부담되시는 상황이면, 저희 병원은 수술시키기에 적당한 병원이 아닙니다. 저희는 마취를 하는 수술이나 처치는 다른 곳보다 비싼 편입니다. 어디든 비용이 좀 저렴한 곳을 찾으셔서 꼭 수술을 시키셔야 합니다."

"여기는 비싸다고요? 왜 그렇죠? 다 똑같은 거 아니에요? 여기 괜찮다고 해서 왔는데… 사정이 좀 어려운 집은 좀 싸게 좀 해주고 그래야지… 좀 그러네요."

깜돌이는 방광염 처치만 받았고, 병원을 나서는 깜돌이 보호자에게 꼭 어느 병원에서건 수술을 시킬 것을 당부했다. 깜돌이 보호자는 돌아보지도 않으셨고, 나의 신신당부는 공중에 그냥 흩어지는 것 같았다. 나쁜 수의사가 된 기분이었다.

너무 이릅니다 2

    동물병원의 하루는 겉에서 보기에는 무척 평온하게 흘러간다. 오전에는 그날 수술이 있는 강아지나 고양이가 오고, 오후 2시부터는 일반 진료를 받기 위해서 동물 환자들이 찾아온다. 오후 시간의 병원 로비(?)는 김 부장님과 손님들이 인사를 주고받는 소리, 고양이들의 야옹거리는 소리, 고양이들이 숨죽이고 긴장하고 있는 소리, 병원에 사는 고양이인 양양이가 손님들에게 간식을 얻어먹기 위해 지르는 애교 섞인 고함소리, 가끔씩 강아지들의 멍멍거리는 소리가 들리는, 즐겁고 행복한 분위기이다. 환자의 95퍼센트 정도가 고양이 환자이고, 99퍼센트 정도의 환자가 기생충 예방이나 예방접종 등 간단한 진료를 위해서 병원에 내원한다.

    로비에서 대기하던 동물들이 진료실에 들어오면 보호자와 인사를 나누고, 동물들이 잘 지냈는지 어떤 일 때문에 오셨는지를 묻고, 아픈 곳이 있다면 그 증상에 대해서 자세히 묻는다. 그런 것을 '병력을 청취한다' 혹은 '병력 청취'라고 부른다. 동물들은 스스로 자신의 상태에 대해서 설명을 못하기 때문에 병력 청취를 보호자에게 하게 되고,

동물을 꺼내서 만져보기도 전에 이런 일들이 이뤄지기 때문에, 어떤 경우에는 질문만 하는 나쁜 수의사라는 '성급한' 오해를 듣기도 한다.

하지만 우리 병원은 대개 예방접종이나 기생충 예방을 위해서 내원하는 동물들이 많기 때문에, 진료 케이스의 99퍼센트 정도는 케이지에서 동물들을 꺼내서 체중을 재고, 기본적인 상태를 확인하면서 동물들과 보호자들과 인사를 나누는 것이 진료의 주 내용이다. 동물의 안부를 묻는 대화에서 수의사가 캐치해야 하는 특이사항이 있는지를 확인한다. 나는 대개 이런 순간에 귀엽고 사랑스러운 동물환자들을 보고 만지면서 수의사 된 보람과 행복을 느낀다.

그런데 어느 직종이나 그렇겠지만 한 걸음 더 들어가서 자세히 들여다보면, 전체 진료의 1퍼센트 정도의 경우에는 악다구니와 날선 대립, 오해와 불신으로 점철된 살벌한 대화가 오가는 곳이 동물병원 진료실이기도 하다. 생명이 달려 있고 책임이 따르는 일이라서 어쩔 수 없는 부분도 있지만, 숨겨서 은밀하게 녹음을 진행하던 시대에서, 양해를 구하지 않고 핸드폰을 들이대고 녹음하는 손님이 생기는 시대가 되었다는 것은 아쉽기도 하고 안타깝기도 하다.

어느 오후, 차트 접수 목록에 깜돌이라는 고양이가 접수되었다. 기록을 찾아보니 5년 전에 자궁 축농증 진단을 받았던 그 깜돌이였다.

"안녕하세요. 오래간만에 오셨네요. 잘 지내셨나요? 깜돌이는 오늘 어디가 불편해서 데리고 오셨나요?"

"깜돌이가 요즘 자주 토하고 안 먹어서요."

"잘 안 먹은 지는 얼마나 되었나요?"

"한 열흘 정도 된 것 같아요. 거의 아무것도 안 먹고, 먹은 게 없어서 그런지 대소변도 거의 안 나오는 것 같아요."

"네? 열흘 정도요? 아, 그러면 일반적인 경우는 아닌데요. 혹시 다른 특이사항은 없나요? 평소와 다른 점이요."

"얘가 얼마 전에 생식기에서 고름 같은 것이 나왔어요. 전에도 생식기를 많이 핥기는 했었고요."

"네, 생식기에서 고름이 나왔다면 자궁이나 방광, 아니면 질에 감염이나 염증이 있는 경우일 수 있는데요. 깜돌이는 5년 전에 자궁 문제가 있어서 수술을 받으셨을 테니, 자궁 문제는 아닐 겁니다. 아마 방광이나 질 쪽의 문제 같습니다. 우선 제가 아이를 한 번 보겠습니다."

깜돌이를 케이지에서 꺼내서 체중계 위에 올려놓았다. 5년 만에 우리 병원에 온 깜돌이는 예전에 비해서 체중이 아주 많이 빠진 상태였고, 몸 상태도 보호자에게 들었던 것보다 훨씬 나빠 보였다. 내가 깜돌이를 한 번 만질 때마다 깜돌이 보호자의 표정이 훨씬 어둡게 변했다.

"깜돌이 상태가 너무 안 좋습니다. 그냥 방광염이나 질염은 아닐 수도 있겠네요. 이런 경우에는 혈액검사도 같이 봐야 깜돌이 상태를 알 수 있을 것 같습니다. 물론 엑스레이 초음파도 같이요."

"그렇지 않아도 이틀 전에 집 앞에 있는 동물병원에서 혈액 검사하고 엑스레이도, 초음파도 봤어요. 염증 수치가 조금 높다고 들었고, 초음파에서 자궁은 이상이 없다고… 검사는 다 받았어요."

"아 네. 검사에 이상이 없다고 들으셨다고요… 네? 자궁에 이상이 없다고 들으셨다고요? 자궁이요? 얘가 자궁이 없을 텐데요?"

"저, 그게… 그때 저희가 형편이 너무 어려워서 수술을 시키지 못했어요. 여기 왔다 가니까 얘가 좀 나아진 거 같아서… 그냥 있었어요. 조금 덜 먹고 그러긴 했지만… 별 문제는 없는 것 같아서요. 그러다가 갑자기 아프기 시작하고 고름도 나오는 게 보여서, 동네 병원에 가서 다 확인해달라고 했는데 별 이상이 없다고……. 그런데 계속 너무 아픈 것 같아서 이리로 데려온 거예요."

"아니, 5년 전에 꼭 수술을 시키셔야 한다고 말씀드렸는데, 아직 수술을 안 하셨다고요? 얘 상태가 많이 안 좋았을 텐데요."

"아뇨, 그렇게… 안 좋아보이지는 않았는데요…"라고 깜돌이 보호자는 작게 얼버무렸다.

깜돌이가 아직 수술을 받지 않았다는 얘기를 듣고 깜짝 놀랐다. 5년 전 그 상태에서 자궁에 계속 농이 차올랐다면 지금까지 살아 있기가 힘들었을 텐데……. 아마도 자궁 경부가 조금 열려서 그 틈으로 고름이 계속 조금씩 나오고, 깜돌이가 생식기를 핥았다는 것은 생식기로 나오는 고름을 핥았던 것 같았다. 그렇게 고름이 흘러나올 틈이 없는 폐쇄성 자궁 축농증이었다면, 깜돌이는 아마 5년 전 어느 날 사망했을 것이다.

"그렇다면 깜돌이는 자궁 축농증일 가능성이 높습니다. 이번에는 반드시 수술하셔야 합니다. 지금은 5년 전과 비교해서 깜돌이 상태가 훨씬 안 좋기 때문에, 해야 하는 검사나 처치가 훨씬 많습니다. 아, 그때 하시지 그러셨어요."

5년 전에 조금 더 단호하게 수술을 시키지 못한 것을 후회했다. 내가 더 단호하게 수술을 시키도록 했다면, 그 사이에 깜돌이가 생명이 위험한 상황에서 고생을 하지도 않았을 테고, 깜돌이 보호자도 더 큰 지출을 하지 않아도 되었기 때문이다. 그리고 나는 마음속으로 이제는 깜돌이 보호자가 비용이 얼마나 들지를 물으실 테고, 비용을 듣고 나면 그다음 순서로, '아이가 많이 고통스럽겠죠?'라고 물을 수도 있다고 생각했다.

머릿속으로 깜돌이의 검사와 처치, 수술에 필요한 비용이 얼마 정도 들지를 계산한 후, 이제 깜돌이 보호자가 물어보면 조심스럽게 대답할 준비를 끝냈다.

"저, 선생님……."

"네… 말씀하세요."

"저… 깜돌이가 많이 고통스럽겠죠?"

"네? 깜돌이가… 고통스럽냐고요?"

"네, 아무래도 깜돌이가 고통스러우면 그냥 보내주는 것이 좋지 않을까… 해서요."

"아니, 깜돌이 보호자 님. 깜돌이는 자궁 축농증이라고 아직 확인되지도 않은 상태예요."

"그래도, 제가 생각해도 자궁, 자궁 문제인 것 같고요. 그러면 살기 힘드니까… 그냥 보내주는 것이 좋을 것 같습니다. 얘도 오래 고생했잖아요."

"아무리 그러셔도 진단이라도 나오고, 비용이라도 물어보시고 그런 얘기를 하셔야죠. 지금 그냥 바로 보낸다고 얘기하시면… 이 아이가 너무 불쌍합니다. 오래 고생했다고 하셨잖아요. 이 아이가 5년 동안 얼마나 힘들었겠어요. 5년을 고생고생하면서 겨우 살아왔는데 더 나빠지니까… 그냥 보내달라고 하시는 걸 이 아이가 알면 얼마나 슬프겠어요. 이건… 너무 빠릅니다. 아이에 대한 예의가 아니에요."

"지금 저희 형편이 고양이 수술시킬 형편이 못 됩니다. 어떻게 해도 수술은 시킬 수 없습니다. 그냥 안락사…를 시켜주세요."

깜돌이는 자신의 현재 처지와 운명을 아는 듯, 침울한 표정으로 저울 위에 앉아 있었다.

"그럴 순 없습니다. 정말 어쩔 수 없는 경우라면 몰라도, 돈이 없는 건, 어쩔 수 없는 경우는 아닌 것 같아요. 어떻게라도 해보셔야 합니다."

"선생님, 선생님이 저희 사정을 어떻게 아세요. 선생님은 없이 사는 사람들 사정을 모르셔서 그렇게 말씀하시지만, 정말 돈이 없어서 수술을 못 시키는 경우도 있어요. 그냥 안락사시켜주세요."

갑자기 분위기가 더 심각하고 언성이 높아지자 깜돌이는 더욱 위축된 표정으로 떨기 시작했다.

"말씀하시는 것을 모를 만큼 제가 돈이 많거나 하지는 않습니다. 저도 나름 어렵게 병원을 운영하고 있고, 그런 뜻으로 드린 말씀은 아닙니다. 저는 단지, 깜돌이가 5년을 버텼는데, 이렇게 병원에 오게 됐는데, 그냥 허무하게 안락사를 시킨다는 것은 아무리 생각해도 말이 안

된다고 생각합니다. 그리고 저희 병원에도 나름 안락사에 관한 기준
이 있는데, 그 기준에 부합하지도 않습니다."

"아니, 주인이 안락사를 시켜달라는데, 왜 안 된다고 하시나요. 그냥
시켜주세요!"

"깜돌이 보호자 님, 저는 동물들을 살리기 위해서 수의사가 되었
고, 병원은 동물들을 살리기 위한, 살리는 곳입니다. 어떻게든 이 아이
에게 기회를 한 번 주시기 바랍니다."

깜돌이 보호자의 표정이 일그러졌다.

"깜돌이 담아주세요. 그냥 가게요."

깜돌이 보호자는 당장이라도 밖으로 나갈 기세로 자리에서 일어났
다. 나는 깜돌이를 담요로 감싸면서 아까부터 머릿속에 맴돌던 말을
꺼냈다.

"깜돌이 보호자 님, 깜돌이는… 제가 수술시켜드리겠습니다. 5년
을 버텼는데, 이대로 죽게 할 수는 없습니다."

예상했던 대로 김 부장님은 많이 화가 나셨다.

"자기 미쳤어? 돈을 내면서 수술시켜달라는 사람은, 하루에 한 마
리만 수술하고 오후에는 일반 진료한다면서 다른 병원으로 보내고.
주인도 안락사시켜달라는데, 돈을 안 내는 얘는 수술시켜준다고 데리
고 있고. 도대체 왜 이러는 거야. 월말이면 장비 리스비, 약품대금 결
제 맞추느라고 내가 얼마나 전전긍긍하는지 말을 안 하니까 모르겠

어? 이러면 우리 정말 늙어서 길에 나앉는 수밖에 없어. 어떻게 병원을 하면 할수록 빚이 더 늘어. 일은 죽어라 하고."

"안 되겠어. 나 정말 나갈 거야. 일 안 해! 이놈의 동물병원 다 접어. 이럴 거면 지금 접고, 그냥 어디 가서 설거지라도 하는 게 낫겠어. 그러면 다만 얼마라도 버는 게 있을 거 아냐. 자기 수의사 되고 동물병원 하는 데 내가 청춘을 다 바쳤어. 그리고 이렇게 늙어가는데, 계속 자기 하고 싶은 대로 다 하고… 이게 뭐야!"

김 부장님의 한 서린 넋두리가 끝날 때까지 아무 말도 하지 못했다. 모두 맞는 말이었고, 내 잘못이었다.

"그렇다고 안락사를… 시킬 수는 없잖아……."

"누가 그러래! 왜 날 악마로 만들어! 그 얘기가 아니잖아!"

"그, 그럼… 뭐야……."

"생각해봐. 걔가 이틀 전에 다른 병원에 갔었다며. 혈액 검사하고 초음파, 엑스레이 다 봤다며? 그럼 그게 뭐야. 돈은 다른 병원에서 쓰고 우리 병원에서는 그냥 안락사만 시켜달라고 하면. 거기다가 자기가 덜컥 수술을 돈도 안 받고 시켜준다고 하고. 그냥 우리는 멍청한 거야. 그냥 안 된다고 해야지. 다만 얼마라도 받아야지. 동물을 키울 때는 자기가 책임질 각오를 하고 키워야지. 이런 마음고생은 주인이 해야지. 동물병원에, 수의사한테 마음고생을 전가시켜서, 자기 같은 사람이 무료로 수술해준다고 하게 하고……."

"에이, 그런 상황은 아닐 거야. 그분은 그래도 어떻게든 아이를 살려보려고 우리 병원에도 오신 거라고 생각해보자. 이번만 해드리고, 얘만 살려보자. 당신도 그런 생각은 아니잖아."

"얘를 살려준다고 당장 길에 나앉는 건 아니지만, 이러다가 길에 나앉는 거야. 사람이 낙이 있어야지. 희망이 없어, 희망이."

깜돌이는 그날 자궁 축농증으로 진단되었고, 몸 상태가 너무 좋지 않아서 당일에는 수액 처치와 약물 처치를 받고, 다음날 수술을 받았다. 수술 후 집에 돌아간 깜돌이는 얼마 후 건강한 모습으로 수술 부위의 실밥을 제거하러 내원했다. 김 부장님도 건강을 회복한 깜돌이를 반갑게 맞아주었다.

김 부장님은 모르겠지만, 깜돌이의 수술이 끝난 후 한동안은 살얼음판을 걷는 심정으로 김 부장님의 눈치를 보면서 지냈다. 보고 싶은 TV 프로그램이 있어도 김 부장님의 최애 프로그램이 끝나기 전에는 리모컨을 집지 않았고, 리모컨을 집더라도 김 부장님이 중드 애청자임을 고려해서, 가능하면 중드를 보려고 노력했다.

그러던 어느 날이었다.

"원장님, 지금 깜돌이 보호자 님이시라고 처음 뵙는 분이 오셨어요. 그… 고양이 깜돌이요. 고양이는 안 데리고 혼자 오셨어요."

"깜돌이를 안 데려오셨다고요? 잠시만요."

보호자가 오셨다는 얘기에 긴장을 하고 깜돌이의 기록을 살펴보았다. 간혹 무료로 수술을 해준 경우에도, 불만족스러운 부분이 있어 다른 가족 분이 병원에 와서 거칠게 따지는 경우가 있기 때문이다. 물론 잘못된 부분이 있으면 당연히 병원에 문의하고 항의할 수 있다. 하지만 그것이 보호자의 오해에서 비롯된 일이고, 항의를 하는 과정에서 예의를 벗어난 일을 겪게 되면 평정심과 측은지심에 상처를 입기도 하거니와, 무엇보다도 김 부장님에게 면이 서지 않는다.

기록을 살펴보니 깜돌이는 수술에서 잘 회복이 되었고, 귀가 후 실밥 제거까지 특이사항이 없었다.

진료실에서 약간 화가 난 듯한 보호자와 마주 앉았다.

"안녕하세요. 깜돌이는 잘 있나요? 오늘은 깜돌이는 안 데려오신 것 같은데… 어떻게 오셨나요?"

자세히 보니, 아들로 보이는 깜돌이 보호자는 화가 난 것이 아니라 많이 긴장을 한 것 같았다.

"네, 저희 깜돌이는 잘 있습니다. 저… 제가 이런 얘기는 잘 못하는데, 음… 그냥 감사하다고 말씀드리려고 왔습니다. 저희가 정말 어려워서 수술을 못 시켰는데… 도와주셔서 감사합니다. 앞으로는 제가 조금 열심히 살아서, 이런 일이 없도록 하겠습니다. 제가 잘못해서 집이 진짜 어려웠습니다. 그리고, 이거, 이거밖에 못 드리는데… 앞으로 열심히, 진짜 잘 키우겠습니다."

감사 인사에 익숙하지 않아보이는 깜돌이 보호자는 짧고 세련되지 않은 감사 인사와 음료수 한 상자를 남기고, 도망치듯 병원을 나갔다. 보통 이런 상황에서 '사정이 어려웠다'는 말에서 진정성을 느끼는 경우는 드물었는데, 인사에 서툰 그분의 방문을 받고보니 왠지 진정성이 느껴졌다. 어쩌면 이번이 깜돌이가 살면서 맞은 가장 큰 위기였는데, 그 위기를 넘겨줌으로써 깜돌이의 앞날이 평생 행복할 수 있을 것 같다는 생각이 들었다. 이렇게 인사를 온 것을 보면, 깜돌이는 사랑받는 고양이였다.

"이거 봐. 그래도 보호자 님이 고맙다고 하시잖아. 여기 이거 가지고 오셨어. 깜돌이도 건강하게 잘 있대. 그러면 된 거지."

김 부장님께 음료수를 가지고 가서, 그래도 이번 수술이 완전 공짜는 아니었다는 점을 강조했다.

"이그 좋기도 하겠어. 아, 몰라. 나 이혼할 거야. 아무튼 그렇게 알고 있어."

언젠가는 이 말이 사실이 될 수도 있겠지만, 깜돌이와 나에게 닥친 이번 위기는 무사히 넘어간 것 같았다.

제3부

그래서 삶은
인생 만세!

유, 피아노 맨!

　오노미치에 도착했다.

　노란색 기차에서 내려서 개찰구를 빠져나가니 길 건너에 작은 공원과 바다, 하늘이 펼쳐져 있었다. 뒤를 돌아보니 멀리 언덕 위에는 오노미치 성이 바다와 무카이시마 섬을 내려다보고 있었다. 오노미치의 오후는 여전히 푸르고, 평화로웠고, 태양은 강렬했다. 오노미치 역 앞 광장에 서서 눈을 감고 숨을 크게 한번 들이마셨다. 따뜻하고 나른한 느낌, 오노미치에 다시 온 것이다.

　눈을 뜨고 고개를 돌려 주위를 한번 둘러보고 바로 왼편으로 길을 건넜다. 하야시 후미코의 동상을 지나치며 빠른 걸음으로 오노미치 시장으로 접어들었다. 시장 거리에는 온통 느릿느릿 걸어가는 사람들 뿐인데, 나만 혼자 빠른 걸음으로 시장 거리를 지나치고 있었다.

　아나고네도코를 지나쳤다. 오늘 저녁에 묵을 곳이지만, 뱀장어를 닮았다는 진입 골목을 힐끗 바라보고는 그냥 지나쳤다. 아나고네도코를 지나서, 시장이 끝나는 사거리에서 왼쪽으로 돌면서 시장을 빠져나왔다. 멀리 철길 너머로 센코지 공원 전망대로 가는 케이블카의

라인이 보인다. 케이블카 매표소를 지나 우시토라 신사로 들어가서, 신사의 왼쪽 옆구리 부분으로 난 쪽문을 통과해서 밖으로 나왔다.

우시토라 신사에 접한 한 팔 너비 정도로 폭이 좁은 삭은 골목에 들어서서야, 잠시 숨을 고르며 멈춰 섰다. '고양이 골목'이라고 불리는 이곳. 이 골목에는 골목 곳곳에 놓여 있는 모든 것들이 고양이였다. 후쿠이시네코라고 불리는 고양이 모양을 그려놓은 돌들, 고양이 발자국 모양 벽 무늬, 시멘트로 바닥을 보수하면서도 고양이 얼굴 모양으로 시멘트를 발라놓은, 모든 것이 고양이를 소재로 꾸며놓은 듯한 작은 골목들이다.

평소 같으면 모든 오브제(?)들을 들춰보고 감탄하며, 혼자서 호들 갑을 떨면서 천천히 느릿느릿 감상하며 걷겠지만, 오늘은 그럴 수 없었다. 몇 초간 숨을 들이마시며 골목의 공기를 느끼고는 다시 쏜살같이 골목을 거슬러 올라갔다. 반대편에서 내려오는 꽤 많은 사람들과 마주쳤다. 멀리 보이는 언덕 위에는 물고기 모양의 깃발들이 장대에 매달려서 휘날리고 있었다. 뭔가 불길한 느낌이 들었다.

하지만 그런 것들에 신경 쓸 여유가 없었다. 부엉이를 볼 수 있다는, 액자 모양의 네모난 창문이 달린 카페에서(한 번도 부엉이를 본 적은 없다) 왼쪽으로 방향을 틀어서 올라갔다. 일본어로 된 이름에 '르 샤Le Chat'라는 이름이 같이 쓰여 있는, 현판이 달려 있는 작고 낡은 집의 대문으로 들어갔다.

대문에 들어서면서, 내가 생각했던 조용함, 차분함이 아닌 다른 무언가를 감지했다. 고양이 모양의 액세서리나 소품들을 파는 작고 낡은 집 안으로 들어서면서 내 예감이 틀리지 않았음을 확인했다. 그곳에… 많은 사람들이 좁고 작은 공간에서 북적이고 있었다. 원래는 고양이 한두 마리만이 들어서는 나를 신경도 쓰지 않고 뒹굴거리고 있을 거라 생각했었는데.

이럴 수가! 현실을 부정하면서 일말의 희망을 가지고 발코니에 나가보니, 그나마 그곳은 사람들이 덜 붐볐다. 아르바이트를 하는 청년들 서너 명이 이야기를 나누고 있었다. 나무가 우거져 있고, 고양이 길이 내려다보이는, 탁 트인 전망이 있는 나무 데크에 풍금이 하나 놓여 있었다. 나무에는 물고기 모양의 깃발들이 바람에 힘차게 펄럭이고 있었다. 풍금 위에는 작은 화분과 앙증맞은 고양이 인형이 놓여 있었다.

그곳 구석에 서서 손을 맞잡고 땀을 뻘뻘 흘리면서 한참을 서 있었다. 청년들은 하던 이야기를 계속 나누고 있었지만, 느닷없이 나타나서 가만히 서 있는 나를 의식하고 있는 눈치였다. 고양이 관련 액세서리를 파는 집 안에는 끊임없이 사람들이 들고 났다. 그들 중 몇 명이 테라스로 나오다가 이곳의 어색한 분위기를 보고는 다시 들어갔다.

집 안의 손님이 조금 줄어들었을 때, 스마트폰을 꺼내서 번역 앱을 켰다. 번역 앱을 이용해 일본어를 더듬더듬, 정성스럽게 읽었다.

"저… 죄송하지만."

"아, 네!!"

"제가, 한국에서 왔습니다."

청년들은 나의 느닷없는 말에 깜짝 놀랐지만, 한편으로는 친절하고 흥미로운 눈빛으로 모두 나를 돌아보았다.

"아, 네… 그러세요?"

"네, 제가 한국에서 왔는데요……."

"……."

다음 말을 차마 잇지 못하고, 자꾸 한국에서 왔다는 말만 땀을 뻘뻘 흘리면서 반복하고 있었다.

그러다가 풍금 앞 의자에 앉아 있는 청년에게 말했다.

"제가 저… 죄송하지만 그 풍금을 좀 쳐보려고 한국에서 왔습니다."

말을 꺼내면서도 말도 안 되는 말을 하고 있다고 생각했다.

"아, 네? 네! 그러세요! 아, 죄송합니다!"

그 청년은 벌떡 일어서며 자리를 내주었다.

감사합니다,라는 짧은 일본어도 제대로 못하고, 연신 허리를 숙여 인사를 하고 풍금 옆에 섰다. 여행 가방을 풀어헤치고 주섬주섬 뭔가

고즈넉한 골목길이 내려다보이는
낡은 집에서 풍금을 만났다

를 꺼내기 시작했다. 청년들은 그런 나를 흥미로운 눈빛으로 바라보고 있었다. 가방 깊숙한 곳에서 정성스럽게 꺼낸 책 한 권을 풍금 위에 놓았다. 책에는 '뉴 에이지 피아노 베스트'라고 한국어로 쓰여 있었다.

"아!"

풍금의 보면대에 책을 올려놓자, 청년들의 입에서 작은 탄성이 흘러나왔다. 나는 난처한 표정으로 그 청년들을 바라보았다. 나와 눈이 마주친 청년들은 순간 뭔가 들킨 것처럼 고개를 사방으로 돌리면서 딴전을 부렸다. 나는 책에서 표시된 페이지를 펼쳤다. 나를 안 보고 먼 산을 보는 척하던 청년들은 내가 악보를 펼치자마자, 약속이나 한 듯 동시에 크게 소리쳤다.

"에에~, 진세노 메리고라운도(인생의 회전목마)!!!"

건물 안에 있던 사람들도 일제히 이쪽을 바라보았다. 악보 책에 제목이 일본어로 적혀 있었던 걸 전에는 몰랐는데, 그 순간 알게 되었다.

천천히 풍금 앞에 앉았다. 청년들은 엄숙한 분위기로 나를 지켜보고 있었다. 사방이 차분해지고 갑자기 바람마저 움직임을 멈춰서, 펄럭이던 물고기들도 코앞에서 나를 빤히 바라보고 있었다. 청년들은 무림 고수의 절세비기를 실물로 영접하는 듯한, 거장을 마주하는 듯한 흥분된 표정으로 다소곳이 두 손을 맞잡고 있었다.

나는 다시 번역기를 꺼내서 약간은 엄숙하게 말을 이었다.

"죄송하지만 너무 옆에 계셔서……."

"앗, 죄송합니다. 죄송합니다."

그분들은 너무 죄송하다며 마치 대가의 연주에 방해가 되었다는 듯, 홀 안으로 들어가서 카운터에 가서 뭉쳐 있었지만, 모두 나를 쳐다보고 있었다. 그 청년들뿐 아니라 안에 있던 다른 분들도 이쪽을 대놓고 보고 있지는 않았지만, 뒤통수를 통해서 나를 지켜보고 있는 것 같았다. 모두의 호흡이 정지했다.

잠시 후, 숨을 가다듬고, 오노미치의 안온한 공기를 느끼며, 〈하울의 움직이는 성〉에서 하울이 소피를 처음 만나는 장면을 상상했다. 하울이 "한참 찾았잖아!"라고 말하고, 소피와 같이 춤추듯 공중을 걷는 그 장면… 그 장면을 상상하면서 연주를 시작했다.

풍금의 페달을 한껏 밟으며 풍금의 바람통에 최대한 바람을 불어넣고 건반을 누르는 순간, 멀리서 바라보는 청년들의 눈이 풍금의 바람통과 같이 커지고 심장이 터질 듯 요동치는 것을 나도 느낄 수 있었다. 하지만, 나의 손가락은 그분들의 기대에 전혀 부응하지 못했다. 분명 하울은 가볍고 경쾌한 왈츠 리듬에 맞춰서 깃털처럼 우아하게 하늘을 걸었지만, 내 앞의 풍금은 천천히 삐걱이며 괴상한 소리를 내고 있었다. 누가 들어도 도저히 음악이라고 할 수 없는 소리가 조용한 고양이 골목에 울려퍼지고 있었다.

땀이 너무 흘러서, 어쩌면 눈물이 흘러서 시야가 흐려졌다. 나 자신도 도저히 더 들어줄 수 없는 시점에, 연주라고 할 수 없는 몸짓을 멈췄다. 잠시 고개를 숙이고 있다가, 자리에서 일어섰다. 악보를 가방에 구겨 넣고, 비틀걸음으로 카운터로 다가갔다. 청년들은 다시 스마트폰을 꺼내서 번역 앱을 켜는 나를 놀란 표정으로, (내가 느끼기에는) 측은한 눈빛으로 바라보고 있었다. 그리고 그분들은 내가 뭐라고 할지 눈도 깜박이지 않고 마른침만 삼키면서 기다리고 있었다.

"정말 죄송했습니다. 연습을 더 해서, 꼭 다시 오겠습니다."

도망치듯 자리를 빠져나왔다. 도대체, 내가 무슨 짓을 한 것인가?

천광사에 들르고, 전망대에도 올라갔다. 오노미치 전경을 볼 수 있는 곳이었지만 경치가 눈에 들어오지 않았다. 그곳의 명물인 아이스크림을 샀지만 맛을 느낄 수 없었다. 센코지 공원에서 꽃을 보고 고양이들을 만났지만, 즐겁지 않았고, 너무 우울했다.

오노미치 역 쪽으로 언덕을 내려가서 잠시 바다를 보며 걷다가, 정신을 차리고 숙소인 아나고네도코로 향했다. 게스트 하우스 입구에 있는 카페에 들어갔다. 카페에서 일하시는 분께서 (내가 뭘 잘했다고) 반갑게 맞아주셨다.

그곳에서 일하시는 분은 환한 미소를 띠고, 나의 말도 안 되는 번역기 일본어를 바로 알아듣고, 주문한 커피를 가져다 주셨다. 기분이 좋아지기 시작했다. 커피를 마시고 옛날 교실 풍으로 꾸며놓은 실내를 둘러보다보니, 몸과 마음이 내상에서 약간 회복된 것 같았다. '그래, 누가 날 알아보겠어. 그냥 잊으면 되는 거야'라고 스스로를 위로했다. 회복된 몸과 마음으로 계산을 하러 카운터로 다가갔다. 돈을 내고 돌아서려는데, 그분이 친절하게도 내가 알아들을 수 있도록 영어로 인사를 해주셨다. 손가락으로는 위쪽을 가리키면서.

"아이 쏘 유! 유 피아노 맨!I saw you! You piano man!"

허걱, 아니 이럴 수가. 정신이 아득했다. 어찌 된 영문인지 이분이 아까 그곳에서 나를 본 것 같았다. 이분은 나를 다시 만나서 반갑다고 인사를 한 것 같았는데…….

쥐구멍이라도 있으면 들어가고 싶은 심정이었다.

나의 계획은 훌륭했지만, 결과는 결코 낭만적이지 않았다.

어찌 된 영문인지 그날 오노미치는 내가 알던(4시간을 방문했을 뿐이다) 오노미치가 아니었다. 오노미치 시장을 지날 때까지는 몰랐었는데, 신사를 지나고 고양이 골목에 들어서면서 평소보다 마주치는 사람들이 많다는 것을 느꼈고, 언덕 위에 펄럭이는 물고기 모양 깃발들도 전에는 보지 못하던 것이었다. (당시 일본이 황금연휴에 해당하는 때라는 것을 그때는 알지 못했다.)

그 집에 들어서며 평소와 달리 사람이 너무 많아서 깜짝 놀랐다. 풍금 옆에 한참을 서 있다가, 좀처럼 사람들이 줄어들지 않고 특히 풍금 앞에 청년들이 계속 있었기 때문에 그냥 돌아와야 한다고 생각했다. 그런데, 어쩌면 다시 못 올 이곳을 그냥 떠나려니, 지난날에 품었던 기대와 노력들이 너무 아쉬웠다. 이대로 돌아가면 평생 후회하면서 살 것 같았고, 슬퍼져서 눈 주위로 흐르는 땀이 눈물처럼 느껴졌다.

가까스로 마음속의 울음을 멈추고 용기를 내어 시도했지만, 결과는… 대망신이었다.

내 마음은 너덜너덜 누더기가 되었다.

오노미치의 고양이 골목

도쿄에 도착했다.

새벽 2시 30분에 인천 공항을 이륙한 피치항공 비행기는 정확히 오전 4시 35분에 일본 하네다 공항에 도착했다.

일본이라니. 너무 일찍 도착한 하네다 공항에서 실감이 나지 않았다. 내가 일본에 왔다니……

어느 수술이 없던 날, 오전에 간식을 먹으면서 인터넷 가십 기사를 보다가 우연히 일본 하네다 항공권 67,800원이라는 광고를 보게 되었다. 67,800원이라니! 일본인데? 이 가격이면 제주도도 못 갈 텐데?

유난히 심심했던 나는 그 항공사 사이트에 들어가서 어느덧 회원가입을 하고, 항공권을 구경하고 있었다. 살펴보니 모든 항공권이 다 같은 가격은 아니고 요일에 따라 가격이 다른 시스템이었다. 어차피 가격이나 알아보자고 들어간 사이트였는데, 광고를 보다보니 어느덧 나는 내가 언제 일본에 갈 수 있는지 달력을 보면서 다가오는 연휴를 찾고 있었다. 그리고 정신을 차렸을 때는, 결국 처음에 봤던 가격보다 훨씬 비싼 가격의 항공권을 덜컥 구입한 후였다.

수의사 생활을 하면서 다른 사람들이 생각하는 것처럼 큰돈을 벌지는 못했지만, 대출금과 장비 구입 납입금은 늘지만, 그런 채무들의 효과 덕분에 밥은 굶지 않고 살았고, 일본 여행을 못 갈 정도로 당장의 생활이 빈곤한 것도 아니었다. 하지만 일주일에 6일을 일하고 그나마 있는 휴일에도 자꾸 일이 생겨서, 꼴랑 하루 있는 휴일도 거의 쉬지 못하는 것이 임상수의사의 현실이다. 그래서 항상 시간이 없어서 국내 여행조차도 엄두를 못 내고 있었다.

그리고 병원에 입원하거나 치료해야 하는 동물이 없어서 여행 갈 시간을 낸다고 하더라도, 개인적으로 병원에 데리고 있는 강아지, 고양이, 집에 있는 강아지 고양이들 때문에 김 부장님과 둘이 여행을 가는 것은 꿈도 꾸지 못했다. 언제나 한 명은 (주로 김 부장님이) 비가 오나 눈이 오나 하루도 빠짐없이, 휴일이라 병원 문을 열지 않는 날에도 하루에 두 번 이상 병원에 나와서 동물들을 돌봐줘야 했다. 그래서 여행은 우리와는 거리가 먼 사치라고 생각하고 살아왔다.

2박 3일간 일본에 간다고 항공권 구입과 호텔 예약만 해놓았지, 일본 여행에 대해서 아무것도 아는 것이 없었다. 일본 여행책을 한 권 구입했는데, 책에는 내용이 너무 많았다. 2박 3일간 어딜 가든 좋겠지만, 어딜 갈지 결정을 못 했다. 그러다 여행 직전에 히로시마 근처에 산다는 일본 친구에게 도쿄에서 어딜 가는 것이 좋을지 물어보았다.

친구는 하토 버스 투어를 추천했다. 버스를 타면 도쿄의 명소들을 구경시켜주는 패키지 여행이었다. 나처럼 아무것도 모르는 사람에게 딱 맞는 투어였다. 그래서 여행 첫날은 새벽에 츠키치 시장에 가보고, 하토 버스 투어를 하는 계획을 세웠다. 둘째 날에도 별다른 계획이 없었는데, 친구가 자기가 있는 도시에 다녀가는 것이 어떤지 제안해주었다. 도쿄에서 신칸센으로 4시간이 걸린다고 했다. 친구는 오노미치라는 도시에 살고 있다고 했다.

일본어를 못하는 나를 위해서 친구는 도쿄에서 오노미치를 오가는 모든 일정의 디테일한 차편과 시간표를 보내주었다. 여행 둘째 날 아침, 출근 시간의 수많은 인파를 뚫고 무사히 신칸센에 올라타고, 기차를 갈아타고, 드디어 오노미치에 도착했다.

오노미치 역을 나서면서 느낀 그곳의 첫인상은, 따뜻하고 평온하다였다. 도쿄와 달리 거리에는 오가는 사람도 거의 없었고, 모든 것이 느리게 느껴졌다. 나중에 어느 분이 오노미치가 한국의 통영과 비슷한 분위기라고 적은 글을 인터넷에서 읽은 적이 있는데, 그렇다면 아마 통영도 따뜻하고 평온한 분위기의 느린 도시일 거라고 생각했다.

오노미치 역 앞에서 친구를 만났다. 20년 만에 만난 친구는 공기 좋은 곳에 살아서 그런지 예전 그대로의 모습이었다. 친구는 나를 역에서 가까운 바닷가 한 식당으로 안내했다. 그곳은 아주 럭셔리한 식당은 아니었지만 바다가 보이는, 인심 좋아 보이는 할머님들이 운영하는 식당이었다. 한눈에 보아도 동네 주민들이 많이 오는 식당 같았다. 그곳에서 튀김과 생선회가 곁들여 나오는 일본 가정식 같은 메뉴를 먹었는데 음식이 깔끔하고 정말 맛이 있었다.

식사를 마치고, 천천히 걸어서 오노미치 시장으로 들어섰다. 일본의 시장이 다 이런 구조인지는 모르겠지만, 길 양쪽에 늘어선 상점이 있고, 가운데 길 위로 지붕이 있어서 뜨거운 태양을 피해서 쉬엄쉬엄 다닐 수 있는 구조로 되어 있었다. 시장 곳곳에 고양이 관련 그림이나 상품을 볼 수 있었다. 고양이를 사랑하는 사람들이 사는 동네 같았다. 친구는 오늘이 휴일이라서 문을 닫은 점포가 많다고 설명해주었다. 예전에 일 때문에 도쿄, 오사카에 하루 정도씩 잠깐 다녀간 적이 있을 뿐, 여행으로 일본에 온 것은 거의 처음이라서 모든 것이 신기했다. 길게 뻗은 시장길을 지나다 어느 아주 좁은 골목길 건물 앞에서, 친구는 그곳이 '아나고네도코'라는 게스트 하우스인데, 오노미치의 분위기를 느낄 수 있는 유명한 곳이라고 설명해주었다.

시장을 벗어나서 한 신사에 도착했다. 당장에라도 〈이누야샤〉의 주인공이 나올 것 같은 분위기였다. 그 신사의 이국적이고 신비한 분위기에 압도될 무렵, 친구는 신사 옆으로 난 작은 문으로 나를 안내했다. 그 문밖에는 언덕 위를 향해서 좁은 골목길이 이어져 있었다.

그 골목은 도로 곳곳이 시멘트로 보수된 낡고 오래된 골목이었다. 골목 옆으로 언뜻 보면 당장 쓰러질 듯한 작고 오래된 집들이 늘어서 있었는데, 집 하나하나가 나름의 스토리를 담고 있는 것 같았다. 지나는 사람도 거의 없는 그곳에서, 나는 뭔가를 발견하고 미소지었다.

도로를 보수해놓은 시멘트가 고양이 얼굴 모양이라니! 자세히 살펴보니 골목 곳곳에, 두드러지지 않고 자연스럽게 고양이를 테마로 한 것들이 아주 많이 있었다. 길가의 돌멩이들도 고양이 모양으로 색칠

이국적이고 신비한 분위기의 신사

고양이 얼굴 모양으로
도로를 보수해놓은 특별한 골목길

창틀에도 지붕에도 고양이 모양의
장식품들이 놓여 있었다

273

이 되어서 돌 자체가 고양이처럼 보였고, 창틀에도 지붕에도, 모든 곳에 고양이 모양의 장식품들이 달린 특별한 골목이었다.

그 골목을 한 걸음 한 걸음 걸어 올라가면서 발견하는 모든 것들에 매료된 나는, 이 길의 끝에는 무엇이 있을지 기대되고 흥분하기 시작했다.

"세상에나, 이런 곳이 있다니! 이 골목, 뭐야? 완전 좋아!!"

그 길의 끝 어딘가에서 친구를 따라서 한 낡은 집으로 들어갔다. 그곳 입구에 나무판으로 현판이 걸려 있었는데, 한자로 고양이라는 단어와 '르 샤Le Chat'라고 적혀 있었다.

오래된 낡은 가정집을 개조한 곳으로 보였다. 건물 입구에 고양이 한두 마리가 평화롭게 누워 있었다. 고양이와 인사를 하고 내부로 들어서니, 고양이를 주제로 한 각종 소품이 전시 판매되는 작은 공간이었다. 그곳에서 고양이들과 인사하며 딱 내 취향에 맞는 소품들을 구경하면서 정신을 빼앗겼다.

작은 집이지만 제법 그럴듯한 테라스, 혹은 발코니 같은 것을 갖춘 집이었다. 방금 올라온 골목이 내려다보이는 높은 곳에 위치한 발코니 주변에는 나무가 우거져 있고, 바닥에는 약간 허름한 나무가 깔려 있었다. 구석에는 이런저런 소품들이 놓여 있었는데, 한편에는 풍금이 놓여 있었다. 이 시대에 풍금이라니, 나는 방금 신칸센을 타고 이곳에 왔는데…….

하지만 풍금은 그곳과 너무나 잘 어울리는 소품이었다. 고즈넉한 골목길이 내려다보이고, 시원한 바람이 불고, 나뭇가지와 커다란 드림 캐처가 바람에 살랑거리고 있었다. 풍금 위에는 작은 고양이 인형이 놓여 있었고 일본어로 쪽지가 붙어 있었는데, 내용은 알 수 없지만 치지 말라는 뜻은 아닌 것을 분위기로 알 수 있었다. 나무 데크의 한쪽 구석에는 검은 고양이 한 마리가 꾸벅꾸벅 졸고 있었다.

풍금 앞에 있는 작은 의자에 앉아보았다. 페달을 한두 번 밟았다고 생각했는데, 나는 풍금을 연주하고 있었다.

영화 〈기쿠지로의 여름〉에 나오는 〈섬머Summer〉의 앞부분을 30초 정도 친 것 같았다. 원래 피아노를 잘 치지 못하고, 이 곡도 몇 년을 연습해도 악보를 보면서 앞부분만 겨우 더듬거리며 칠 수 있는 수준인데, 이날은 왠지 완벽한 연주를 한 것 같다는 생각이 들었다.

드림 캐처가 산들거리는
나무 그늘 아래, 고양이 한 마리가
꾸벅꾸벅 졸고 있었다

연주를 잘하고 못하고를 떠나서, 이렇게 다들 고양이를 사랑하고 돌봐주는 동네에 와서, 나무 그늘에 앉아서 고양이들에 둘러싸여 평화롭게 페달을 밟고 건반을 눌러볼 수 있다는 사실만으로도 너무 감격스러웠다. 그곳을 나와서 오노미치 전체가 내려다보이는 언덕 위에서 커피를 마시면서, 친구에게 이 단어를 아느냐고 스마트폰으로 한자를 검색해서 보여주었다. '취향 저격'.

"너 오늘 완전히 취향 저격한 거야!"

일본에서 이 말이 쓰이는지는 모르겠지만, 그날 제대로 내 취향을 저격당해버렸다.

오노미치에 도착한 지 4시간 후 나는 도쿄로 돌아가는 기차를 타고 있었다. 애초에 도쿄에 머물다 돌아갈 계획이었기 때문에 항공편이 도쿄에서 돌아가는 것으로 예약되어 있었던 것이다. 아는 것도 없고 경험도 부족해서 여러 모로 미숙했지만, 완벽한 여행이었다. 오노미치를 떠나는 작고 노란 기차 안에서, 플랫폼에서 배웅해주는 친구에게 손을 흔들면서 입 모양으로만 크게 외쳤다.

꼭 다시 올게!! 고마워!

서울에 도착했다.

긴장, 초조의 연속인 숨 가쁜 일상이 다시 시작되었다. 오노미치의 인상은 너무 강렬해서 좀처럼 잊히지 않았다. 아쉬웠다. 그 강렬한 인상에 비해서 네 시간의 첫 방문이 너무 짧았다. 그리고, 내가 풍금을 좀 제대로 쳤으면 얼마나 좋았을까 하는 아쉬움도 컸다.

이런저런 상황 때문에 오해를 받는 일이 있을 때, 너무 지치는 일이 있을 때, 전에는 수의사의 자살률이 높다는 기사와 영화 〈라이프 오브 파이〉를 떠올렸었는데, 이제는 마음속에서 풍금을 떠올리게 되었다. 오노미치에 다시 가서 고양이 골목을 지나고, 그 바람 속에서 고양이들과 함께 앉아서 한 번이라도 제대로 풍금을 치겠다고 생각했다. 꼭 그곳에 다시 가서, 풍금으로 한 곡을 제대로 연주하겠다고. 그 골목과 언덕, 고양이들, 고즈넉한 발코니에 놓여 있는 풍금을 생각하면 기분이 다시 좋아졌다.

내년 달력을 보고 연휴를 꼽아보았다. 내년 5월, 어린이날 연휴라면 어떻게 움직여볼 수 있을 것 같았다. 악보 책을 뒤져서 그 골목과 분위기에 어울리는 곡을 찾아보았다. 이런저런 곡이 많았지만 〈하울의 움직이는 성〉의 테마곡인 〈인생의 회전목마〉의 악보를 보고는, "야, 이거야 이거. 바로!"라고 환호했다. 그 골목, 그 언덕과 너무 잘 어울리는 곡이라고 생각했다. 피아노를 못 치는 내가 연주하기에는 너무 어려운 곡이었지만, 아직 시간이 많이 남았기에 열심히 연습하면 가능할 것 같았다.

여행 일정을 잡고, 연주곡을 정하고, 병원 구석에 숨겨져 있는 (건반만 있는) 디지털 피아노로 하루 10분씩 연습을 시작했다. 처음에는 매일 점심을 먹고 10분이나 15분 정도씩 인생의 회전목마를 연습했다.

그런데 어느 순간부터 바쁜 일들과 나의 게으름 때문에 제대로 연습을 못하게 되었다. 김 부장님은 나의 미천한 피아노 실력을 알기 때문에 큰 발전을 기대하지 않는 모습이었다.

"그렇게 피아노 쳐서 어디 일본 갈 수 있겠어? 잘 좀 해봐."

"아, 그게 말이야. 뭔가 곡의 디테일을 내가 해석하지 못하는 것 같아. 그게 문제인 것 같아."

연습이나 실력 부족이라는 말 대신, 나는 말도 안 되는 '곡의 해석'을 먼저 해야 한다는 핑계를 댔다.

그러던 어느 날이었다.

"이것 좀 봐. 내가 오늘 이걸 샀어. 〈하울의 움직이는 성〉 DVD야."

"그거 안 봤어? 봤잖아? 그리고 그걸 왜 사. TV에서 VOD로 볼 수 있는데."

"봤지. 그런데 곡을 이해하고 해석하려면 원작을 다시 꼼꼼하게 봐야 할 거 같아서. 마음가짐이 다른 거야. 중요한 건 콘텐츠가 아니라 애티튜드라고."

"말도 안 되는 소리 하지 마. 쓸데없는 데 돈이나 쓰고. 에티튜드고 뭐고 연습이나 해. 요즘 자기 연습 안 하더라. 그래서 그런 거야."

"두고 봐. 내가 곡을 완전히 이해하게 되면 엄청나게 실력이 늘 거야. 기대하라고!"

집에 가서 〈하울의 움직이는 성〉을 다시 봤다. 전에는 그냥 대충 봤지만, 이번에는 집중해서 보면서 모든 것을 이해하려고 노력했다. 그

278

런데 어찌 된 영문인지 열심히 노력해서 봤는데도 내용이 완전히 이해되지 않았다. '아, 이거 애니메이션이 왜 이리 어려운 거야.'

하지만 전혀 소득이 없는 것은 아니었다. 다음날 출근한 즉시, 나는 악보 책을 가져다가 악보의 한구석에 이렇게 적어놓았다.

'하늘을 걷는 기분으로.'

연말 무렵부터 계속 더 바빠져서 일주일에 하루도 쉬지 못하는 상태로 몇 달이 지났다. 새해가 되고도 너무 바빠서, 닥쳐오는 일들을 겨우 해내면서 하루하루를 사는 날의 연속이었다. 당연히 피아노 연습은 엄두도 내지 못했다. 가끔 피아노 앞에 앉았지만 5분 정도 건반을 누르다, 전화를 받거나 일을 하러 자리에서 일어나야 했다.

'김 원장 피아노 연습하듯이 해서는 아무것도 이룰 수 없다'라는 낙서를 썼다 지웠다 하면서 좌절했지만, 마음속 한구석에 '풍금 하나'를 꼭 간직하고 있었다.

그러다 3월 말이 되었다. 이제 한 달 정도 남은 상황인데 나는 하늘을 걷기는커녕, 악보를 펴놓고 땅바닥을 겨우 기어가는 수준이었다. 3월 마지막 날에 비장한 결심을 했다.

'일본에 언제 또 갈 수 있을지 모르는데, 이번 기회를 놓치면 안 돼! 4월에 집중해서 연습을 하고, 5월에 일본에 가는 거야! 일본에 가서 골목을 걷고, 풍금을 치고, 자전거를 타고, 슈카엔에 가서 오노미치 라멘을 먹어야겠다.'

그런데 4월이 시작되던 때, 다리가 마비되고 썩어가던 에리얼을 만났다. 당연히 일본은 못 간다고 생각했다.

　5월이 되었다.

　"아빠, 일본 가는 비행기 예약하셨다더니, 이번에 일본은 못 가시는 거죠?"

　"아냐, 다행스럽게도 에리얼이 극적으로 회복이 된 덕분에 일본은 갈 수 있을 것 같아. 문제가 좀 있어서 그렇지."

　"아, 그래요? 무슨 문제요?"

　"아, 그게, 연습을 거의 못해서 큰일이야. 이번 여행은 사실 풍금 치러 가는 건데."

　"거기 어차피 사람도 없다면서요. 그냥 천천히 치고 오세요. 아빠가 항상 그러셨잖아요. 콘텐츠보다 애티튜드가 중요하다고. 주어진 환경에서 열심히 연습하면 되는 거라고. 그냥, 가시기 전에 며칠 더 연습하시고 편한 마음으로 다녀오세요."

　"그래, 그런데 곡을 잘 치고 못 치고를 떠나서 외우지를 못하니까. 악보를 들고 가야 할 것 같은데 그게 문제라는 거야."

　"아, 그건⋯ 좀 수치스러우시겠네요. 크크크."

　"야, 거기 아무도 없어. 아주 한가로운 분위기야. 다행스러운 일이지. 나 자신에게 조금 수치스럽기는 하지만, 별로 나쁘지 않을 것 같아. 그런 고즈넉한 분위기 속에서 악보를 펴놓고 우아하게 인생의 회전목마를 치는 거 상상해봐라. 얼마나 낭만적이고 멋지냐?"

　"출발하기 전에 열심히 연습하고, 급하게 연습한 실력이 증발되기

280

전에 도착하자마자 풍금부터 칠 거야. 어때, 내 작전이?"

"그런데, 아빠 궁금한 것이 있는데요. 아빠는 오노미치가 좋은 거예요, 아니면 풍금이 좋으신 거예요?"

"음… 물론 둘 다 좋지. 그런데 아마 통영이건 오노미치 건 어디라도 '마음속에 풍금 하나를 품고 산다'는 것이 더 중요한 것 같아."

"아, 그럼 풍금이 더 좋다는 거잖아요!"

"꼭, 그건 아닌데… 내가 설명을 못하겠네. 그냥 낭만을 좋아하는 걸로!"

나는 부족한 연습량으로 마음 한쪽이 켕기는 것을 그냥 낭만으로 밀어부쳤다.

도전, 시마나미 사이클 로드

아나고네도코에 도착했다.

한국에서 세운 나의 거창한 계획에 의하면 다음날은 시마나미 사이클 로드에서 자전거를 타기로 한 날이었다. 자전거를 타는 사람들에게 오노미치는 성지와 같은 곳이다. 이곳을 시발점으로 하는 시마나미 사이클 로드가 유명하다는 명성을 많이 들었기 때문에, 바닷가에서 자전거를 타고 달리면 기분이 조금 풀릴 것 같았다.

아침 일찍 오노미치 역 앞 자전거 대여 터미널에 갔다. 그런데 꽤 이른 시간인데도 자전거 대여소 앞에는 많은 사람들이 줄지어 기다리고 있었다. 한참을 기다렸는데, 내 순서가 되기도 전에 자전거는 모두 대여되었다. 자전거 대여도 실패했다.

오전에는 자전거를 타고 오후에 오노미치 라멘을 먹으려고 했는데, 슈카엔에서 오노미치 라멘을 먼저 먹기로 했다. 오전 11시쯤 갔는데, 줄이 거의 (거짓말을 아주 조금 보태서) 2킬로미터 정도 늘어서있었다. 그 긴 줄의 끝에 서서 보니 오노미치에는 정말 많은 사람들이 와 있었다. 특이한 점은 거의 모두 일본 사람들이고 외국인은 거의 나 혼자라는 것이다. 라면을 먹기 위해서 계속 기다리다보니 너무 지치고, 볕은 뜨겁고, 배가 고팠다.

슈카엔 맞은편에 모찌를 파는 상점이 있었는데 처음에는 모찌를 사는 사람이 보이지 않아서, 그곳 주인 분이 손님이 이렇게 줄을 서서 기다리는 슈카엔을 부러워하겠다고 생각했었다. 그런데 줄을 서 있던 사람들이 점점 지치고 배가 고파지기 시작하자, 하나둘씩 그곳에서 모찌떡을 사다 먹기 시작했다. 알고보니 그곳은 (슈카엔 때문이었는지는 몰라도) 장사가 아주 잘되는 집이었다. 내 주위 모든 사람들이 그곳에 서 모찌를 사와서는 줄 속에서 먹고 있었다. 나도 그 모찌가 먹고 싶었 지만 줄을 봐달라고 말할 수가 없어서, 그냥 배고픔을 꾹 참고 기다렸 다. 서러웠다.

몇 시간을 기다려서 드디어 내 차례가 되어서, 중화 라멘과 교자를 먹었다. 모찌 집에도 들러서 모찌를 사서는 길에 앉아서 다 먹었다. 그 렇지 않아도 우울한 기분인데, 이렇게 길에 앉아서 떡을 먹고 있자니 처량한 기분이 들었다. 아, 이게 아닌 것 같은데… 내가 이 길가에서 뭘 하고 있는 것인지.

모찌를 다 먹고 오노미치 관광지도를 보았다. 오노미치에서 몇백 미터 떨어진 바로 건너편에 무카이시마라는 섬이 있는데, 그곳 시민 문화회관에도 자전거 대여소 표지가 있었다. '혹시 여기라면?' 지도를 자세히 보니, 오노미치 역 앞 페리 터미널에서 페리를 타고 섬에 가면 바로 갈 수 있는 거리였다.

'그래, 거기 가서라도 자전거를 빌려서 원래 계획대로 시마나미 사이클 로드를 가는 거야.'

바닷가를 따라서 오노미치 역 앞으로 가다보니, 무카이시마로 가는 다른 페리 터미널이 있었다. 여기서 오노미치 역까지 걷나, 섬에 가서 그 방향으로 걸어가나 똑같을 것 같아서, 그곳에서 페리를 타고 무카이시마로 향했다.

배도 부르고, 바닷바람을 맞으니 기분이 좋아졌다. '그래, 누가 날기억이나 하겠어? 자전거 타면 기분이 풀릴 거야.'

무카이시마에 도착해서, 해안을 따라 원래 도착해야 하는 페리 터미널 방향으로 걸어가려고 했다. 하지만 해안에는 개인 주택들만 있어서, 가다보니 길이 끊겼다. 이게 아닌데 하면서 조금 돌아가면 되겠지 하고 다른 길을 찾으려고 하니, 언덕 같은 것이 있어서 길을 찾기 힘들었다.

간단할 것 같았는데 무카이시마에서 길찾기가 쉽지 않았다. 사람들도 없어서 길을 물어볼 사람도 없었다. 나는 낯선 곳에서 헤매고 있었고, 점점 아무것도 없는 길로 들어서고 있었다. 길이 있을 것 같다가도 막다른 길이었고, 뙤약볕 아래 마실 물도 없이 잠시 쉬어갈 그늘도 없는 한적한 시골길을 하염없이 걷고 있었다. 어디로 가야 할지 도무지 알 수가 없었다.

오래간만에 여행을 왔다는 기분은 온데간데없고, 너무 힘이 들어서 짜증이 나기 시작했다. 길도 하나 제대로 찾지 못하고 여기서 이렇게 헤매고 있다니… 일본까지 와서 이런 고생을 하고 있다니. 내 자신이 너무 한심하고 무능하게 느껴졌다. 오노미치에서 500미터만 더 가서 페리를 탔으면 이 고생은 안 했을 텐데…….

입이 바싹 마르고 피부가 소금기로 퍼석거리면서, 여기가 어디고 내가 누군지도 가물거리기 시작했다. 마치 몇만 년 전부터 이 길을 계속 걸어왔고, 앞으로도 영원히 이 길을 헤매며 걸어야 할 것 같은 기분이었는데, 문득 메시지가 하나 도착했다. 한국에서 온 메시지였다. 구내염이 심한 고양이를 구조해서 수술적 발치를 했는데도 상태가 나쁘다고, 어떻게 해야 하는지를 물어보는 내용이었다. 우리 병원에서 수술한 고양이는 아니었다.

평소라면 '아니, 우리 병원에서 수술한 아이도 아닌데 수술한 병원에 문의해보셔야지? 더군다나 휴일에. 지난 몇 달 동안 단 하루도 쉬지 못했는데 나도 하루이틀 정도는 쉴 수 있는 거 아냐?' 하는 생각을 할 수도 있겠지만, 고립무원 상태에서 이렇게라도 외부와 연결이 되었다는 약간의 안도감이 들었다.

길에 앉아서 어떤 고양이인지 생각을 해보았다. 길고양이를 구조해서 거금을 들여서 수술적 발치를 시켰다고 했던 보호자였다. 그런데 그 고양이의 상태가 안 좋아져서 사료를 못 먹고 있다고, 휴일임에도 내게 어떻게 해야 할지 물어오신 것이다. 나는 여기서 길도 하나 못 찾고 헤매고 있는데, 이런 멍청한 나에게 "죄송하지만 고양이가 아프니 도와달라"고 묻고 계신 것이다. 조금 전까지 나는 내가 바보라고 한심하다고 자책하고 있었는데, 무기력과 자기 비하가 최고조에 이른 시점에 딱 맞춰서 연락을 주신 것이다.

수의사로서 받은 질문에 몇 가지 조언을 해드리고 나니 새삼 나의 어떤 면은 그래도 쓸모가 있고, 나의 이런 작은 쓸모가 어떤 아이에게는 '살 길'이 될 수도 있다는 생각이 들었다.

잠시 쉬고 나서 다시 길을 걷다보니 큰길로 나가게 되었다. 지도를 보고 방향을 잡고, 드디어 자전거 대여소가 있는 시민회관에 도착했다. 실망스럽게도 이곳에도 자전거는 다 대여된 상태였다. 너무 지치고 힘이 들어서 다른 곳으로 갈 수 있는 힘이 없었다.

오후 다섯 시가 넘어서 드디어 자전거 한 대가 반납되었다. 반납된 자전거는 바구니가 달린, 평소라면 거들떠보지도 않을 스타일의 작은 자전거였다. 시간도 너무 늦고, 지금 자전거를 빌려서 뭘 하나 망설이다가 그냥 자전거를 빌리기로 했다. 원래는 멋진 자전거를 타고 폼나게 시마나미 사이클 로드를 달려보고 싶었는데, 다 늦은 시간에 무카이시마에서 바구니 달린 작은 자전거를 잠시 타는 것에 만족해야하는 상황이었다.

아까 계속 헤매고 다니던 시골 풍경 뙤약볕으로 다시 들어간다니. 달라진 것은 지금은 자전거를 타고 간다는 점이었다.

자전거 대여소의 직원이 어느 쪽으로 가는 것이 좋고, 지금 대여하면 어디까지 갈 수 있는지 설명해주었다. 파란 줄을 따라가다가 다리를 건너면 안 된다,를 중얼거리면서 길을 나섰다.

처음에는 하기 싫은 숙제를 억지로 하는 듯한 의무감으로, 자전거를 타기 시작했다. 도로 옆에 그려져 있는 파란색 줄을 따라가다보니 어느덧 해안도로를 달리고 있었다. 첫 번째 쉬는 지점에서 바다를 보면서 〈기억의 습작〉을 들었다. 그때부터 바람이 서늘해지고 해가 지기 시작했다. 시원한 바람이 부는 바닷가를 달리다보니, 어느덧 나도 모르게 피로가 풀리고 기분이 좋아지고 있었다.

바로 얼마 전까지 너무 힘들어서 죽을 것 같았는데 이렇게 기분이 좋아지다니 믿을 수가 없었다. 특히, 멀리 무카이시마 대교라고 하는, 무카이시마와 이와시 섬을 잇는 다리가 보이기 시작하는 지점부터, 바다를 끼고 달리는 코스에서 믿을 수 없을 만큼 몸과 마음이 상쾌해졌다. 가히 충격적인 풍광이었다. 지금까지 고생한 기억이 단숨에 사라질 만큼 훌륭한 경치와 시원함이었다.

끙끙거리면서 자전거를 타고 인노시마 대교 바로 아래 언덕을 올라가서 바다를 보며 잠시 쉬다가, 내리막길을 달릴 때 이어폰에서는 콜드플레이의 〈비바 라 비다Viva La Vida〉가 나오고 있었다. 길을 가다보면 대개 오르막길은 길고 내리막길은 짧은 경우가 많은데, 다행스럽게도 그 내리막길은 경사가 완만하면서 아주 길었다. 바닷가를 완만하게 굽이치며 뻗어 있는 내리막길이 끝날 무렵, 바다는 노을로 물들고 있었다.

이곳에 올 때까지의 일들, 고민과 생각들이 잠시 떠올랐다가 바람 속으로 사라졌다. 두 다리를 잃었지만 행복한 표정의 에리얼 얼굴도 떠올랐다.

"비바 라 비다! 그 아이들의 인생도, 비바 라 비다!

오오오오오~오, 오오오오오~오, 오오오오오~오……."

-콜드플레이, 〈비바 라 비다〉

처음에는 휘파람을 불면서 노래를 흥얼거린다고 생각했는데, 어두워져가는 바닷가 길게 이어진 내리막길을 자전거로 달리면서, 나는 환호성을 지르고 있었다.

김야옹 수의사는 그 뒤로도 여러 번 오노미치를 방문했다. 한 번도 제대로 풍금을 연주한 적은 없었고, 시마나미 사이클 로드를 완주하지 못했다.

자전거를 타면, 친구 나오코와 그의 아들 유타 군과 함께 아이스크림을 먹었던 선셋비치까지 가서, 바닷가에 앉아서 잠시 바다를 보다 다시 돌아온다.

사람들을 만나면 항상 오노미치와 그곳의 고양이들을 이야기한다. 김야옹 수의사의 아들 MJ 군도 오노미치를 방문했고, 그곳에 매료되었다. 언젠가는 김 부장님과 함께 오노미치를 방문한 적도 있는데, 김 부장님은 김야옹 수의사에게, 그렇게 여러 번 가본 곳인데 맛집도 잘 모른다고 핀잔을 주었다. 또 시마나미 사이클 로드에서 함께 자전거를 타다가 거의 탈진해서는, 일본까지 데려와서 힘든 일을 시켰다고 지금도 화를 내고 있다.

오노미치 시장의 어느 고양이 소품을 파는 상점에서 김 부장님이 깜짝 놀라서 소리쳤다.

"어머, 여기 에리얼이 있네!"

김야옹 수의사는 아주 가끔 '제가 감당하게 해드리겠습니다'라는 말을 하기는 하지만, 불쌍한 동물들을 많이 돕지도 못하고, 대출금 상환도 못하는 어중간한 생활을 하고 있다고 불만스러워하고 있다.

에리얼은 병원에서 일하시는 최예은 님께 입양을 가서 행복하게 살고 있다. 가끔 병원에 검진을 받으러 오는데, 그런 날이면 집에 가서 짜증을 낸다고 한다. 병원보다 더 좋은 곳에서 살고 있다는 얘기이다. 다행스럽고 행복한 일이다.

〈인생의 회전목마〉는… 아직도 연습 중이다.

오노미치 시장의 에리얼을 꼭 닮은 고양이 피규어

말도 안 되는 일이 일어나고야 말았다.

출판사에서 막바지 표지 시안을 보내주었고, 황송하게도 내가 보기에 어떤지 물어왔다. 이대로 일이 진행된다면, 아니 이대로 꿈이 깨지 않는다면, 다음 주쯤이면 내가 쓴 글이 책의 형태로 세상에 나온다는 것인데, 이건 정말 말도 안 되는 일이다. 정말 꿈만 같은 꿈이다.

이 책이 나오기까지의 과정이 주마등처럼 스쳤다. 처음엔 그저 뭐라도 해야 한다고 생각했다. 코로나 19 때문에 수영장에도 못 가고, 가뭄에 콩 나듯 공부하러 가던 것도 못하는 날이 계속되었다. 밀린 드라마를 보다 못해 중드까지 보기 시작했고, 이 미증유의 상황이 하루빨리 끝나기만 바라는 것도 지쳐가기 시작했다.

그러다가 이럴 바에 차라리 평소에 시간이 없어서 못하던 일을 하나 해내자는 생각으로 시작한 것이 책 쓰기였다. 그동안 만났던 동물들의 이야기를 글로 옮기고 싶다는 생각은 진작부터 했었지만, 글솜씨가 형편없기도 하고, 이런저런 일들 때문에 시간이 없어서 '안 된다'고 생각했던 일이었다.

어차피 기록과 소일(?)을 위한 목적이 컸기 때문에 당연히 내 돈을 들여서 소량만 출판할 계획을 세웠다. 김 부장님께서 대로하시겠지만, 우선은 그냥 밀어붙이기로 했다.

혹시라도 출판사에서 '수의사의 동물병원 이야기'에 관심을 가지지는 않을까 하고, 출판사에 근무한다는 지인의 지인께 어렵사리 전화를 연결해서 여쭤보았더니, 그 출판사는 수의사의 동물병원 이야기와는 거리가 먼 책을 출간한다고 했다. 그리고 그분의 목소리나 뉘앙스에서 내게 안타까움 같은 것을 느꼈던 것 같다. 출판에 대해서 전혀 아는 것이 없었기 때문에, 책을 쓰려면 어디에 어떻게 쓰는 것이 좋은지 다소 황당한 질문을 드렸던 것 같다. 내가 궁금했던 것은 'MS word'나 '한글', 아니면 '파워 포인트' 이런 프로그램 중에서 어떤 툴에 글을 써야 하는지였는데, 그분은 전화를 끊으면서 "브런치에 글을 한 번 써보세요"라고 말씀하셨다.

'브런치? 먹는 것 아니었나?'

처음에는 브런치를 집필용 워드프로세서라고 생각했는데, 그 출판사 직원 분의 추가 설명에 의하면 그건 아닌 것 같았다. 그분의 설명을 전혀 알아듣지 못했지만, 초면에 불쑥 전화를 드린 터라 너무 캐물을 수 없어서 다 알아들은 척하고 전화를 끊었다. '브런치? 그까짓 거…' 계정만 만들면 될 줄 알았다.

대충 훑어보니 디바이스 간 이동도 편해서, 어디서나 잠깐씩 시간을 내서 글을 쓰기에 좋을 것 같았다. '음, 여기다 쫙 써서, 책 만들기 서비스라는 거로 책을 찍으면 되겠네'라고 생각했다. 그런데… 그때는 몰랐다. 브런치에 결코 만만치 않은 심사 과정이 있다는 것을.

이런저런 시시콜콜 뭐가 그렇게 묻는 게 많던지. 귀찮음이 극에 달했지만 대충대충 질문에 답을 하고 나름 열심히 글을 써서 작가 신청을 했고, 당연히 심사에 통과할 줄 알았는데 결과는 탈락! 처음 한 번은 '그래 그럴 수도 있지. 내가 대강 쓴 부분도 많으니까'라고 생각하고 넘어갔는데, 두 번, 세 번 떨어지고 나니 분노가 치밀어올랐다.

'아니 그냥 좀 받아주면 안 되나. 글을 쫘악 올리려는 마음이 내켰을 때 글을 써야 하는데.'

이대로 글 하나 못 올려보고 코로나 19 사태가 종식되면 어떻게 하나, 하는 걱정 아닌 걱정을 하던 무렵, 브런치 작가 심사를 통과했다. 지금 생각해보니 브런치 작가 심사 통과를 위해서 노력하던 기간에 이리저리 궁리하면서 글을 써보는 연습을 했던 것 같다.

본격적으로 브런치에 글을 올리기 시작했다. 평소에는 그렇게 바쁘지 않던 병원 일이 글을 쓰기 시작하면서 유난히 바빠지기 시작했다. 브런치에 올린 내 글을 보고 재미있고 감동적이라는 말씀을 해준 분도 있었지만, 의외로 혹평을 해주는 지인(?)분들도 많았다. 하지만 꾸역꾸역 글을 적어올렸다. 그러다가 국내 코로나 19 확진자 수가 줄어들고 있는 추세라는 것을 듣고, 어려운 시기를 보내는 방법을 잘 선택했다는 생각이 들었다.

책을 쓰려니 자연스럽게 예전의 기록을 찾게 되고, 당시의 기억을 떠올리게 되었다. 그중에는 저절로 미소가 떠오르는 흐뭇한 기억들도 있었지만, 생각만 해도 눈물이 나는 슬픈 기억들도 많았다. 필력이 모자라서 못 적는 일도 있었고, 너무나 참혹해서 옮겨 적지 못하는 기억들도 있었다. 어느 이른 아침, 출근 전에 카페에 들러서 글을 쓰다가 갑자기 눈물을 흘리며 울던 일도 있었다.

브런치 작가 심사를 통과한 지 보름 정도 지났을 무렵, 책을 쓰기 위해서 계획했던 분량의 마지막 에피소드를 브런치에 올렸고, 다음날 국내 코로나 19 확진자 수는 0명이었다.

"아빠, 2권 안 써요? 2권 써야죠 이제."

"야, 2권은 무슨, 아직 1권도 안 나왔는데. 그리고 1권이 나와도 판매가 얼마나 될지도 모르는데……."

"그래도 아빠, 2권은 써요. 누가 알아요? 베스트셀러가 될지."

"야, 말도 안 되는 얘기하지 마. 나처럼 후루룩 대충 써서 출간한다는 것도 말이 안 되는데, 베스트셀러가 된다는 건 정말정말 말이 안 되는 거야. 이번에 한 권 내는 것도 기적 같은 행운이 따른 거라구."

말은 그렇게 했지만, 사실 나도 이번에 출간되는 책이 많이 팔려서 2권을 낼 기회가 있었으면 좋겠다는 바람이 있었다. 그래야 필력이 부족해서 이번에 완성하지 못한 이야기들을 소개할 수 있고, 번갯불에 콩 볶는 것 말고, 뭔가 진지하고 긴 호흡으로 글을 적으면서 하고 싶은 얘기를 적고 싶은 마음도 있었다. 작가 병이 들어서 온갖 공상의 나래를 펼쳐보기도 했지만, 이내 정신을 차리고 나 같은 사람과 계약해준 출판사에 손해를 끼치지나 않았으면 좋겠다는 생각을 하면서 현실로 돌아오곤 했다.

글을 어느 정도 마무리하고 자비출판을 하는 출판사 몇 곳에 연락을 해보았다. 자비출판 광고에 제시되어 있는 금액과 실제 출판하는 데 드는 비용이 어느 정도 다를 것이라고 예상은 했었지만, 금액 차이가 너무나 컸다. 도저히 감당할 수 없는 금액이었다.

김 부장님께 슬며시 책을 내는 데 필요한 금액을 흘려보았는데, 예상대로 단칼에 거절이었다.

"지금 코로나 상황 때문에 다들 힘들어서 난린데, 무슨 책을 낸다고 그래!"

김 부장님 말씀이 너무도 지당해서 손발이 오그라들었지만, 우물쭈물 나의 의지를 관철하려고 노력했다.

"그래, 맞아. 맞는데… 그게 또 코로나 상황이라서 글을 쓸 시간이 생긴 거라서… 글은 다 썼고, 여기서 그냥 딱 멈출 수는 없잖아? 어떻게 책을 조금만 출간하면, 출판 비용은 나오지 않을까?"

그때였다. 격노한 김 부장님의 눈에서 중드에서나 봤던 살기가 뿜어져나왔다.

"아니, 누가 자기 책을 사겠어! 아주 브런치, 그거 하더니. 자기 글은 어디 블로그 같은 데 그런 데 올리는 정도면 몰라도, 정말 책 낼 정도라고 생각해? 사람들이 좀 봐주니까 진짜 잘 쓴다고 생각하고… 제발 그만해! 그냥 브런치 작가나 하라고!"

　당시의 상황을 다시 생각해봐도, 서럽고 부끄럽다. 보통 가족이라
고 하면, 어지간한 경우에는 '무조건 내 편'이 되어주고, 다소 어설퍼
보이는 시도라도 할 수 있을 거라고 다독이고 북돋워주는 존재들로
알고 있는데, 김 부장님의 직설 고성 화법은 그런 가족애와는 거리가
좀 있었다. 잔혹했다. 적어도 당시의 나에게는……
　그리고 코로나 상황에 큰돈을 지출할 일을 만든 내 자신이 부끄러
웠고(전혀 내색은 하지 않았다), 아무리 코로나 상황이라도 다른 고소득
전문직 종사자에게는 푼돈일 돈조차 없는 내 자신이 또 잠시 부끄러
웠다. 하지만 김 부장님의 말씀이 맞았다.
　"알았어, 알았다구. 안 하면 될 거 아니야!"
　10초 정도는 진심이었다.

　내 돈을 들여서 소량의 책을 인쇄하려는 소박한(?) 꿈을 포기하며
좌절하고 있기에는, 코로나 초기의 나는 여유시간이 너무 많았다. 인
터넷 검색을 통해서 '자가출판 플랫폼'이라는 것이 있다는 것을 알아
냈다. 그때까지 알아낸 정보에 의하면 책을 출간하는 방법은 대략 세
가지 정도였다.
　첫 번째는 출판사와 계약해서 책을 출간하는 것이다. 기획 출판이

라고도 하는데, 이 경우 모든 비용은 출판사에서 부담한다. 출판사의 규모에 따라 마케팅, 광고 등도 실시하는데 물론 이 비용도 모두 출판사에서 부담한다. 그래서 당연히 출판사에서 작가를 선정해서 계약한다. 보통 사람들이 생각하는 출판 방식이다.

두 번째는 자비출판이다. 책을 쓴 사람이 비용을 전액 부담해서 책을 출간한다. 비용 부담을 작가가 하기 때문에 출판사를 골라서 출판할 수 있다. 돈이 많이 드는 '내돈내산' 방식이다. 세 번째는 자가 출판이다. 인쇄소에 인쇄나 출력을 의뢰하는 것과 비슷한 방식으로, 원하는 권수만큼 소량으로 책을 인쇄할 수 있다. 돈이 상대적으로 적게 드는 '내돈내산' 방식이다.

'그래, 어차피 나나 김 부장님이 나중에 읽을 거니까 그냥 한두 권? 아니면 서너 권 정도 찍어서 소장하고, 온라인 서점 같은 곳에 올려놓으면 혹시 한두 권이라도 팔릴지도 모르지. 그냥 자가 출판으로 해야지. 이런 일로 이혼을 당할 수는 없으니까.' 자가 출판 플랫폼에 회원 가입을 했다.

하지만 세상의 모든 일이 그렇듯이 회원 가입을 했다고 바로 책이 나오는 것은 아니었다. 표지 디자인, 내지 디자인, 교정 교열 등등, 최소한의 책의 모양을 갖추기 위해서 내가 직접 해야 하는 일이 많았고, 아니면 돈을 들여야 하는 선택의 연속이었다.

김 부장님의 눈을 피해서 최대한 은밀하게 표지 디자인을 맡겼다. 낯 간지러운 광고 문구가 들어간 표지 디자인이 나오고 나니, 이번에는 내지 디자인도 맡겨야 했다. 사실 난, 내지 디자인이 뭔지도 몰랐다. 하지만 일단 일을 시작하니 그렇게 선택하도록 일이 저절로 흘러가고 있었고, 당연한 수순인 양 그렇게 할 수밖에 없도록 플랫폼이 짜여져 있었던 것이라고 지금도 굳게 믿고 있다. 그리고 급기야 교정 교열 서비스도 의뢰했다.

지금 다시 보면 너무나 투박하고, 제목도 지금의 책과는 다른 모양을 갖춘 파일이 완성되어가고 있었다. 그런데 인쇄하기 직전에, 어떤 분이 나에게 출판사에 투고를 한 번 해보라고 말씀해주셨다. 그냥 이렇게 찍기에는 원고가 아깝다며 출판사에 투고를 해보라고…… 지금 생각해보면 그냥 '덕담' 같은 말씀일 수도 있는데, 원체 귀가 얇던 나는 그 덕담 한 마디에 헛바람이 잔뜩 들어버렸다. 출판사의 리스트를 만들고, 메일로 '투고'라는 것을 했다.

"오! 부장님! 이거 봐! 출판사에서 메일이 왔어! 답장이 왔어!"

메일을 보낸 지 불과 몇 시간 후에, 출판사에서 온 답장을 보고 흥분의 환호성을 질렀다.

"에이, 그럴 리가. 메일이 왔다고? 이렇게 빨리 답이 왔다는 게 이상한데."

"아냐. 봐, 여긴 큰 출판사라고. 음… 보내주신 원고를 잘 검토해보고 연락하게 되면 연락 준다고. 내 원고를 본 거잖아."

"아, 원장님! 그건 자동으로 그냥 다 보내는 메일이야. 아무 의미도 없는 메일에 흥분하지 말라고요. 쫌! 그런 소리 하지 말고, 내일 진료

예정 있는 아이들에게 문자나 빨리 보내세요."

"앗, 부장님! 이건 진짜야! 어떤 출판사에서 내 원고를 흥미 있게 읽고 있고, 내일 연락을 주신다는데? 이건 진짜야. 이걸 어쩌지? 연락이 오면?"

"연락이 오긴 뭘 와… 말도 안 되는 소리 하지 마. 자기가 그랬잖아. 투고해서 책이 나오는 일은 거의 없다며. 그래서 돈 주고 책 만들려고 한 거 아니야? 그냥 쓸데없는 일에 체력 낭비하지 말고 보던 TV나 마저 보셔."

"아니, 이건 진짜라니까! 만약에 내일 연락이 오면, 그냥 '무조건 감사합니다' 하면 너무 없어보이니까 적당히 튕겨야 하나? 아니면 그랬다가… 알았습니다! 하고, 전화를 뚝 끊으면 어쩌지? 이거 고민 되네. 너무 없어보이면 안 되는데. 음……."

"부장님, 이번엔 진짜, 진짜야! 출판사에서 전화가 왔어! 내 책을 출간하기로 했대! 계약을 하자고! 출판사에 내가 가기로 했어! 세상에 내가 출판사와 계약을 하다니!!"

기쁨에 겨운 내 목소리에 비해 전화 속 김 부장님의 목소리는 너무 심각했다.

"지금 오전 수술이 취소되어서 심란한데, 자기는 그런 얘기가 나와? 계약은 무슨 계약이야. 그거 다 사기야 사기. 암튼 동사무소에서 볼 일 다 봤으면 빨리 병원으로 와서 오후 진료 준비나 해."

"아니, 진짜야! 출판사에 가기로 했다니까. 언제 갈지 연락드리기로 했는데… 이건 진짜야, 진짜!"

"그래서 말인데 저… 내일 오전 수술 말이야… 급한 수술이 아니거든. 보호자 님께 말씀드려서 다음으로 일정을 다시 잡고, 출판사에 좀 다녀오면 안 될까? 출판사가 그렇게 멀지 않아서 한… 두 시간 정도면 될 것 같은데……."

"자기, 미쳤어? 지금이 이럴 때냐고!"

"아니, 어쩌면 계약금을 받을 수도 있어. 그냥 가는 게 아니라고……."

"계약금? 돈을 준다고? 그렇다면… 그게 더 이상하네. 그냥 계약을 한다고 해도 믿기 어려운데, 돈을 준다는 게 더 이상해. 누가 자기 책을 내주겠어? 게다가 돈까지 주고… 이건 이상해. 가지 마. 빨리 병원에 들어와서 점심 먹고 오후 진료 준비나 해."

"아니, 왜? 왜 안 되는데? 전에는 돈이 들어서 안 된다고 하고. 이제는 돈을 주면서 책을 내준다는 출판사가 있는데 그것도 안 된다고 하고. 너무 심하지 않아? 내가 평소에 자주 병원을 비우는 것도 아니고. 고작 한두 시간 정도 다녀오기만 하는 건데… 그것도 안 된다면 인생이 너무 비참해."

갑자기 수화기 너머 김 부장님의 목소리가 조금 누그러졌다.

"그럼… 지금 갔다 와. 지금 갔다가 점심 진료 전에 돌아와. 그리고, 혼자 가는 건 안 돼."

"음? 혼자는 안 된다고? 무슨 얘기야?"

"그래, 혼자는 안 돼. 아무리 생각해도 너무 이상해. 혼자 갔다가 어디 끌려갈 수도 있으니까. 혼자는 안 되고, MJ랑 같이 가. 어디 새우잡이 어선이나 염전? 아무튼 그런 섬으로 끌려갈 수도 있으니까 절대 혼자는 안 돼!"

"아니… 내가 거동이 불편한 나이도 아니고, 누가 출판사에 계약하러 가는데 아들을 데리고 가. 내가 성인인데 너무 이상하지 않아? 아들 손잡고 가는 게 더 이상해."

김 부장님의 목소리는 다시 단호해졌다.

"안 돼! MJ랑 가고, 오후 진료 전에 돌아와!"

김 부장님의 엄명에 따라 아들을 대동하고 출판사로 갔다.

볕이 좋은 찬란한 봄날에, 꽃잎 휘날리는 언덕 위에 있는 분위기 좋고 멋진 출판사에, 이제 성년이 된 아들과 모처럼 함께 가는 길도 나쁘지는 않았다.

하루하루를 열심히, 정신없이 살았고, 거짓말처럼 수의사가 되었다.

그리고 그런 날들의 이야기들이 책으로 출간되었다.

시간이 지나서 이 책의 3권이 나오고, 또 어떤 이야기들이 펼쳐질지 모른다.

인생은 모른다.

그래서 삶은 "Viva la vida!"

뒷
이야기

- 페페가 남겨준 약을 먹고 상태가 호전되었던 노야는
  원래 있던 심장질환이 악화되어서 안타깝게도 사망했다.
- B형 고양이들 중 다른 고양이들을 위해서 헌혈하겠다는
  고양이가 늘어나고 있다.
- 〈노비어 노 라이프〉에서 두 번째 조리조리 맥주가 출시되었다.
- 김야옹 수의사는 당근이가 처음 왔던 날 잠깐 봤던 초음파 기계를
  죄송한 마음에 같이 구입했지만, 현재 다른 초음파 기계를
  또 알아보고 있다.
- 머루 보호자는 머루의 마지막 수혈을 위해 피를 나눠준 소백이를
  입양했고, 소백이는 새 집에서 행복한 시간을 보내고 있다.
- 김야옹 수의사는 아직 〈낭만닥터 김사부 3〉를 보지 못했다.
- 당근이를 구조했던 정혜수 님과 지렁이를 구해주라며
  냅킨을 건네준 문지희 님, 동해에서 새끼고양이 5남매를 구조한
  김수지 님은 수의대생이 되었다.
- 개소줏집에서 실험실로 팔려왔던 하얀 고양이는
  실험을 했던 분이 입양해서 무사히 새끼를 낳았다.
- 강아지를 잃어버려서 애태웠던 본4 외과 실습조는
  다른 강아지를 구해서 외과 실습을 했다.
- 김붕도와 나인이는 좋은 곳에 입양되었다.
- 학교에서 데려온 실험견들은 모두
  세상을 떠났고, 이 책의 원고가 완성될 즈음
  24살의 비누도 우리 곁을 떠났다.

머루에게 수혈을 해준 소백이

이 책에 소개된 노래와 영화들

ABBA, 〈The Winner Takes It All〉

Carla Bruni, 〈The Winner Takes It All〉

Coldplay, 〈A Sky Full Of Stars〉, 〈 Viva La Vida〉, 〈Yellow〉

H1-KEY, 〈건물 사이에 피어난 장미〉

JYP, 〈니가 사는 그 집〉

KCM, 〈스마일 어게인〉

Radiohead, 〈Creep〉

Sting, 〈Shape Of My Heart〉

Vance Joy, 〈Clarity〉

김동률, 〈기억의 습작〉

롤러코스터, 〈Last Scene〉

아일랜드, 〈My Girl〉

영화 〈광해, 왕이 된 남자〉, 〈Howl's Moving Castle〉, 〈Interstellar〉, 〈Life Of Pie〉

Marvel Studios, 〈Guardians Of The Galaxy 3〉